Newton Compton Editores

Título original: *A Cinnamon Falls Mystery*

© 2025, Necole Ryse
© 2025, de la traducción por Tatiana Marco Marín
© 2025, de esta edición por Antonio Vallardi Editore S.u.r.l., Milán

Todos los derechos reservados

Primera edición: septiembre de 2025
Tercera edición: noviembre de 2025

Newton Compton Editores es un sello de Antonio Vallardi Editore S.u.r.l.
Pl. Urquinaona, 11, 3.° 1.ª izq. Barcelona, 08010 (España)
www.newtoncomptoneditores.com

Gruppo editoriale Mauri Spagnol S.p.A.
www.maurispagnol.it

ISBN: 979-13-87575-24-3
Código IBIC: FA
DL: B 9.093-2025

Mapa: © Jill Tytherleigh
Diseño de cubierta: © Pip Watkins (S&S Art Dept.)
Imágenes de cubierta: © Shutterstock Images

Diseño de interiores:
David Pablo

Composición:
Kim Amate

Impreso en noviembre de 2025 en Puntoweb s.r.l., Ariccia (Roma), en Italia.

R. L. Killmore

Misterio con aroma a canela

Traducción de Tatiana Marco Marín

Newton Compton Editores

Barcelona, 2025

Para todos los escritores que me precedieron

Cinnamon Falls

Casa de Nia

Cinnamon Way

The Griddle House

Rosie's Diner

Main Street

The Cinnamon Scoop

Barkwood Bridge

Whitfield Family Mortuary

Cinna Cuts

Harvey's Used Cars

Granja
Old Man Minton

Instituto

Asheville &
Redfern Tavern

Guy's
Grocery

Bones
Barber Shop

Harvest
Square

Comisaría

Ayuntamiento

The
Toasted
Pecan

Cinnamon
Grove

Casa de Jesse

Casa del alcalde Lyons

Capítulo 1
Nia

Lunes

Había una razón muy simple por la que Nia había acabado regresando a Cinnamon Falls. Siempre había imaginado que volvería a casa sumida en un frenesí de triunfo con una marabunta de gente coreando su nombre y arrojándole pétalos de rosas a los pies, pero, en su lugar, llegó con dos maletas llenas de arrepentimiento, un dolor de cabeza insoportable y la acuciante necesidad de echarse una siesta o comerse una bola enorme de helado de canela. No importaba qué fuese primero.

Comencemos por los hechos: Nia Janice Bennett jamás había sido una rompehogares. Así que, cuando desafió el tráfico de un lunes por la mañana en Atlanta, se presentó en la casa adosada de tres pisos del centro en la que ella vivía y le aseguró que el novio que tenía desde hacía dos años era en realidad su marido desde hacía cuatro, Nia podría haber contorsionado el cuerpo como uno de esos espeluznantes artistas circenses y haberse desvanecido en la nada.

En su lugar, hizo algo mucho más rápido: se marchó.

En cuarenta minutos, en medio de un borrón provocado por las lágrimas, metió todas y cada una de las cosas que le pertenecían –incluidos su orgullo y su ego destrozados por completo– en dos maletas endebles y un bolso demasiado grande que le había regalado Bryant, su ahora exnovio casado, las Navidades anteriores. Nunca antes lo había sacado de la caja, ya que no veía la necesidad de cargar con un bolso del tamaño de un dóberman pequeño. Sin duda era un augurio de lo más sutil.

En el coche compartido, de camino a la estación de autobuses, le vinieron a la cabeza miles de recuerdos de su relación como si fueran un recopilatorio de momentos destacados: desde el instante en el que se habían conocido en la sala de fotocopiadoras durante sus codiciadas prácticas en Gildman & Sons, el bufete de abogados más importante de Georgia, hasta aquel momento, el día en que se había dado cuenta de que todo había sido una mentira.

Durante el trayecto, en lo único en lo que pudo pensar fue en su sonrisa. En la fotografía que su esposa casi le había estampado en la cara, Bryant tenía el rostro moreno pegado al de ella y mostraba todos los dientes en una deslumbrante sonrisa. Iba embutido en un traje negro clásico con un cuello blanco bien planchado que le resaltaba la barba perfectamente perfilada. Sus ojos marrones, abiertos de par en par, brillaban de felicidad; era como si alguien lo hubiera dejado hirviendo a fuego lento sobre un fogón. Ambos tenían las manos levantadas en dirección a la cámara para mostrar unos anillos a juego que parecían burlarse de Nia.

Irónicamente, con ella había recreado aquel mismo gesto apenas unos días atrás, cuando habían celebrado su graduación. Aunque sin los anillos a juego.

¿Qué había pasado por alto? Y, lo que era más importante: ¿cómo había podido ser tan estúpida?

Durante todo el viaje de vuelta a Cinnamon Falls, Nia no dejó de darle vueltas, en bucle, a aquella pregunta. En los últimos dos años, más allá de acabar el posgrado, su vida siempre había girado en torno a él. Si era sincera consigo misma, sin él, todo parecía un poco más vacío.

Miró la pantalla del teléfono móvil. Sobre la fotografía de Bryant y ella que tenía de fondo, había registradas veintidós llamadas perdidas de él y, después de que lo

12

hubiera bloqueado, otras catorce procedentes de un número desconocido. Había decidido dejarlo en paz; era evidente que ya tenía suficientes cosas entre manos. Nia ya no tenía que seguir formando parte de la ecuación. Nunca había sido el tipo de persona a la que le gustaba el drama, pero de algún modo el drama siempre acababa encontrándola a ella.

Nia había conseguido arrastrar dos maletas poco cooperativas a través de varios condados, pero sabía que el último tramo iba a ser el más duro: todavía le faltaba el viaje en autobús hasta Cinnamon Falls. El coste de vivir en una localidad pequeña era que no existía la privacidad. Para cuando llegara allí, al menos un tercio del pueblo sabría que Nia Bennett, la hija pródiga, había regresado.

Observó el autobús acercarse a su parada. Shawna Daniels, la sobrina nieta de la señora Pearline, era ya toda una mujer y, por lo que parecía, trabajaba a tiempo completo en la empresa de transporte público de su familia.

—¿Nia Bennett? —preguntó Shawna con tono cómplice mientras la miraba fijamente de arriba abajo como si fuera una extraterrestre enviada para destruir su hogar.

—Hola, Shawna —contestó ella mientras forcejeaba con las maletas para que se mantuvieran erguidas.

—Hacía tiempo que no la veía —comentó la joven, lo que era una obviedad.

Habían pasado seis años desde que Nia se había marchado de Cinnamon Falls, pero ¿quién era ella para juzgar? La niña con coletas que solía sentarse al volante y abrir la boca maravillada mientras su tía abuela conducía el enorme autobús a través de las estrechas calles del pueblo era la misma que lo estaba llevando en aquel momento. El famoso logotipo del rayo reposaba con orgullo sobre su polo de color azul y combinaba a la perfección con el vehículo, tal como lo había hecho siempre el de la señora Pearline. Por lo menos algunas cosas no habían cambiado.

—¿Cuántos años tienes? —le preguntó a la chica.

–Dieciocho –respondió ella–. Me gradué antes de tiempo porque la tía Pearline quería que recibiera toda la formación posible.

Se produjo un silencio incómodo entre ellas. Entonces Shawna le dedicó una leve sonrisa.

–Deje que le eche una mano con eso.

Le tendió una de las maletas antes de subir el resto de los bultos en el autobús. La joven apiló el equipaje en la parte trasera del vehículo con esmero y, después, se subió al asiento del conductor, se abrochó el cinturón y comprobó los retrovisores tres veces. Nia se percató de que llevaba una chapa identificativa que rezaba: EN PRÁCTICAS.

–¿Va al pueblo para ver a Darius Lyons en el Fall Fest?

–¿Darius Lyons? –repitió ella.

El nombre cayó sobre ella como la primera nevada de la temporada: poco a poco y, de pronto, de golpe. Sintió una punzada en el pecho y miró el móvil para comprobar la fecha: 6 de octubre.

El Fall Fest siempre se celebraba la segunda semana de octubre, lo que significaba que comenzaría en apenas unos días. La historia decía que los primeros colonos de Cinnamon Falls habían comenzado a celebrar aquel festival para crear un sentimiento de unión tras la dura temporada de la cosecha. En el presente, era más bien una tradición que paralizaba el pueblo entero a base de desfiles, carreras de sacos, concursos de comida, vendedores ambulantes y el título más codiciado para los estudiantes de último curso del instituto: los Reyes de Cinnamon.

–Ha vuelto al pueblo para coronar al nuevo Rey –comentó con alegría la joven.

Nia estaba segura de que, incluso después de tantos años, la corona todavía le quedaba perfectamente a su ego.

–¿No jugaba ahora con los Falcons? –preguntó.

La última vez que había pensado en el chico de oro del pueblo, él estaba en plena temporada de fútbol americano. El año anterior, su equipo había ganado el campeonato, lo que probablemente hizo que el señor Lyons, el alcalde, quisiera pintar un mural con el rostro de su hijo en la pared del ayuntamiento. La noticia de que Darius había regresado al pueblo solo provocó en Nia una sensación de desprecio.

–Su equipo tiene una semana de descanso –contestó entusiasmada Shawna, apartándola de sus pensamientos sobre el pasado–. Lo han dejado venir solo para esto. ¿Puede creerlo? Darius Lyons poniendo en el mapa al pequeño y olvidado Cinnamon Falls.

Nia puso los ojos en blanco. Estaba harta de tanta cháchara sobre Darius.

Faltaban cuarenta y siete minutos para llegar de la estación de autobuses al pueblo. Estaba deseando ver cómo los cuatro carriles de tráfico, las calles mal asfaltadas y el esmog matutino de Georgia se transformaban en frondosos bosques verdes que rodeaban carreteras de un solo carril. A pesar de la conversación sobre Darius, Nia estaba emocionada. Ansiaba que el tentador aroma de la canela la atrajera cada vez más cerca, como un abrazo cálido de un ser querido; algo que necesitaba con desesperación.

Sin embargo, en lugar de disfrutar de un viaje tranquilo y nostálgico, presenció cómo la seductora idea de una siesta se le escapaba entre los dedos. Shawna no se parecía en nada a su tía abuela. Todos aquellos años de formarse con la mujer habían resultado ser inútiles.

Para cuando alcanzaron las afueras del pueblo, Nia estaba segura de que había sufrido el tipo de lesiones que le darían derecho a solicitar una indemnización médica. La joven detuvo el autobús con tanta violencia que el equipaje de Nia salió catapultado hacia la parte delantera del vehículo para luego rodar de nuevo hacia atrás. Nada podría haberla preparado para la expresión de satisfacción que puso Shawna cuando llegaron a la heladería de la familia Bennett: The Cinnamon Scoop.

The Cinnamon Scoop fue el primer negocio que se había abierto en Cinnamon Falls, cuando el pueblo apenas contaba con unos pocos cientos de habitantes. La bisabuela

15

de Nia, Ma-Clara, y su marido, Eugene Bennett, se habían mudado allí para trabajar en el antiguo molino de especias. En aquel lugar, procesaban la canela procedente de los canelos silvestres que crecían en las cercanías y, después, la empaquetaban para distribuirla por todo el país. Eugene solía llevar a casa parte de la canela recién molida y Ma-Clara comenzó a preparar helado de canela como un dulce antojo. No pasó mucho tiempo antes de que se corriera la voz por el pueblo, así que la mujer abrió una humilde heladería para que los trabajadores del molino pudieran disfrutarla. El molino se había incendiado hacía décadas, pero la heladería y el legado de los Bennett seguían en pie.

–Ya hemos llegado –dijo Shawna con una sonrisa.

A pesar de que The Cinnamon Scoop era el último lugar al que Nia quería ir, dado que, antes de marcharse, las cosas no habían acabado demasiado bien con su familia, se bajó del autobús a toda velocidad con los restos de su cuerpo que habían quedado ilesos tras el trayecto.

–¡Bienvenida de nuevo! –exclamó la joven antes de arrancar.

El autobús emitió un chirrido y se incorporó al tráfico de Main Street para regresar a la estación de autobuses.

Nia se quedó de pie en la acera un instante, recuperando el aliento y contemplando la escena que tenía frente a ella. Su padre no le había contado que habían reformado la tienda. Estaba demasiado acostumbrada al bollo de canela de ojos saltones que sujetaba una cuchara de plata. Ahora, en su lugar, había un toldo de colores napolitanos y con el nombre de la tienda estampado en una letra cursiva y redonda. Parecía demasiado moderno para un pueblo como Cinnamon Falls.

Se dio la vuelta para absorberlo todo. Maggie Shilling y el equipo encargado del festival ya habían decorado Main Street de cara a los festejos del fin de semana. De los semáforos de una de las intersecciones colgaba una pancarta blanca tan vieja como el pueblo que rezaba: CINNAMON FALLS, FUNDADO EN 1919.

16

Estar una vez más en medio de todo aquello era una lección de humildad. Nia volvió a respirar hondo y aspiró el suave aroma a canela silvestre que procedía del bosque. Si el lugar hubiese estado en silencio, habría podido oír la cascada rugiendo a varios kilómetros de distancia.

A aquellas alturas, Barkwood Bridge estaría cubierto de hojas en tonos bronce y rubí. Cientos de turistas de toda Georgia se acercaban al puente para sacar fotografías y, al terminar, se tomaban una sidra en Rosie's Diner o pasaban por la tienda del pueblo para comprar un imán de recuerdo.

Los residentes de Cinnamon Falls que vivían allí todo el año amaban aquel lugar. Todos, excepto Nia.

Tiró de la puerta de la heladería. Supuso que estaría desierta, sobre todo teniendo en cuenta que era lunes antes de mediodía. Había un cincuenta por ciento de probabilidades dc que su padre se encontrara detrás el mostrador, haciendo inventario o comprobando por enésima vez la temperatura de los congeladores.

Sin embargo, se topó con los gritos de un grupo de niños pequeños. Su padre, Walter, estaba de pie sobre el mostrador con su ridículo gorrito en forma de bollo de canela, los brazos abiertos de par en par y una animada sonrisa en el rostro.

—¡Y por eso siempre digo que la bola perfecta es la clave de la felicidad! —proclamó levantando una cuchara para helado como si fuese el santo grial.

Los niños vitorearon como si les estuviese dando un sermón religioso. Nia se preguntó cuánto azúcar habrían ingerido aquellos pequeños inocentes a aquellas horas tan tempranas de la mañana.

Un niño de lo más adorable, con unas gafas demasiado grandes para su pequeña cara, alzó una mano en el aire.

—¿Y cómo hace la vaca el helado?

A su padre se le hundieron los hombros. Aquello significaba que tendría que comenzar su historia sobre el origen del helado desde el principio. Pero antes de que pudiera hacerlo, Marjorie, la madre de Nia, salió de la trastienda con una bandeja repleta de cuencos individuales que contenían pequeñas porciones de helado rosa de fresa. A Nia se le hizo la boca agua al verlos. Trozos de fresas brillantes, recolectadas en las fértiles tierras de la granja Old Man Milton durante el momento álgido de la temporada, salpicaban la cremosa base de fresa, que era la receta estrella de Ma-Clara.

–¿Quién quiere un poco de fresa? –dijo la mujer, dirigiéndose al grupo de niños, que gritaron de alegría.

Desde que se había marchado del pueblo, a su madre se le había encanecido el cabello. Lo llevaba recogido en una coleta perfecta, sujeto con una pinza. Tenía la mirada más suave y las arrugas de su sonrisa más marcadas, pero seguía teniendo el mismo aspecto.

Por el contrario, su padre no había envejecido ni un ápice. Era evidente que seguía subiéndose de un salto a los mostradores de Ma-Clara y obligando a niños impacientes a soportar una charla de veinte minutos sobre cómo se elaboraba el helado antes de darles una muestra. Era el mismo discurso que había soltado cuando la clase de Nia había visitado el lugar durante las jornadas de orientación profesional, muchos años atrás.

Cuando se dirigió a ella, su madre ni siquiera la miró:

–Si vas a quedarte ahí de pie, por lo menos haz algo útil y ayuda un poco.

Nia se lo merecía.

La última vez que se habían visto, habían intercambiado palabras tan despiadadas y crueles que todavía le quitaba el sueño por las noches. No estaba segura de cómo reaccionaría su madre a su regreso. Por el momento, aquello era mucho mejor que cualquiera de los escenarios que había imaginado durante el viaje en autobús.

Dejó su equipaje en un reservado que se encontraba cerca de la puerta, tomó uno de los delantales de repuesto, se remangó y se puso a trabajar. Tras lavarse las manos, se hizo con todo el helado con el que pudo cargar y ayudó a su madre a repartir los cuencos a los niños inquietos, que ya habían comenzado a preguntar por qué algunas bolas eran más grandes que otras. Cuando se acabaron las quejas, lo único que se oía eran los chasquidos de aprobación mientras los pequeños disfrutaban de su helado.

—Vaya, vaya, vaya... ¡Pero si es Nia Bennett! —dijo una voz familiar mientras se limpiaba una mancha de helado que se había derramado sobre el mostrador—. ¡De vuelta como si nunca se hubiera ido! ¿Echabas de menos servir helado a los pequeñajos?

Morgan Taylor no había cambiado en absoluto desde la última vez que Nia la había visto. La chica que todos consideraban rara porque todos los días vestía de morado seguía fiel a su color favorito. Esta vez, también lo llevaba en el peinado: un drástico corte estilo *pixie* con un mechón morado en el flequillo, que le cubría el ojo izquierdo. Llevaba un cárdigan morado y unos vaqueros negros rotos con lazos del mismo color trenzados entre los agujeros.

—La verdad es que sí —contestó Nia riendo. Recordaba las tardes tranquilas en la tienda en las que ambas soñaban con abandonar aquel pueblo demasiado pequeño—. No hay nada como las ampollas en los dedos y los calambres en las manos para añorar tu hogar. ¿Qué hay de ti? ¿Cómo te trata la vida cuidando de monstruitos insufribles?

Con un gesto de la cabeza, señaló a los niños, que estaban embelesados con el cuento que su madre les estaba leyendo sobre un monstruo de los helados. Mientras Marjorie curvaba los dedos de forma siniestra, los pequeños la contemplaban con los ojos muy abiertos y cubriéndose la boca con las manitas.

—Es un sueño —contestó Morgan con sarcasmo mientras se encogía de hombros. Entonces, se dieron un largo abrazo y la otra mujer bajó la voz hasta convertirla en un susurro—. Lo mejor de todo es que se creen cualquier cosa que les diga.

—Así es como empiezan las sectas —replicó Nia con tono seco.

–¡El siguiente paso es dominar el mundo! –declaró Morgan con los brazos abiertos de par en par. Ambas se echaron a reír antes de que su amiga se detuviera y la mirara de arriba abajo–. Entonces, ¿solo estás de paso? –Señaló la pila de maletas. Por su equipaje, parecía que se trataba de algo más que una visita rápida.

Nia abrió la boca para responder con una mentira: «Solo he venido para ver cómo va todo, ya sabes». Sin embargo, su cerebro decidió que era mejor no hacerlo. Aquel día, ya había lidiado con mentiras suficientes.

–La verdad, no lo sé.

Morgan asintió. La miró a los ojos como si supiera, solo por la expresión de su rostro, que tenía el corazón roto. Por suerte, cambió de tema.

–¿Significa eso que el sábado vendrás al Fall Fest? –Antes de que pudiera responder, Morgan prosiguió–. He oído que Darius Lyons ha vuelto. Todo el pueblo está extasiado ante la idea de que, ahora, tengamos nuestro propio famoso.

Nia torció los labios.

–¿Desde cuándo eres fan de Darius Lyons? Si no recuerdo mal, en el instituto pensabas que era idiota.

–No solo yo –la corrigió ella–. Tú, Sienna y yo pensábamos que, en aquel entonces, le faltaba un hervor. Ahora es un idiota… con contactos. ¿Crees que podría presentarme a Leon Crosby?

–¿El actor? –preguntó Nia con incredulidad, conteniendo una carcajada.

–Por desgracia, Darius es la única forma que tengo de acceder a él. ¿Acaso no se conocen entre sí todos los famosos?

A Nia le habría encantado reventar esa burbuja de fantasía, pero se salvó justo a tiempo. El reloj deportivo que su amiga llevaba en la muñeca comenzó a pitar de forma entrecortada parpadeando con ceros.

–¡Se acabó el tiempo! –gritó al grupo de niños–. ¡Bocas cerradas y manos en la cintura!

Los niños formaron una línea recta sin protestar, colocando un dedo sobre sus labios cerrados y la otra mano en la cintura. En cuanto estuvieron todos perfectamente alineados, añadió.

—¡En marcha!

Los niños salieron de la heladería y se quedaron pegados al escaparate, con cuidado de no pisar la calzada. Satisfecha con su comportamiento, Morgan se giró para mirar a Nia justo antes de salir detrás de ellos.

—Si no tienes planes, pásate esta noche por la cafetería. Estoy segura de que a Jesse le encantaría verte —dijo. Después le guiñó un ojo con una sonrisa traviesa.

Si no hubiese estado delante de sus padres, Nia le habría lanzado una cucharita de plástico a la cabeza.

Cuando se dio la vuelta, vio a su padre frotando con furia el mismo punto ya reluciente del mostrador. Su madre también se había buscado una ocupación y estaba fingiendo cambiar de lugar los tres escasos libros infantiles que había en la estantería.

—¿Qué parte de la conversación habéis oído? —preguntó Nia mientras se cruzaba de brazos.

Walter miró a Marjorie y, durante un segundo, mantuvieron una discusión silenciosa sobre quién de los dos respondería. Si hubiese tenido que apostar, habría dicho que sería su padre.

Su madre señaló con la barbilla la pila de equipaje junto a la puerta.

—¿Qué ha ocurrido? ¿Bryant te ha dejado?

Menos mal que Nia no era muy dada a las apuestas.

—En realidad, estaba casado —replicó ella intentando mantener la cabeza bien alta—, así que lo he dejado yo.

—Buena chica —contestó su padre con un gesto de aprobación.

Nia observó cómo la sonrisa de suficiencia se borraba del rostro de Marjorie y era reemplazada por una expresión llena de recuerdos de traiciones del pasado. Cruzó la estancia en dirección a su hija.

—¿Abrazo grupal? —preguntó Niles, el hermano pequeño de Nia, cuando apareció detrás del mostrador. Estaba mucho más alto de lo que recordaba.

Por primera vez aquel día, Nia se echó a reír. Rio tanto y con tantas ganas que acabó llorando.

Capítulo 2

Jesse

La granja Old Man Milton tenía tres gallos que serían capaces de despertar hasta a los muertos. Jesse podría estar enterrado a tres metros bajo tierra y, aun así, seguiría oyendo a Shadrach, Meshach y Abednego en el más allá. Pero, si no fuera por sus llamadas matutinas, se perdería el amanecer en Cinnamon Falls cada mañana.

Se había despertado en diferentes ciudades alrededor del mundo, pero nada se comparaba con el hogar. Desde las vistas privilegiadas que le ofrecía su balcón, podía vislumbrar el sol alzándose sobre la cascada a través de un pequeño claro en el bosque de canelos silvestres. El sol dorado como la miel extendía su magia sobre todos los seres vivos de forma persistente, colándose entre las fisuras más diminutas de la tierra para expandir su luz. Jesse se sentía agradecido de que el sol entrase en su casa; agradecido de que, al menos durante un día más, siguiera habiendo vida en aquel lugar.

Tal como hacía cada mañana gracias a su entrenamiento militar, comenzó el día con un saludo al sol y varios estiramientos profundos para hacer que la sangre fluyera. Luego continuó con su habitual rutina de entrenamiento por intervalos de alta intensidad: diez rondas sin descanso de flexiones, sentadillas, *burpees*, abdominales, zancadas y, para terminar, escaladores. No paraba hasta que el sudor le chorreaba por todos los poros de la piel y los músculos le suplicaban que se detuviera. Pero, incluso entonces, seguía solo para sentir el aire en los pulmones.

Eran casi las seis y media de la mañana, lo que significaba que su padre pronto estaría despierto y listo para su café matutino y su periódico. Su madre, por el contrario, era un ave nocturna y, si la dejaban, podría dormir incluso durante un terremoto. Tan solo se despertaba temprano en caso de que fuera absolutamente necesario y, aquella tranquila mañana de lunes, al parecer, no lo era.

Jesse se duchó, se cubrió el cuerpo mojado con un albornoz y bajó al piso de abajo justo a tiempo de ver a Charlie Júnior saltar de la plataforma de carga de la camioneta de su padre con el periódico del día doblado bajo el brazo. Mini Charlie, su hermano pequeño, lo observaba emocionado con los pies colgando por el borde del vehículo.

Cada mañana, Charlie Kent y sus hijos repartían *The Cinnamon Chronicle* desde la granja Old Man Milton hasta Main Street en tiempo récord. Los Kent se turnaban a la hora de entregar el periódico y, aquel día, Charlie Júnior le dedicó una sonrisa arrogante antes de lanzarlo al camino de la entrada. La gaceta surcó el aire como un misil y Jesse la agarró antes de que pudiera darle de lleno en la cara. Aquel crío tenía buen brazo. No era de extrañar que fuese la joven promesa de los Timberwolves del Instituto de Cinnamon Falls.

–¡Sigue en forma, tío! –exclamó Charlie Júnior.

Jesse se rio entre dientes y contuvo las ganas de mandarlo de paseo. En su lugar, se despidió educadamente de la familia desde la puerta con un gesto de la mano.

Que lo llamara «tío» le hacía sentir como un señor de cincuenta y cinco años con zapatos ortopédicos. Jesse quería decirle a Charlie Júnior que él llevaba jugando al fútbol americano desde mucho antes de que él hubiera nacido, pero eso tan solo habría servido para darle la razón.

Jesse miró su reloj. Estaba a punto de llegar tarde para preparar el desayuno. Se arrastró hacia el interior justo cuando la cafetera que había preparado la noche anterior comenzaba a burbujear.

–¿Beicon y tostadas? –le preguntó a su padre mientras

este se sentaba poco a poco y con cuidado en su silla habitual. Era la que presidía la mesa de la cocina.

Se aseguró de no girar la cabeza mientras lo observaba por el rabillo del ojo. Robert Shaw odiaba que Jesse analizara todos y cada uno de sus movimientos. Decía que se sentía como si estuviera en una pecera, pero, con la edad que tenía, no podía confiar en que fuera a avisarle si volvía a dolerle la cadera o si aquella mañana notaba el hombro un poco extraño. No era el tipo de que pedía ayuda.

Bastó una única caída, dos años atrás, para que Jesse obligara a sus padres a mudarse con él. Robert y Evelyn protestaron, pero, al final, él se salió con la suya. Cuidar de sus padres era un privilegio que valoraba muchísimo. Sobre todo, teniendo en cuenta que temía que llegara el día en el que ya no los tuviera a su lado. Si por él fuera, los metería en una urna de cristal y los conservaría para siempre.

Robert soltó un gruñido para mostrar su aprobación al desayuno de aquel día. Jesse le dejó el periódico junto a la taza de café solo bien caliente. El hombre no lo tomaba de ningún otro modo, pues aseguraba que la clave para una larga vida era alejarse del azúcar, aunque Jesse sabía dónde guardaba su alijo de caramelos. No lo había engañado ni por un segundo.

A pesar de que sus padres rondaban los setenta y cinco años y sus cuerpos habían empezado a deteriorarse, seguían siendo más listos que el hambre. Criar a dos adolescentes de la tercera edad no era tarea fácil y, dado que era hijo único, toda la responsabilidad recaía sobre sus hombros.

Robert se colocó las gafas de lectura sobre el puente de la nariz. Con cuidado, separó las viñetas cómicas, la sección de Arte y el crucigrama del día y los dejó aparte para su mujer. En un par de horas, cuando se levantara para desayunar, lo resolverían juntos. Cuando Jesse regresara a casa más tarde, encontraría otro crucigrama terminado en la puerta del frigorífico. En la parte inferior de la hoja aparecerían sus iniciales, R y E, rodeadas con un corazón. Parecían adolescentes.

—A ver qué sorpresas nos depara hoy Cinnamon Falls —susurró Robert.

Una hora más tarde, Jesse ya estaba vestido y listo para un nuevo día. Su padre seguía sentado a la mesa, leyendo mientras gruñía y murmuraba en un idioma que solo él comprendía.

—Me marcho, papá —le dijo mientras sacaba un batido de proteínas del frigorífico. Más tarde, comería en Rosie's Diner—. Volveré tarde, después de la cena. ¿Quieres que te traiga algo?

—Tu madre quería plátanos —contestó Robert. Entonces, miró por encima del hombro y susurró—: Mañana es nuestro aniversario, así que... ¿podrías traer unas rosas?

Se llevó la mano al bolsillo de los pantalones para sacar la cartera.

—¿Vuestro aniversario? —le preguntó Jesse—. Mamá y tú os casasteis en mayo, papá.

—Se lo pedí el 7 de octubre. —Señaló la fecha del periódico—. Soy viejo, pero sé leer. Es mañana, ¿no?

Jesse asintió.

—Yo me encargo de las rosas.

De camino al pueblo, Jesse tomó las calles secundarias para poder oler los canelos silvestres. Ya no quedaban muchos, pero cuando era pequeño podía oler la canela incluso desde el colegio. Ese aroma tan característico, con un toque dulce, especiado y terroso, siempre le recordaba a la sidra de manzana de Rosie. Quedaba poco para que empezara a venderla a cubos en el Fall Fest, el sábado.

Cada segundo fin de semana de octubre, todo el pueblo se transformaba en un lugar que parecía sacado de un cuento infantil en el que cada calle empedrada, cada fachada de ladrillos rojos y cada uno de los árboles que bordeaban Main Street brillaban gracias al toque dorado del otoño.

En el centro, las tiendas se convertían en un escaparate de magia otoñal; vestidos para la ocasión, los escaparates estaban decorados con espantapájaros y hojas pintadas. En los escalones y las entradas de todos los negocios había montones de calabazas de todos los tamaños: grandes, pequeñas, perfectamente redondas o torcidas. Algunas estaban minuciosamente talladas para mostrar rostros sonrientes y otras brillaban desde el interior.

Sobre ellas, entre las ramas desnudas de los árboles se entrelazaban tiras de lucecitas que envolvían el pueblo en un brillo dorado y cálido, lleno de nostalgia. Las columnas históricas de los edificios antiguos, pintadas en diferentes tonalidades de marfil, estaban adornadas con guirnaldas de tallos de maíz disecados y ramas de canela que llenaban el aire de un aroma especiado familiar y reconfortante.

Cuando Jesse era pequeño, el Fall Fest era el mejor momento del año, el corazón de Cinnamon Falls. Era como un sueño, un país de las maravillas estacional que lograba que el pueblo en el que había nacido pareciera uno de esos lugares en los que el tiempo se detenía y la magia existía bajo el resplandor de las luces festivas.

Ahora, como miembro del cuerpo de seguridad, el festival era un dolor de cabeza. Entre los borrachos, los altercados y los pequeños actos de vandalismo, aquella era la época más ajetreada del año para el Departamento de Policía de Cinnamon Falls.

Cuando llegó a la comisaría, terminó de leer los informes que había dejado en su escritorio la semana anterior y dio un par de sorbos de café amargo en nombre de la camaradería. Llevaba en el cuerpo poco más de un año, lo que significaba que le tocaba patrullar. Los agentes de mayor rango lo consideraban un trabajo monótono, y Jesse dejaba que creyeran que él también lo detestaba.

La verdad era que disfrutaba patrullando. Interactuar con la gente que había contribuido a la hora de criarlo lo mantenía con los pies en la tierra y le recordaba cuáles eran sus prioridades.

Si bien a otras personas les disgustaba la vida en un pueblo pequeño, no había ningún lugar en el mundo que hiciese a Jesse tan feliz como Cinnamon Falls. Algunos decían que era un sitio predecible o aburrido, pro él valoraba precisamente esa previsibilidad. Nunca se le habían dado bien los cambios y siempre había odiado las sorpresas. Aquel pueblo era su ancla. No porque le impidiera avanzar, sino porque le daba estabilidad. Y eso era justo lo que necesitaba en su vida.

Jesse bajó por Main Street y atravesó con calma Harvest Square, donde se celebraba todo el festival. Una vez más, Maggie Shilling había esparcido su magia otoñal por las aceras como un hada madrina de la canela.

Guirnaldas naranjas y doradas colgaban de las farolas. Fardos de heno flanqueaban las calles junto con unos carteles rústicos de madera que dirigirían a la multitud hacia los puestos de sidra, las degustaciones de pasteles y la carpa donde se podían tallar calabazas.

Las fachadas de las tiendas lucían una capa de pintura reciente y muchas habían añadido varios toques festivos: un espantapájaros sonriente con camisa de franela por aquí o un cubo con caramelos de maíz por allá. Jesse se imaginó a Maggie, con su portapapeles en mano, cruzando la plaza como un general preparándose para la batalla. La suya, por supuesto, consistía en lograr la perfección otoñal. Cinnamon Falls estaba empezando a transformarse. En apenas unos días, aquella calle estaría abarrotada de vecinos celebrando el otoño.

Jesse se detuvo en la esquina al ver a la señora Guy con las manos en las caderas. Los labios tensos y las cejas fruncidas de la mujer le indicaron que algo iba mal.

La señora Guy había estado casada con el señor Guy, propietario de Guy's Grocery, una de las dos tiendas de comestibles de Cinnamon Falls. El local siempre tenía fruta fresca y buenos precios. Desde que su marido había fallecido dos años atrás, la mujer se esforzaba por mantener a flote el negocio ella sola. La mayoría de la gente que llevaba mucho tiempo viviendo en el pueblo seguía comprando en Guy's. En cambio, los recién llegados de Atlanta que buscaban un «cambio de aires» preferían los productos orgánicos y sin gluten que podían encontrarse en Cinnamon Grove, a dos manzanas de allí. Jesse hacía la compra en ambos lugares. Un poco de germinado de trigo no le hacía daño a nadie.

–Buenos días, señora Guy. –Jesse se colocó junto a ella en la acera y contempló tanto los trozos de madera astillados que había a sus pies como las instrucciones para un expositor que tenía en las manos–. ¿Necesita ayuda?

–Agente Shaw, ¡justo el hombre que quería ver! –La señora Guy juntó las manos con gesto de satisfacción. Entonces, le entregó el papel a la fuerza–. El listo de James me vendió este expositor hace dos semanas y ya está roto.

Aunque la señora Guy aseguraba ser una viuda desconsolada, eso no le impedía coquetear con Jesse siempre que podía. Si no era cambiando bombillas demasiado altas para ella o cargando cajas de mercancía, estaba arreglando alguna estantería o, como aquel día, un expositor. Ella le pagaba en comida, así que no se quejaba. Sus chuletas de cerdo y sus manzanas fritas eran mejores que las de su madre, aunque jamás le diría eso a Evelyn a la cara.

Jesse no podía evitar notar que la señora Guy seguía siendo tan atractiva como en sus buenos tiempos. Al menos, eso era lo que contaban los hombres de la barbería de al lado. Para ser lunes por la mañana, Bones Barber Shop tenía más trabajo de lo que era habitual. Jesse no tuvo que preguntar por qué.

Centró toda su atención en el expositor de cuatro pisos. Parecía de madera de pino maciza, con una estructura de aluminio con aspecto amaderado. Era robusto y tenía cuatro cajones que estaba seguro que ella utilizaría para colocar alimentos frescos.

–¿Tiene un taladro? –preguntó mientras echaba otro buen vistazo al desastre que tenía delante.

Ella desapareció en el interior de la tienda y regresó con la herramienta eléctrica. Se la tendió como si fuera una bomba.

–Se puede empalmar –dijo. Las mejillas de la mujer se tiñeron de un rojo brillante. Ah, no... –. Lo que quiero decir es que puedo arreglarlo. –El pánico le teñía la voz–. Pero debería llamar al señor Sylvester en cuanto abra la tienda en una hora más o menos. Necesitará otro trozo de madera para sostener el peso de las cestas. –Todas las palabras le salieron de golpe.

–Eso haré –contestó ella en un susurro.

Jesse se puso manos a la obra de inmediato. Diez minutos después, tras un poco de esfuerzo y varios tornillos nuevos, la señora Guy tenía un expositor funcional. Le devolvió el taladro y ella lo miró de arriba abajo lentamente, de un modo que hizo que se sintiera incómodo.

–Agente Shaw, es usted un manitas. Si alguna vez se cansa del uniforme, ya sabe a qué se puede dedicar.

No supo qué contestar a eso, así que cambió de tema de conversación con una sonrisa forzada.

–Llame al señor Sylvester si necesita algo más. Él la ayudará.

La mujer estrechó el taladro contra el pecho.

–Gracias, agente Shaw. ¿Puedo llevarle algo de comer más tarde a la comisaría?

–Se lo agradecería. Y si tiene, ¿podría traerme unos plátanos? –preguntó al recordar la petición de su padre.

–Por supuesto –contestó ella.

A veces, ser policía tenía sus recompensas.

Estaba a punto de subirse de nuevo al coche para continuar con la patrulla por Main Street cuando vio que Harold Bones estaba en la puerta de su barbería, fingiendo no haber escuchado la conversación que había mantenido con la señora Guy. Barría con fervor la entrada del local mientras Jesse cruzaba la calle a grandes zancadas.

–Debería arrestarte por cruzar en rojo –bromeó el señor Harold.

–No puede arrestar a la policía –contestó él mientras se aseguraba de que no pudiera ver a la señora Guy.

Quería comprobar cuánto tardaría Harold en apartarlo del medio. Todo el mundo sabía que el señor Harold llevaba enamorado de la señora Guy desde la escuela primaria y, aunque habían pasado dos años desde el fallecimiento de su marido, el viejo Bones seguía sin atreverse a pedirle una cita.

Cada vez que se hacía a un lado para intentar ver a la mujer, Jesse lo imitaba. Frustrado, Harold chasqueó la lengua.

–Como no te quites de en medio, acabaré agrediendo a la policía –dijo, amenazándolo con la escoba.

–Será mejor que te apartes, Jay. Ya sabes lo que siente por la señora Guy –le advirtió William Reed, el nuevo barbero, desde el interior del local.

Acababa de llegar de la ciudad. Decía que era de Macon, en Georgia, pero cualquier lugar fuera de Cinnamon Falls se consideraba una ciudad grande, lo que lo convertía en una celebridad local.

Jesse entró en la barbería y lo saludó con un choque de puños. Will estaba limpiando el instrumental con una solución azul.

–¿Cómo te va? ¿Has venido a cortarte el pelo? –le preguntó.

–Qué va –contestó Jesse–. Estoy de servicio. Ya sabes... La vida del policía –añadió mientras abarcaba con un gesto los alrededores.

–Luchando contra el crimen, cesta a cesta. –El barbero soltó una carcajada y señaló con la cabeza a la señora Guy, que estaba llenando meticulosamente el expositor, ahora funcional, con calabazas diminutas–. Sé que debes de echar de menos el combate, colega. Has pasado de ser John Wick a ser Barney Fife.

A Jesse le resultaba evidente que las únicas referencias militares de Will eran de Hollywood. Lo más probable era que fuese uno de esos tipos que jugaban al *Call of Duty* y juraban que podían disparar un rifle de francotirador. En realidad, era mucho peor de lo que parecía entre píxeles.

Se encogió de hombros y se deshizo de aquellos recuerdos que lo mantenían en vela por las noches.

–Prefiero esto –contestó con calma y brevedad. Will asintió al captar la indirecta de que cualquier discusión sobre el pasado estaba vedada. Se llevaban bien, pero no tan bien–. Tengo que irme –añadió mientras le daba un golpecito a la esfera del reloj como si tuviera algún compromiso.

Se despidió del señor Harold, que seguía sin poder quitar aquella sospechosa mancha de la entrada, y subió al coche patrulla.

Jesse se detuvo al llegar al semáforo en amarillo que se encontraba entre Nutmeg Avenue y Main Street y, entonces, divisó a Morgan Taylor cruzando la calle con una manada de niños. Iban en una fila india tan recta que hizo que se preguntase cómo conseguía que dieciséis niños pequeños se comportaran así de bien. Salían de The Cinnamon Scoop, el local con la mejor zarzaparrilla con helado de todo el pueblo. Debían de ser las jornadas de orientación profesional, una semana en la que los niños recorrían todos los negocios locales. Pronto, Morgan y su grupo visitarían la comisaría.

El semáforo se puso en verde y Jesse estacionó en el bordillo, junto a ella.

–Buenos días, señorita Taylor –la saludó a través de la ventanilla del acompañante.

Morgan le sonrió antes de girarse hacia la manada de niños para indicarles que no bajaran de la acera. Dio un par de pasos en dirección al coche y se agachó junto a la ventanilla.

—Agente Shaw —replicó con voz cantarina—. Qué coincidencia. Justo el hombre que quería ver.

Jesse la miró con gesto suspicaz.

—Es la segunda vez que oigo eso hoy.

Morgan esbozó una sonrisa traviesa.

—Tengo noticias para ti.

—¿Estás esperando a que te lea la mente? —le preguntó, cada vez más molesto.

—Adivina quién ha vuelto al pueblo.

Los ojos de la mujer brillaban de emoción.

—Ya sé lo de Darius Lyons. —la interrumpió Jesse, haciendo un gesto de desdén y decepción con la mano—. Lleva meses siendo la noticia...

Ella puso los ojos en blanco.

—Nia Bennett.

Jesse habría jurado que, hacía apenas un instante, estaba respirando. Cuando había detenido el vehículo para hablar con Morgan, estaba seguro de estar vivo, pero escuchar el nombre de Nia lo había dejado sin aire en los pulmones. El corazón le latía de un modo descompasado y las mariposas que no había vuelto a sentir desde sus días de servicio activo regresaron de golpe. Un dolor punzante le recorrió los dedos por la fuerza con la que sujetaba el volante y sintió calor por todo el cuerpo.

De forma instintiva, miró a su izquierda, donde se encontraba la heladería por la que era casi incapaz de pasar desde que ella se había marchado seis años atrás. Los cristales del local estaban tintados de tal modo que los viandantes no pudieran ver el interior, lo que era una suerte tanto para él como para su corazón dolorido.

¿Nia Bennett de vuelta en Cinnamon Falls? En su mente, uno detrás de otro, comenzaron a desplegarse los recuerdos de la última vez que la había tenido entre sus brazos y el sentimiento de vacío que había experimentado desde que se había marchado.

—Vaya... Ha pasado mucho tiempo —se escuchó decir. Ni siquiera sabía cómo estaba logrando formar palabras.

–Sí. Parecía contenta de haber vuelto. La he invitado a que venga a Rosie's Diner esta noche –dijo Morgan de forma despreocupada–. Tú vas a venir de todos modos, ¿no?

Él asintió.

–Allí estaré.

–Entonces, ¡nos vemos esta noche! –contestó ella con tono alegre mientras le daba un golpecito a la puerta con los nudillos–. Y trabaja un poco más tu cara de póker, Jay. Parece que hayas visto un fantasma.

Mientras Morgan se alejaba, Jesse paró el coche, se recostó contra el reposacabezas y soltó el aliento que había estado conteniendo. No había vuelto a ver a Nia desde que se había marchado con su corazón hecho añicos entre las manos. Pero iba a verla esa noche, en apenas unas horas.

Todo estaba cambiando.

Capítulo 3
Nia

¿Cómo se tiene que vestir una chica para ver a su exnovio por primera vez en seis años? ¿Un vestido elegante? ¿Unos vaqueros desgastados? ¿Botas altas y ceñidas con una minifalda? Nia se probó todos y cada uno de los conjuntos que había conseguido meter en sus maletas, pero ninguno le pareció el adecuado. Una ruptura y un reencuentro en un mismo día eran demasiado para ella.

–Ponte cualquier cosa y ya está. Vas a conseguir que llegue tarde al partido –se quejó Niles.

Su hermano estaba en el último curso del instituto e, injustamente, le dejaban conducir a donde quisiera, incluso a un partido de baloncesto por la tarde en el instituto. A su edad, Nia había tenido que pedirle a su padre que la llevara a todas partes, así que, según sus cálculos de hermana mayor, eso significaba que para estar en paz Niles debía hacer de chófer y llevarla a la cafetería.

Niles cruzó los brazos sobre el pecho con gesto impaciente y se apoyó en el marco de la puerta de su antiguo dormitorio.

–No es más que un partido de baloncesto. ¿Qué podrías perderte en los primeros cinco minutos? –le preguntó Nia.

–No es más que una cena en Rosie's Diner –se burló él–. ¿Qué importa lo que te pongas?

–Importa –respondió–, porque no he vuelto a ver a Jesse desde que me marché. Quiero estar... guapa.

«Guapa», se repitió a sí misma. No, quería estar espectacular, pero eso no iba a ocurrir aquella noche. Se había

35

dado cuenta de que, al salir a toda prisa de casa de Bryant, se había dejado allí todos los artículos de aseo, incluidos los productos para el pelo y todo el maquillaje. Si quería estar presentable durante el resto de su estancia, tendría que ir al centro comercial de Asheville, el pueblo de al lado.

«De todos modos, ¿cuánto tiempo voy a quedarme aquí?», se preguntó. Sin embargo, todavía no tenía una respuesta para eso. Solo el tiempo lo diría.

—A mí me parece que estás bien —replicó Niles, encogiéndose de hombros—. Toma —dijo mientras le lanzaba un jersey gris que encontró en su maleta. El cuello se doblaba hacia abajo y le dejaba los hombros al descubierto—. Póntelo con estos —le indicó antes de tomar unos vaqueros claros que había en la pila del suelo—. Y con esos. —Señaló unos botines negros de puntera estrecha—. Y hazte esa especie de moño con el pelo rizado y listo, Ni-Ni —añadió antes de salir al pasillo a grandes zancadas—. ¡Te doy cinco minutos o me marcho sin ti!

Apenas unos años atrás, Nia solía llevarse a Niles cada vez que salía con sus amigos, que lo trataban como si fuese un muñequito. Ahora, era él el que le metía prisa. Cómo habían cambiado las cosas...

Siempre había pensado que, cuando se marchara de Cinnamon Falls, el tiempo se detendría y que, cuando al fin regresara a casa, se encontraría a sus padres, inmortales, y a su molesto hermano pequeño, que seguiría con los dedos manchados de queso y pegado a su iPad.

Pero, no. Niles había crecido y, al parecer, ahora tenía sentido de la moda. Nia se quitó los *leggings*, se puso la ropa que le había sugerido su hermano y se miró de arriba abajo en el espejo. El conjunto era mono, pero jamás lo admitiría delante de él. Se alisó las arrugas del jersey, se puso un par de pendientes de plata y los conjuntó con un fino collar y unas pulseras del mismo material. Eso tendría que bastar.

Se dirigió al dormitorio de sus padres en busca de un

cepillo de cerdas y crema para peinarse la melena natural. Se recogió el pelo en un moño y, con los dedos, enroscó las puntas para hacerse «esa especie de moño» que su hermano le había sugerido. Ya que estaba, rebuscó entre la colección de perfumes de su madre y escogió uno dulce con notas de vainilla y un toque floral agradable pero que no resultaba abrumador.

Ahora le tocaba el rostro. Se puso un poco de corrector bajo los ojos hinchados para que no pareciera que se había pasado medio día llorando y se aplicó rímel para acentuar los ojos marrones y almendrados.

No era el aspecto espectacular que iba buscando, pero al menos lucía presentable.

Bajó los escalones de dos en dos y pasó frente a sus padres, que estaban acurrucados en el sofá, viendo una película de acción. A través de la pantalla se oían ráfagas de disparos y su madre se tapaba los ojos con los dedos cubiertos de la mantequilla de las palomitas que tenía sobre el regazo.

–Pásalo bien, Ni-Ni. –Walter se estiró para darle un abrazo, la estrechó con fuerza y le susurró–: Me alegro de que estés de vuelta, cielo.

Entonces, le plantó un beso en la sien.

Midnight, la desafiante gata Bombay de la familia, le gruñó, amenazante. Desde que había llegado a casa, le había estado haciendo el vacío. Nia no podía culparla. Después de todo, había pasado seis años fuera sin ningún tipo de explicación. Estiró el brazo para rascarle entre las orejas, pero la gata le enseñó los dientes. Ya se le pasaría...

–Deja a mi niña en paz –le dijo su padre mientras la apartaba con la mano.

Midnight se acomodó todavía más en su regazo. Nia sabía que su padre quería a aquel animal más que a cualquier otro miembro de la familia.

–¿Eso que huelo es mi perfume caro? –preguntó Marjorie, mirándola.

Nia cambió de tema de conversación rápidamente.

–Mejor hablemos del hecho de que Niles pueda conducir ya. ¡A mí ni siquiera me dejabais ir sola a la tienda!

–Está creciendo –contestó Marjorie con un tono de voz que desprendía ternura. Nia sintió ganas de vomitar–. Necesita independencia.

–¿Independencia? ¡Tiene diecisiete años!

Miró a su padre para que la respaldara, pero él se encogió de hombros sin ganas de entrometerse. Abrió la boca para seguir discutiendo el asunto, pero el estruendo del claxon la interrumpió.

–Será mejor que subas a ese coche si no quieres que te deje aquí –dijo su madre con una carcajada.

Nia salió corriendo de casa antes de que su hermano pudiera dar marcha atrás en el camino de la entrada.

El viaje en coche hasta la cafetería fue insoportable. Era la segunda vez ese día que Nia se sentía insatisfecha con el transporte disponible en el pueblo. Tal vez ahora Niles tuviese sentido de la moda, pero tenía un gusto musical terrible. La porquería que la obligó a escuchar debería ser ilegal en al menos diez países, pero ni siquiera aquella basura de música consiguió distraerla de revivir la última vez que había visto a Jesse.

Habían empezado a salir durante el verano de octavo curso. Desde entonces y hasta el día en el que ella se había marchado, habían sido prácticamente inseparables. Tras su ruptura, él nunca intentó llamarla ni mandarle ningún mensaje. Ni siquiera lo había bloqueado en redes sociales, ya que él nunca las utilizaba. Nia sabía que, en su Instagram, seguían apareciendo las mismas fotos de años atrás porque, en alguna que otra ocasión, había *stalkeado* su perfil con descaro.

Bueno, vale… Lo hacía a menudo, pero él no tenía por qué saberlo.

–¿Podría llevarte a casa tu novio? –le preguntó Niles mientras aparcaba en Rosie's Diner.

En el interior, Nia distinguió a Rosie tras el mostrador, con la cabeza echada hacia atrás mientras se despedía a carcajada limpia de uno de los últimos clientes. Su cabello negro, que le llegaba hasta los hombros, tenía un mechón gris. ¿Podía ser más genial de lo que ya era? Desde aquel ángulo, Rosie brillaba como si alguien la hubiera estado cuidando muy bien, pero seguía siendo tan fuerte y directa como siempre. A Sienna le habría encantado ver aquella versión de su madre.

Pensar en Sienna Rose hizo que sintiese un pinchazo en el corazón. Debería seguir allí, con ellas.

–¿Novio? ¿Qué? ¿Tan ocupado estás que no puedes venir a buscarme en un par de horas? –le preguntó a su hermano.

No iba a caer en su intento de distraerla.

–Voy a ir con unos amigos a Barkwood Bridge después del partido, eso es todo –admitió él–. Volveré tarde.

En el puente había un aparcamiento con vistas a la cascada. Cuando Nia estudiaba en el instituto, sus amigas y ella solían pasar horas allí, lejos de las miradas entrometidas de sus padres y de todos los turistas que habían abandonado el pueblo al terminar la temporada. Suponía que ya era hora de que una nueva generación descubriera lo que era divertirse sin supervisión, pero, aun así, la inquietaba.

–¿Tarde? –repitió–. ¿Qué consideras «tarde»?

Él se encogió de hombros.

–No sé... ¿medianoche?

–¡Mañana tienes clase! Niles, ¿mamá te deja salir con el coche hasta tan tarde?

Aquello era indignante. Una auténtica injusticia. No podía creer que su madre se hubiera ablandado de aquel modo con su hermano. A ella, Marjorie jamás le habría permitido algo así.

Niles puso los ojos en blanco.

–¿Podrá llevarte a casa o no?

Nia aprovechó el momento para cotillear, dado que era evidente que nadie más en aquella familia parecía preocuparse por el paradero de su hermano. Cinnamon Falls era un pueblo pequeño, así que lo más probable era que no le ocurriese nada malo, pero, después de lo que le había ocurrido a Sienna, no podía arriesgarse.

—¿Y quiénes son «unos cuantos»?

—Venga ya, Ni-Ni —replicó él.

Se le dibujó una sonrisa en los labios que dejó en evidencia la verdad: había quedado con una chica.

—¿Cómo se llama? —le preguntó mientras le hacía cosquillas en las costillas.

Él la apartó con un manotazo.

—¿Te acuerdas de Shawna Daniels? Tal vez no... Iba a mi curso —comenzó a decir él.

Nia se sobresaltó tanto que estuvo a punto de saltar.

—¡Por favor, dime que no dejas que conduzca este coche!

—Conduzco yo —le aseguró él—. Tan solo nos estamos... viendo, ¿sabes? —añadió mientras se encogía de hombros de aquel modo evasivo que a menudo utilizaban los hombres cuando intentaban ocultar sus sentimientos.

—No vayas por ahí engendrando bebés, Niles. Lo digo en serio. —Nia trató de usar su voz maternal y, para asegurarse de que comprendía que no estaba bromeando, lo apuntó con el dedo.

Él se echó a reír, avergonzado.

—No, nada de eso. Tan solo hablamos. Bueno, habla ella... Yo me limito a escuchar la mayor parte del tiempo.

Sí, en un momento dado, ella y Jesse también se habían limitado a hablar y escuchar. Todavía no podía creer que su hermanito, cuya habitación había olido a huevos en el pasado, fuese lo bastante mayor como para que le gustase una chica. Nia se inclinó hacia su asiento y lo atrajo a su cuerpo para darle un abrazo. Ahora, era demasiado alto para hacerle una llave de cabeza, así que, en lugar de eso, le revolvió el pelo con las manos.

—¡Para, Ni-Ni! —Él se echó a reír mientras volvía a peinarse.

Bajó el retrovisor para mirarse en el espejo–. Haz que te lleve a casa, ¿vale? Nos vemos por la mañana.

Nia bajó del coche y, antes de que pudiera alejarse, le dijo:

–Mañana necesito que me lleves al centro comercial de Asheville.

–Mañana tengo un partido, así que puedo llevarte después de las clases. Sobre las siete. ¿Te va bien?

–Perfecto –contestó–. Ten cuidado. Nos vemos mañana.

Observó a Niles salir y alejarse por la carretera hasta que las luces traseras del vehículo desaparecieron al doblar una esquina. Sintió como si una parte de su corazón se fuera con él. Cuando la calle estuvo despejada, Nia por fin reunió el valor suficiente para entrar en el local.

–¿Me tomas el pelo? –chilló Rosie cuando sus miradas se cruzaron.

Salió disparada desde detrás del mostrador y Nia se preparó para el impacto.

Rosie no era una mujer pequeña. Siempre le había recordado a la señorita Trunchbull de *Matilda*; en tamaño, no en actitud. Tenía una sonrisa deslumbrante que hacía que Nia siempre se sintiera como si fuese la luz de su mundo y era tan dulce como su exquisita sidra de manzana.

De pequeña, Nia había pasado incontables horas con Sienna en Rosie's Diner. Cuando se cansaba de servir helados a los clientes, su madre la observaba desde la puerta de la heladería para asegurarse de que llegaba sana y salva a la cafetería, que se encontraba al final de la calle.

Increíblemente, Rosie's Diner seguía igual que siempre. Los reconfortantes aromas de la canela y la mantequilla cubrían el lugar como un cálido abrigo de invierno. Durante las horas de apertura, las conversaciones llenaban cada rincón de aquella cafetería estilo años cincuenta. El local contaba con reservados de cuero rojo que parecían haber sido retapizados los últimos seis años y una barra alta que recorría toda la estancia y que siempre estaba repleta de clientes disfrutando de los famosos postres con canela de Rosie, expuestos bajo campanas de cristal. En el centro del local colgaba un letrero retro de neón y en forma de rosa; la seña de identidad de la dueña.

Los habitantes de Cinnamon Falls nunca se andaban con tonterías cuando se trataba de Rosie. Sentían un respeto mutuo y profundo por la mujer que había estado presente en las comidas de sus recuerdos más preciados. Entre graduaciones, cumpleaños, bodas, *baby showers*, bautizos y funerales, Rosie acompañaba a todo el mundo desde la cuna hasta la tumba.

Antes de que Nia pudiera protestar, Rosie la abrazó y estuvo a punto de levantarla del suelo. Tras un instante, la soltó y dio un paso atrás para poder mirarla bien. La mujer tenía los ojos de un cálido e intenso color marrón y su mirada hacía que Nia se sintiera comprendida y, al mismo tiempo, responsable. De niña, odiaba que la madre de Sienna pudiera saber todo lo que pensaba, pero, en aquel momento, estaba ansiosa por contarle cada una de las cosas que tenía en la cabeza.

–Nia –dijo Rosie con los ojos brillantes–. ¿Dónde te habías metido, niña?

Miró a su alrededor y divisó a Morgan sentada contra la pared del fondo, en uno de los reservados más grandes, riéndose con personas a las que no podía distinguir desde aquel ángulo.

–Me mudé a Atlanta. Acabo de terminar el posgrado –le informó mientras, diligentemente, le mostraba las fotografías con cuidado de saltar aquellas en las que aparecía Bryant.

–¡Enhorabuena! ¡Estás guapísima con la toga y el birrete! ¿Cuánto tiempo vas a quedarte en el pueblo?

Nia quería decirle la verdad, pero no era el momento. Para eso, necesitaría un chupito y ningún oído indiscreto alrededor.

–¿Puedo pasar por aquí en algún momento esta semana? Así podremos hablar de ello –contestó ella.

–Por supuesto. –Rosie sonrió–. Morgan y compañía están por allí.

Siguió su mirada hasta el reservado más ruidoso. En aquel rincón del local estallaron unas carcajadas. Morgan la vio y le hizo un gesto con la mano para que se acercara.

–Avísame si necesitas algo –apuntó Rosie.

Le dio unas palmaditas en la mano a pesar de que Nia seguía recordando perfectamente cómo llegar hasta la cocina desde la sala principal.

–Un bollo de canela, por favor.

Lo había estado deseando desde que había llegado al pueblo. La esponjosidad y el dulzor de los bollos de Rosie no tenían rival. La canela mezclada con el crujiente intenso de las pacanas tostadas siempre la hacían sentir como si Rosie hubiera preparado cada uno de aquellos bollos específicamente para ella.

–Estoy probando una receta nueva de *pumpkin spice* para este Fall Fest. Tienes que decirme qué te parece.

Rosie dio media vuelta, emocionada, y, con una floritura, desapareció tras el mostrador para poner rumbo a la cocina.

Nia respiró hondo. Había llegado el momento de enfrentarse a sus miedos y acercarse a la mesa de Morgan.

Darius Lyons fue el primero en verla. El muchacho flacucho al que Sienna, Morgan y ella solían odiar había desaparecido por completo. «Flacucho» y «Darius» eran palabras que ya no podían usarse en una misma frase. Tenía los hombros anchos, los brazos fuertes y un pecho que llenaba por completo la chaqueta de diseñador que llevaba puesta; era como si se la hubieran hecho a medida. Su piel oscura y su sonrisa encantadora dejaban claro por qué se había convertido en el chico de oro de Cinnamon Falls. Llevaba unos pendientes con diamantes del tamaño de una moneda de diez centavos. Su aspecto era digno de un cartel publicitario de ropa de deporte, no de una cena informal con amigos. Nia se preguntó qué habría pensado Sienna si hubiera sabido que, seis años después de acabar el instituto, había quedado con su archienemigo.

−¡La chica de la Gran Ciudad ha vuelto al pueblo!

Por cómo arrastraba las palabras, era evidente que ya había bebido demasiado. Y no eran más que las nueve de la noche. Unas gafas oscuras le cubrían los ojos. En aquel momento, Nia deseó haber traído también las suyas para que Darius no viera cómo ponía los ojos en blanco.

Frente a él se sentaba Jesse, que alzó la vista hacia ella en mitad de una conversación con una mujer que se encontraba sentada junto a Morgan. Al principio, Nia no la reconoció, pero, al acercarse, se dio cuenta de que se trataba de Victoria Nathan, la novia de Darius. Con todo el maquillaje que llevaba, estaba casi irreconocible. No podía creer que siguieran juntos. Estaba convencida de que él la dejaría en cuanto triunfara. Incluso sentada, Victoria era una cabeza más alta que Darius. Su figura imponente hacía que resultase imposible ignorarla. Su resplandeciente piel morena era una prueba evidente de que vivía en un mundo en el que, sencillamente, el estrés y las preocupaciones no existían. Los pómulos marcados resaltaban unos ojos afilados, capaces de cortar piedra. Sin embargo, seguía mostrando el mismo gesto irritante de siempre: una sonrisa de suficiencia constante, como si fuese más lista que el resto.

Los ojos de Jesse se encontraron con los de Nia y ambos consiguieron esbozar una sonrisa educada. Ella quiso derretirse y atravesar el suelo. Jesse tenía un aspecto increíble: tenía la piel de color caramelo inmaculada y, en el tiempo que habían pasado separados, había desarrollado los mismos rasgos duros y masculinos que su padre; mandíbula cuadrada incluida. La camisa roja de franela que llevaba puesta resaltaba su pecho musculoso y su complexión atlética. Parecía despreocupado y cómodo, como si no se hubiese pasado la última hora de su vida rebuscando en el armario y preparándose para verla.

44

–Pero si eres tú –dijo Nia, dirigiéndose a Darius y apartando la vista de Jesse–, el gran campeón.

Darius llevaba el anillo de su equipo en el dedo meñique, ya que tenía los otros ocupados por ostentosos diamantes.

–No es nada, ¿sabes? –contestó él mientras Victoria se inclinaba para quitarle una pelusa invisible del hombro de modo que su reluciente anillo de compromiso hiciese una gran entrada. Hacía juego con los pendientes que llevaba.

Jesse se desplazó hacia el interior para hacerle hueco y que Nia se sentara. Ella se acomodó a su lado y se fijó en que no llevaba ningún anillo en el dedo. Junto a él, había un enorme ramo de rosas rojas. ¿Eran para ella?

–No esperaba semejante reencuentro esta noche –dijo Nia, intentando romper el hielo.

–En Cinnamon Falls, las noticias vuelan –replicó él–. Bienvenida de nuevo.

–Gracias, Jesse.

No era capaz de mirarlo a los ojos, pero podía sentir el calor que emanaba él. Miró a Morgan, que se encontraba enfrente de ella y se estaba entreteniendo con los condimentos que había en la mesa.

En ese momento, Rosie se acercó con un plato enorme repleto de bollos de canela.

–Eres una santa, Rosie –dijo Jesse mientras apilaba los platos sucios para hacer hueco al que acababa de traer–, aunque no puedo comer ni un solo bocado más.

–¡Tonterías! –protestó la mujer–. ¡Comed!

Diligentemente, Rosie colocó el plato en el centro de la mesa. Al verlos, el aroma de la canela y la mantequilla hizo que Nia comenzara a salivar. Los bollos llevaban un remolino de naranja en el centro y, por encima, una capa de crema espesa salpicada con nueces tostadas. Nia no perdió el tiempo y tomó uno del plato.

–¿Queréis un poco de sidra? –les preguntó Rosie.

–Sí, por favor –masculló Nia con la boca llena. Era un deleite para los amantes de la canela.

–Para mí no, gracias –dijo Victoria, que se alejó del postre como si fuese a cobrar vida y devorarla.

Nia se percató de que su lado de la mesa estaba vacío y, frente a ella, tan solo había un vaso de agua lleno de gotitas de condensación.

–No seas tonta –comentó Darius mientras tomaba uno de los bollos y le daba un mordisco–. La gente espera todo el año para comerse uno de estos. –Entonces, volvió a centrar su atención en Rosie–. ¿Este año vuelve a encargarse de la comida del festival?

–Como siempre –contestó la mujer–. Esta noche he quedado con Maggie para repasar el menú. En esta ocasión, vamos a probar algo nuevo. Y hablando de eso... Me sorprende verte de vuelta por estos lares. –Rosie hizo inventario de los platos y comenzó a despejar la mesa–. ¿Has venido para coronar al nuevo Rey de Cinnamon?

Darius tragó el trozo de comida que tenía en la boca. Nia no podía verle los ojos a causa de las horribles gafas de sol, pero adivinaba que no estaba mirando a la mujer a la cara.

–Solo he vuelto para un par de días –contestó con indiferencia.

–Para disfrutar de las fiestas, por lo que veo.

Rosie apartó los numerosos vasos de chupito que estaban apilados junto al joven.

–Dos reencuentros en un mismo día. Eso se merece unas copas.

Sin levantarse de su asiento, Morgan comenzó a bailar.

Rosie miró a Victoria y se percató de su falta de entusiasmo por la comida que tenía enfrente.

–¿Puedo traerte alguna otra cosa? –Aunque tenía buena intención, su voz sonó cortante–. Puedo prepararte lo que quieras.

–¿Podría prepararme una ensalada verde? –preguntó Victoria, con una sonrisa forzada.

–Una... ¿ensalada? –repitió Rosie, como si nunca antes hubiese oído esa palabra.

–Sí –replicó Victoria con desdén–. Lechuga, tomate, un poco de pepino... Una ensalada.

Rosie entrecerró los ojos.

–Enseguida.

–Relájate, cielo –le dijo Darius a su novia mientras Rosie se alejaba y el tintineo de los platos sucios se perdía en la distancia.

–Es que en este pueblo ni siquiera puedes comerte una ensalada decente. Lo odio. Me muero de hambre. Todo está frito o bañado en mantequilla.

–Tan solo serán un par de días más.

Darius intentó consolarla con un beso torpe en la mejilla, pero ella le apartó la cara e hizo además de limpiarse con la mano.

–La palabra «odio» es muy fuerte –comentó Jesse mientras cortaba su bollo de canela de forma metódica–. ¿Qué tiene de malo Cinnamon Falls?

–Por favor, no le des pie –intervino Morgan, intentando cambiar de tema de conversación.

Nia se removió en su asiento, incómoda. Jesse amaba aquel lugar y Victoria sonaba tal y como lo había hecho ella durante el último año de instituto. Aquel era el motivo principal de que hubiesen roto: Nia estaba desesperada por marcharse y Jesse quería quedarse.

–Ilumíname –insistió él.

Victoria puso los ojos en blanco sin dar el brazo a torcer.

–Ya podemos irnos –le dijo a Darius, que estaba a punto de meterse un bocado de bollo en la boca expectante.

Él vaciló y, después, dejó el tenedor sobre la mesa y se limpió la boca. Estiró el brazo para chocar el puño con Jesse y se despidió de Nia y Morgan sin montar mucho escándalo. Salió del reservado y dejó que Victoria caminase delante de él. Justo en ese momento, Rosie se acercó con la ensalada que le habían pedido. Darius rebuscó en el bolsillo de los vaqueros, sacó un billete azul de un fajo enorme y lo dejó sobre la mesa.

–Nos vamos –murmuró con la cabeza agachada.

–¿Y quién va a conducir? –le preguntó Rosie–. Lo último que necesito es que tu padre me corte la cabeza por tu culpa.

–No va a pasar nada –le aseguró él–. Solo son veinte minutos. Nada más.

La dueña del local puso una mano en la cadera y arqueó las cejas, escéptica.

–Cuidado con esa cascada. Por la noche está muy oscuro –les dijo mientras se dirigían hacia la salida.

Victoria agarró a su novio de la mano y tiró de él para atravesar la puerta. El resto del grupo observó desde el reservado cómo la pareja salía de la cafetería y se subía a un F-150 tuneado. Mientras Darius abandonaba el aparcamiento derrapando, una canción de *hip hop* comenzó a retumbar a través de los altavoces.

Rosie se pasó los dedos por el pelo y, sin mirar atrás, se alejó de allí a grandes zancadas.

–¿A qué ha venido todo eso? –preguntó Morgan.

Jesse sacudió la cabeza como si pudiera añadir algo más pero no fuese a hacerlo. A pesar de que todo había regresado a la normalidad, Nia no pudo evitar notar lo tenso que estaba.

–Deberíamos irnos –dijo él–. ¿Necesitas que te lleve a casa?

–La llevo yo –se ofreció Morgan.

Los tres se dirigieron hacia la salida. Nia se detuvo junto al mostrador y vio a Rosie en la trastienda, con el teléfono pegado a la oreja y el cable enrollado en torno al dedo índice. Se despidió de ella con la mano para hacerle saber que se marchaban.

–Pásate por aquí mañana –susurró Rosie casi sin emitir sonido.

Nia asintió antes de lanzarle un beso que la mujer fingió atrapar en el aire. Después se lo colocó sobre el corazón.

Luego, los tres se adentraron en la noche.

Capítulo 4

Jesse

Martes

Jesse primero oyó el ruido en sueños. El repiqueteo del teléfono vibrando sobre la mesilla de noche lo despertó con un sobresalto. Con los ojos entrecerrados vio el reloj, que le devolvía la mirada. Eran la una y media de la madrugada. Buscó a tientas el móvil para contestar, pero, antes de que pudiera llevárselo a la oreja, supo que algo iba mal.

—Jesse, hijo, necesito que vengas a Rosie's Diner —dijo Vernon Prescott, el jefe de policía, con voz controlada.

Desde que trabajaban juntos, el hombre nunca había usado un apelativo cariñoso para dirigirse a él. El tono cortante con el que le habló hizo que se incorporara de inmediato en la cama.

Se tambaleó hacia el armario y rebuscó algo apropiado que ponerse con la rapidez de un hombre crónicamente impuntual y que ya había recibido tres avisos en el trabajo.

—Puedo estar allí en quince minutos —respondió con el teléfono sujeto entre el hombro y la oreja mientras daba saltitos para ponerse los pantalones.

Se apretó el cinturón y comenzó a ponerse una sudadera.

—Que sea en diez —dijo Prescott de forma brusca—. Y nada de sirenas —añadió antes de colgar.

¿Nada de sirenas? La cabeza comenzó a darle vueltas de forma frenética. «¿Qué podría haber sacado al jefe de

49

policía de la cama a la una y media de la madrugada? ¿Y por qué estaría en la cafetería?», se preguntó mientras se movía con destreza por la casa a oscuras en dirección al garaje. Se detuvo en la cocina para dejarle una nota a su padre, que esperaría el desayuno en unas horas. Antes de marcharse, llenó un jarrón con agua y metió dentro las rosas que le había prometido al hombre. Habría deseado tener tiempo para poner bonita la mesa, pero incluso el aniversario de sus padres tendría que esperar.

Entonces, con las luces del coche patrulla encendidas y el sueño rondándole todavía los ojos, atravesó el pueblo a toda velocidad en dirección a Rosie's Diner.

Jesse llegó exactamente diez minutos después. Encontró Main Street sumida en una calma espeluznante, salvo por la presencia policial que se encontraba frente al local. Mientras salía del vehículo, oyó el llanto gutural de una mujer. Con el corazón latiéndole con fuerza en el pecho, analizó con rapidez la escena: Bud Wade y Terrance Chambers, los detectives de Cinnamon Falls, estaban consolando a una Maggie Shilling sumida en el llanto. Chambers hacía lo posible por mantenerla en pie, pero el delgado detective no podía con ella y la mujer, que estaba hiperventilando, empezaba a escurrírsele.

No vio a Rosie por ninguna parte.

Jesse se percató de que el viejo Chevy Caprice de Grace Whitfield, del que siempre había estado celoso, estaba estacionado en la plaza de la dueña de la cafetería. Si la forense había llegado antes que él era porque se trataba de un asunto serio.

—Sentadla —ordenó Prescott, el jefe de policía. Los agentes condujeron con cuidado a Maggie hasta el bordillo.

Prescott parecía haber dormido aún menos que Jesse. No había ni rastro de su habitual semblante huraño o su actitud despreocupada. Parecía desconsolado y, lo que era peor, horrorizado.

Con pasos pesados, decididos e imponentes, se acercó a Jesse antes de que este se aproximara demasiado al local. Tenía la constitución de un *bulldog*: cuello ancho, pecho amplio y robusto y una barriga que le tensaba la camisa del uniforme. Las luces rojas y azules parpadeaban sobre la piel empapada de sudor de su rostro, resaltando las arrugas profundas que tenía en la frente y en torno a la boca. Posó sobre él aquellos ojos grises como el acero, agudos e implacables, y lo miró con una intensidad que dejó a Jesse clavado al suelo.

A pesar de la hora que era, el jefe de policía llevaba el uniforme impoluto. La tela azul bien planchada se ajustaba a su cuerpo y la placa reluciente resplandecía bajo la luz de las farolas. El cinturón de cuero negro, apretado con fuerza en torno a la amplia cintura, rechinaba cuando se movía, y de él colgaba una pistola que Jesse nunca le había visto desenfundar. Las botas, abrillantadas a la perfección, reflejaban las luces policiales como si fueran espejos. Cuando se detuvo frente a él, respiró hondo, inhalando con lentitud y de forma controlada.

–¿Qué tenemos? –preguntó Jesse con reluctancia, aunque ya podía deducir la respuesta.

Inspiró profundamente, tal como le habían enseñado a hacer cuando necesitaba que su mente se calmara. El gesto sombrío de Prescott tan solo incrementaba sus sospechas. Desde donde se encontraba, podía ver que estaba haciendo un esfuerzo por reprimir el llanto. En su fuero interno, Jesse se preparó para recibir la noticia.

Prescott hizo una pausa antes de contestar.

–Se trata de Rosie –dijo al fin–. Está... –El jefe sacudió la cabeza como si no fuera capaz de pronunciar las palabras. «No».

Jesse ya había recibido malas noticias en el pasado. En momentos así, le habían enseñado a compartimentar, a deshacerse de los sentimientos y agudizar la lógica. Le era natural racionalizar una herida sangrante y lidiar con ello después. Y, algún día, mucho más tarde, tendría que enfrentarse al dolor que estaba sintiendo en ese momento. Era como si le estuvieran clavando cuchillos ardientes en el vientre. Solo quería doblarse y gritar, tal como había visto hacer a Maggie.

Una ira oscura que no había sentido en años le recorrió las venas y quiso arrancar el asfalto con sus propias manos. Temía que, si abría la boca, un grito animal se le escaparía con fuerza. Se apoyó contra el coche y puso las palmas de las manos sobre el metal frío para calmarse.

–¿Cómo? –consiguió decir a duras penas.

El jefe se encogió de hombros y bajó la vista al suelo como si los hechos fuesen demasiado difíciles de soportar.

Chambers y Wade al fin habían conseguido acomodar a Maggie en el asiento trasero del coche de policía. Cuando Wade cerró la puerta, la mujer apoyó la cabeza contra la ventanilla y se llevó las rodillas al pecho como una niña pequeña asustada por el destino de su madre. Chambers se dirigió hacia donde se encontraban Jesse y Prescott y Wade lo siguió, pisándole los talones.

–Maggie llamó a la centralita poco después de medianoche –informó Chambers mientras miraba por encima del hombro a la mujer. Se había calmado un poco y su llanto se había convertido en gimoteo.

Cuando el desgarbado detective entrelazó los dedos de las manos tras la nuca, Jesse no pudo evitar fijarse en su resplandeciente alianza. Después, el hombre respiró hondo y cerró los ojos.

Terrance Chambers era uno de esos vecinos que se había mudado desde la ciudad. Tan solo era un par de años mayor que Jesse y había conseguido el puesto disponible de detective con facilidad. Con diez años de experiencia en el Departamento de Policía de Atlanta a sus espaldas, había pensado que podía «tomarse las cosas con calma» en Cinnamon Falls donde, según él, «el crimen no existe».

A pesar de su trayectoria, Jesse no estaba seguro de que

Chambers tuviera lo que había que tener. Era evidente que había salido de la cama y se había puesto lo primero que había encontrado: unos pantalones de pijama con la cara de su esposa estampada en ellos.

«¿No ha podido encontrar unos vaqueros decentes?». La poca fe que Jesse tenía en el detective se esfumó.

—Por lo que hemos podido sacarle, iba a reunirse con Rosie a medianoche para repasar el menú del festival de este fin de semana —prosiguió Chambers.

—¿A medianoche? —intervino el jefe Prescott.

—¿Por qué tan tarde? —preguntó Jesse.

—Alexis está en el comité con Maggie —apuntó Chambers, refiriéndose a su esposa—. Se reúnen continuamente para coordinar todo ese caos. A veces, no vuelve a casa hasta las once de la noche. Es un lío enorme —añadió, sacudiendo la cabeza y con las manos en el aire para expresar su frustración.

—En tal caso, tiene sentido que Maggie quedase con Rosie tan tarde —confirmó Prescott.

—Señor, Maggie ha dicho que ha entrado y se la ha encontrado así, sin más —apuntó Wade con la vista clavada en el suelo.

Wade, un hombre corpulento y serio, trabajaba como agente del Departamento de Policía de Cinnamon Falls desde antes de que Jesse naciera. Estaba a punto de jubilarse y se aseguraba de que todo el mundo lo supiera. Tenía un torso redondo que tiraba de las costuras del uniforme y un cuello que hacía tiempo que había desaparecido entre los hombros cuadrados y firmes. Wade no hablaba a menos que tuviera algo importante que decir y, cuando lo hacía, la gente lo escuchaba. Jesse se preguntó si estaría tan conmocionado por la noticia como los demás.

—Está completamente destrozada. Yo la creo, jefe.

—¿Cómo la ha encontrado?

Jesse había temido preguntar aquello, pero tenía que hacerlo. ¿Se había resbalado y se había caído? ¿Se había hecho daño ella sola?

Intentó pasar junto a sus compañeros, pero Prescott le puso una mano en el pecho para impedir que siguiera avanzando.

–Jesse, a Rosie la han... la han asesinado –le reveló el hombre mientras le pasaba la mano al hombro y le estudiaba el rostro.

Aquellas palabras lo golpearon como si le hubieran dado una patada en el estómago. Intentaba hacerse a la idea de que la mujer que prácticamente lo había criado ya no estaba en el mundo, pero saber que alguien había acabado con ella de forma brutal e intencionada hizo que su rabia brotara más feroz que nunca.

–Angie me ha llamado desde recepción y yo he llamado a Grace para que se reuniera aquí conmigo. Cree que la hora de la muerte podría situarse entre las diez y las doce de la noche.

Jesse quería derrumbarse, pero se llevó las manos a las rodillas para mantener la compostura. Cuando se había marchado de Rosie's Diner con Morgan y Nia, eran casi las nueve y media. Solo una hora después… Si tan solo se hubiera quedado una hora más, tal vez Rosie aún estaría viva.

–¿Cuál es la causa de la muerte? –preguntó con voz débil.

–Traumatismo craneal por objeto contundente.

Alguien emitió un sonido que Jesse tan solo podría comparar con el de un animal herido. Le llevó algunos segundos percatarse de que había sido él mismo. Hizo falta que el jefe Prescott y Bud Wade lo ayudasen a mantenerse en pie. Jesse respiró hondo varias veces. El aroma a canela que, por lo general, le traía consuelo y recuerdos del rostro sonriente de Rosie, ahora le revolvía el estómago.

Su mundo se estaba desmoronando.

–¿Alguien ha asesinado a Rosie?

Cuando aquellas palabras salieron de su boca, le parecieron irreales, como si estuviese actuando en una película y, en algún lugar, alguien estuviese a punto de gritar: «¡Corten!».

–No solo eso –añadió Chambers–. Han dejado una nota. «¿Y ahora, quién?» –leyó en voz alta.

El detective estaba pálido como un fantasma mientras giraba el móvil para mostrarles la fotografía. Jesse reconoció de inmediato el diseño de rosas que cubría las mesas de Rosie's Diner. Sobre una, había un trozo de papel rasgado que, con letra errática y apresurada, rezaba: «¿Y ahora, quién?».

–Sabéis lo que esto significa, ¿verdad?

Chambers guardó el teléfono y cruzó los brazos sobre el pecho.

Los hombres intercambiaron miradas fugaces y desesperadas. Entonces, con voz entrecortada y sin aliento, Wade preguntó:

–¿Hay un asesino en serie en Cinnamon Falls?

Jesse tardó un rato en recuperar la compostura y aunar el valor suficiente para cruzar la calle hasta Rosie's Diner. Recordaba que, de pequeño, su madre y la de Nia solían observarlos desde la puerta de The Cinnamon Scoop mientras recorrían la corta distancia que había hasta el local. En aquel entonces, Main Street le parecía enorme. Sabía que no les pasaría nada en los minutos que tardarían en llegar desde la heladería hasta la cafetería. De hecho, Rosie estaría justo allí, junto a la puerta, haciéndoles un gesto con la mano a sus madres para indicarles que habían llegado bien.

Ahora, ver aquel lugar precintado con cinta policial y rodeado de agentes le parecía antinatural. El jefe había llamado a otros policías para que bloquearan Main Street antes de que el resto del pueblo se despertara para comenzar el día e incluso el alcalde, Asad Lyons, se había acercado hasta allí. Vestido con un traje que fácilmente podría costear el salario anual de Jesse, estaba en un rincón, hablando con Prescott.

Jesse divisó a Grace Whitfield, la forense del pueblo, de pie en la entrada. Grace y su hermano, Gage, regentaban Whitfield Family Mortuary, un negocio que aunaba la morgue y los servicios funerarios. El padre de ambos, Genesis, había servido a los habitantes de Cinnamon Falls durante generaciones y, tras graduarse en Medicina, Grace había regresado para continuar el legado familiar. La mujer era muy leal a su familia y siempre abordaba su trabajo con compasión y respeto. Su madre había elegido un nombre perfecto para ella: «gracia». Jesse siempre había admirado la dedicación que mostraba a las familias que atendía. La muerte siempre era difícil de afrontar, pero la de Rosie afectaría a todo el pueblo.

Grace parecía agotada. Llevaba la melena espesa recogida en un moño alto que resaltaba sus rasgos suaves. La sonrisa profesional que solía mostrar había desaparecido y tenía los labios torcidos por la preocupación. Con la muñeca de una mano enguantada, se subió las gafas de montura transparente. Con la otra, sostenía una cámara.

Estaba buscando a alguien. Con la mirada seria, escrutaba la marea de agentes que se encontraban en el exterior del local. Durante un breve instante, pasó de largo el rostro de Jesse, pero enseguida volvió a él y lo miró a los ojos como si todo aquel tiempo lo hubiese estado buscando. Su expresión se suavizó al verlo.

Con las piernas temblorosas, Jesse cruzó la calle hacia ella. Se dieron un abrazo breve, un gesto de condolencia silencioso, antes de que ella le diera la trágica noticia.

—Se ha defendido como una campeona.

Grace apretó la mandíbula y señaló la cámara, preguntándole en silencio si quería echar un vistazo. Jesse negó con la cabeza. No quería saber nada más; deseaba recordar a Rosie como el rayo de luz que había sido. Sin embargo, si quería volver a dormir por las noches, tenía que conocer cada detalle y debía verlo con sus propios ojos.

Pasó junto a Grace y entró en Rosie's Diner antes de que le flaquearan las fuerzas. Gage había pasado con el coche fúnebre, así que ya habían levantado el cuerpo. Cuando entró en el local, Jesse se sintió como si hubiera cruzado a otra dimensión. La cafetería, habitualmente llena y acompañada por las risas de los vecinos del pueblo, estaba sumida en un silencio extraño, solo interrumpido por los murmullos de las radios de la policía.

Incrédulo, Jesse contempló todo lo que lo rodeaba. Habían destrozado el local. Mientras recorría el lugar, totalmente devastado, los cristales crujían bajo sus pies. Siguió el rastro hasta uno de los expositores que parecían haber roto con un taburete que yacía volcado. Esparcidas por el suelo, había cajas con las tazas de cerámica personalizadas que Rosie usaba para la sidra totalmente rotas. El letrero de neón sobre sus cabezas parpadeaba intermitentemente, como si alguien lo hubiera golpeado también con un arma.

–Estaba aquí –dijo Grace. El tono calmado de su voz atravesó la ira que se había desatado en el interior de Jesse. Con la mirada, siguió el dedo con el que la forense señalaba el primer reservado que había junto a la puerta–. Desplomada. –Jesse recreó la escena mentalmente y ella continuó–. Estaba esperando a alguien. Aquí había una taza de sidra –comentó, señalando el lateral del reservado–. Cuando he llegado, todavía estaba caliente.

Grace le mostró una de las fotografías que había tomado. Era una vista cenital que le permitía observar toda la escena del crimen.

Si no fuese por el charco de sangre bajo el cuerpo de Rosie, podría parecer que simplemente se había quedado dormida. Junto a su mano, con una manicura perfecta, se encontraba la nota rasgada. Grace pasó las fotografías y saltó aquellas que podrían ser demasiado abrumadoras para él. Entonces, señaló los primeros planos que había tomado de las manos y los brazos de la víctima.

–¿Ves esas marcas?

–¿Heridas defensivas? –preguntó él.

Grace asintió.

—Rosie era una mujer grande y fuerte. Haría falta algo más que una o dos tazas de té para derribarla —comentó, señalando los restos que había por el suelo—. La han golpeado con algo grande; algo pesado.

Jesse comenzó a escudriñar la sala para ver si había alguna otra cosa fuera de lugar o que pareciera que faltase, pero tenía la vista nublada por las lágrimas. Pestañeó para deshacerse de ellas justo a tiempo; Prescott lo llamaba a gritos.

—¡Shaw, ven aquí!

Antes de que pudiera darse la vuelta para salir, Grace le dio un abrazo.

—Gracias —susurró él mientras la estrechaba con fuerza un instante.

De nuevo en el exterior, Jesse se reunió con el jefe de policía y el resto del equipo. Prescott no perdió el tiempo y empezó a dar órdenes a sus hombres para que contactaran a los familiares y empleados de Rosie. El alcalde Lyons estableció junto con un par de agentes rutas alternativas para el tráfico de Main Street. Por otro lado, Prescott quería esclarecer los hechos antes de que el pueblo se despertara y comenzaran a correr los rumores… si es que no lo habían hecho ya. Solo era cuestión de tiempo que Elaine Matthias se presentase allí con su furgoneta informativa para exigir respuestas.

—Shaw, tú conoces estas calles mejor que nadie. Quiero que trabajes con Chambers para esclarecer cómo fueron las últimas doce horas de la vida de Rosie. Vamos a rastrear todos sus pasos. Quiero tener constancia de todos y cada uno de los coches que pasaron por esta calle desde ayer a esta misma hora. Quiero saber el nombre de todas las personas que se sentaron en esa cafetería, ¿entendido?

Jesse asintió, complacido de poder ponerse en marcha. Quería empezar de inmediato. También se percató del gesto decepcionado de Chambers, pero decidió no pensar en ello. Se trataba de hacer justicia en nombre de Rosie, no de cuáles eran sus sentimientos personales.

–Wade, lleva a la señorita Shilling a la comisaría –prosi-guió el jefe–. Sírvele un poco de café, del bueno que tengo en mi despacho, nada de esa porquería que bebéis todos vosotros. Y tómale declaración. Hasta donde sabemos, fue la última persona en ver a Rosie con vida.

–No creerá que Maggie sería capaz de... –lo interrumpió Wade.

–Ahora mismo, no sé qué pensar –replicó Prescott.

–El jefe tiene razón –intervino Chambers–. En este momento, todo el mundo es sospechoso hasta que el novato y yo comprobemos las coartadas. Si descubrís algo, informadnos. Esa nota me dice que quienquiera que sea no ha hecho más que empezar.

–¿«Novato»? –preguntó Jesse mientras daba un paso hacia su compañero.

Sabía que lo estaba provocando y acababa de dar con el punto exacto. Chambers le dedicó una sonrisa de suficiencia y se encogió de hombros.

–Es una forma de hablar.

–¡No es momento para eso! –bramó Prescott–. Tenemos una responsabilidad con un pueblo entero que se va a despertar aterrorizado y esperando respuestas. Necesito que todo el mundo haga su puñetero trabajo, ¿entendido? ¡Y rápido! Si os enteráis de cualquier cosa, me llamáis a mí primero.

–Sí, señor –contestó Jesse con los labios apretados.

–Podéis pelearos en vuestro tiempo libre. –El jefe de policía se abrió paso entre la multitud de hombres y se dirigió hacia su coche patrulla–. ¡Quiero respuestas, caballeros! –dijo antes de abandonar la escena del crimen.

Mientras el resto de los agentes se dispersaba para seguir sus órdenes, Jesse sintió la mirada de Chambers sobre él.

–¿Y bien? –preguntó el detective–. ¿Por dónde quieres empezar?

Jesse miró el teléfono móvil. Eran casi las tres de la madrugada. Disponía más o menos de una hora más antes de que los reposteros de Rosie's Diner llegasen para comenzar a preparar las diferentes hornadas de sus famosos postres. Pasarían unas horas más antes de que el resto de negocios de Main Street cobraran vida. En Cinnamon Falls, aquel iba a ser un día triste.

–En primer lugar, vas a ir a casa a cambiarte esos pantalones –dijo Jesse sin mirarlo–. Y en una hora nos reuniremos en la comisaría.

Chambers chasqueó la lengua y se cruzó de brazos.

–¿Y qué vas a hacer tú?

–Ocuparme de los míos –contestó él.

Se alejó de Chambers, dejó al hombre y el rostro de su esposa en el aparcamiento y volvió a entrar en Rosie's Diner.

Capítulo 5
Nia

Nia se estaba asfixiando. Tosió y se quitó la pesada obstrucción de la cara. Encendió la lámpara de la mesilla de noche de golpe y se encontró con los ojos amarillos de Midnight, que le devolvía la mirada, furibunda. Al parecer, la gata había decidido que el rostro de Nia era el lugar perfecto para dormir.

–¡Papá, tu gata está intentando matarme otra vez! –gimió ella.

El animal la miró fijamente.

–Nochecita –canturreó su padre desde el piso de abajo con aquel tono de voz que los padres usan cuando tratan de sobornar a sus hijos con problemas de conducta–. Ven a desayunar, pequeña. Tu hermana tiene mal despertar.

Midnight se bajó de la cama con la actitud de una adolescente de catorce años y, por si acaso, sacudió la cola frente a su némesis. Por la noche, Nia había cerrado la puerta, pero aquel animal taimado siempre encontraba la manera de entrar. Estaba segura de que la gata volvería a intentar matarla. Le debía una disculpa por sus seis años de ausencia y la gata tan solo se estaba asegurando de recibirla, ya fuera en aquella vida o en la siguiente.

«Tendrá que ponerse a la cola», pensó. Había un puñado de gente con la que tenía que disculparse y, aquel día, iba a empezar con la más cercana a ella: su madre.

Su padre siempre había dicho que ella y Marjorie eran exactamente iguales y que por eso chocaban tan a menudo. Sin embargo, Nia no era capaz de ver las similitudes entre ambas. En todo caso, le parecía que tenía la misma personalidad despreocupada y el mismo sentido del humor que su padre. Lo único que había heredado de Marjorie era la mirada suave, pero seria, y el color caramelo de la piel. Todo lo demás, incluso la talla de zapatos, se lo atribuía a su padre.

Eran las siete de la mañana y, cuando Nia se aventuró al piso de abajo, encontró su hogar en pleno movimiento. Vio a su padre salir por la puerta trasera para disfrutar de un café en la terraza. Midnight lo siguió emocionada y lista para perseguir a los pájaros que se atrevieran a descender sobre el césped, que era de su propiedad, y hacerse con algún insecto inocente para desayunar. En la cocina, su madre estaba de pie junto a la isla preparando un sándwich enorme.

—¿De verdad sigues preparándole la comida a Niles? —preguntó, indignada por las acciones de su madre.

—Buenos días a ti también —contestó Marjorie sin perder la concentración mientras quitaba los bordes del pan y lo envolvía con destreza en papel de aluminio—. Hoy tiene partido, pero tu padre y yo tenemos una reunión con Maggie Shilling para repasar los números del festival, así que nos lo perderemos.

—Esto es enfermizo. Lo sabes, ¿verdad?

Nia sacó un vaso del armario y lo llenó con zumo de naranja. Su madre se encogió de hombros.

—Al menos, él todavía me necesita. Tú siempre fuiste muy independiente. Nunca necesitaste ayuda para nada. Niles todavía me deja ser su madre, así que voy a serlo todo el tiempo que pueda —dijo la mujer, que había comenzado a arrancar de una en una las uvas de un racimo para meterlas en una bolsa de plástico.

Aquellas palabras quedaron suspendidas en el aire durante un instante antes de que Nia decidiera romper el silencio.

—Sí que te necesito, mamá —dijo mientras se sentaba en la barra de la isla, frente a ella—. Ahora mismo, más que nunca.

Claro que necesitaba a su madre. Antes de decidir marcharse, se había sentido asfixiada. Cinnamon Falls le parecía un lugar donde siempre la miraban con lupa; sobre todo, tras la muerte de Sienna. En aquel momento, pensó que irse no cambiaría nada para nadie más que para ella, pero ahora comenzaba a darse cuenta de lo mucho que había cambiado todo realmente.

Apenas dos noches atrás, había estado tumbada al lado del hombre que creía era el amor de su vida, viendo un *reality*. Había sentido una felicidad indescriptible. En lo último en lo que había pensado era en la trágica vida que había dejado atrás en Cinnamon Falls. Había pasado de tener todo lo que podría desear –un trabajo bien pagado en un bufete de abogados muy importante, un novio guapo y divertidísimo y un armario lleno de más zapatos y bolsos de los que podría llevar en toda una vida– a tener que vivir con la maleta a cuestas y dormir en una cama individual en el dormitorio rosa chicle de su infancia.

Marjorie alzó la vista hacia su hija.

–Cuéntame. ¿Qué ha pasado con Bryant?

Nia sacudió la cabeza al recordar que tenía planeado tener la misma conversación con Rosie ese mismo día. Ojalá estuviera allí para no tener que abrir su corazón dos veces, pero tal vez le iría bien poder hablar de ello en voz alta en lugar de reprimirlo. Había pasado bastante tiempo desde la última vez que le habían roto el corazón. Seis años, para ser exactos. Pero el dolor de un desengaño amoroso nunca se tornaba desconocido.

–Ni siquiera lo sé –suspiró Nia.

Todavía se sentía atrapada en aquel momento de suplicio emocional. El corazón se le aceleró y le latía con fuerza en los oídos al recordar lo sorprendida que se había sentido cuando llamaron a la puerta principal aquella mañana.

–Pensé que Bryant se habría olvidado algo, cosa que casi nunca pasaba. O, tal vez, que había pedido desayuno a domicilio para mí. Fui dando saltitos de alegría hasta la puerta, esperando recibir una sorpresa de mi considerado novio. Pero, en su lugar, me encontré cara a cara con una mujer que parecía llevar días sin dormir. Me dijo que aquel apartamento era uno que su familia tenía alquilado para cuando Bryant trabajaba hasta tarde en la oficina y no podía conducir de vuelta hasta Augusta. Tenía otra vida sin mí, a horas de distancia. Todo lo que me había dicho era una mentira.

–¿Y qué dijo él? –le preguntó Marjorie con las manos en las caderas y las cejas fruncidas.

–No he hablado con él –admitió–. No sabía qué hacer. Entré en pánico. ¿Sabes? Después de lo de Jesse, pensé que me limitaría a construir una vida de soltera. No esperaba conocer a Bryant y, desde luego, ¡no me habría enamorado de él si hubiera sabido que estaba casado! No puedo creer que todo fuese mentira. Mamá, estaba tan bien con él... ¿Soy una idiota por echarlo de menos ahora mismo y por querer recuperar esa mentira?

–Eres una mujer –contestó ella–. Independientemente de lo que pasó antes de ayer, querías a Bryant. Pero el amor tiene un precio, cariño.

–El dolor –masculló ella.

–Es un precio que todos pagamos. Pero no puedes determinar tu valía basándote en los errores de un hombre.

–Estoy muy enfadada con él. –Nia golpeó el puño sobre la isla de la cocina y su vaso repiqueteó en la encimera de mármol–. Y, sobre todo, estoy enfadada conmigo misma. No dejo de repasar nuestros recuerdos, los mensajes, las fotos..., para ver qué pasé por alto. ¿Cómo es posible que no lo supiera? ¿Cómo fue capaz de ocultar una vida durante años?

–Es un mentiroso –dijo su madre, tajante–. Es lo que hacen los mentirosos. Consiguen que te creas sus fantasías retorcidas. –Aquellas palabras fueron una bofetada de realidad en la cara–. Tus intenciones eran buenas. Te metiste en una relación con honestidad y el corazón abierto. –Nia sacudió la cabeza; habría querido proteger más aquel corazón–. Lo bueno del amor es que nunca muere –prosiguió la mujer–. El amor y la devoción que le mostraste a ese hombre regresarán a ti multiplicados por diez.

Quería creer a su madre, pero lo único que sentía era rabia. Rabia y tristeza. No imaginaba cómo el amor podría atravesar el muro que había empezado a levantar para proteger su corazón desde que la esposa de Bryant había llamado a su puerta.

–Creo que, al menos por ahora, no quiero saber nada del amor –masculló antes de terminarse el zumo de un trago. Enjuagó el vaso y lo metió en el lavavajillas–. Necesito un tiempo para recomponerme.

–Ahora estás en casa. Tómate todo el tiempo que necesites.

–¿Mamá? –dijo Nia antes de subir al piso de arriba.

Marjorie se dio la vuelta para mirarla.

–Dime, cariño.

–Antes de marcharte, ¿podrías prepararme un sándwich a mí también?

Cuando su madre le contestó, Nia se dio cuenta de lo mucho que se parecían sus sonrisas.

–Claro que sí, Ni-Ni.

Regresó a su dormitorio y se quedó mirando el móvil, que se estaba cargando en la mesilla de noche. ¿Bryant la habría llamado o le habría mandado algún mensaje? «¿Qué más te da?», le reprendió su cabeza. Su ego quería que le suplicara perdón y se arrastrara a sus pies. Sin embargo, su corazón tan solo quería pasar página. Quería olvidar que había formado parte de su vida. En cuestión de minutos, había puesto aquella vida patas arriba y Nia todavía se sentía como si todo se estuviera derrumbando a su alrededor.

Iba a tener que dejar su trabajo. Ahogó un sollozo. Había trabajado muy duro para conseguir las prácticas en

Gildman & Sons y, cuando el señor Gildman la había escogido a ella entre otros diez becarios para un preciado puesto como asistente de investigación, se había sentido como si todo empezara a irle bien lejos de Cinnamon Falls. Estaba forjando su propio camino lejos del de su familia. Y, ahora, ¿qué le quedaba de todo aquel esfuerzo? Empezaba a arrepentirse de haber abandonado su hogar.

Tocó la pantalla del teléfono y se iluminó con notificaciones de un número desconocido. No necesitó abrir los mensajes para saber que se trataba de Bryant. Tal como había sospechado, le estaba suplicando poder explicarse en persona.

Responde al teléfono.
Háblame, Nia, por favor.

No necesitaba leer el resto para saber que tenían el mismo tono. Pero todavía no había visto ni una sola disculpa.

Niles pasó corriendo frente a su dormitorio con Midnight acurrucada entre los brazos de camino a la cocina. El animal debía de haberse aburrido de sus Juegos Olímpicos matutinos.

—¿Todavía necesitas que te lleve esta tarde a Asheville? —le preguntó su hermano.

Nia asintió sin apartar la vista de la gata, que tenía los ojos posados en ella.

—Si no te importa... —contestó.

—¿Qué tal fue anoche? —le preguntó él mientras acariciaba el lomo de Midnight. Ella hundió el hocico en el hueco de su brazo.

—Raro —admitió—. Estuvo bien ver a Jesse. Quería ponerme al día con ellos, pero Rosie se enfadó, así que fue un poco incómodo al final.

—¿Con quién se enfadó? Todo el mundo sabe que, si Jay está presente y no quieres acabar esposado, lo mejor es no meterse con Rosie.

—¿Ahora Jesse es policía?

Aquella fue una agradable sorpresa. Con el historial militar de su padre y el amor que sentía por el pueblo en el que había nacido, Nia sabía que Jesse haría cualquier cosa por proteger Cinnamon Falls. Era el trabajo perfecto para él.

–¿No te lo dijo?

–En realidad, no tuvimos oportunidad de hablar demasiado. Todo pasó muy rápido y, después, nos marchamos.

–Cuando estaba volviendo a casa, pasé por delante y las luces seguían encendidas. Supuse que todavía estabais allí dentro.

–¿Y qué tal fue tu noche? –le preguntó ella, bajando la voz para que sus padres no la oyeran.

Niles se arrastró un poco más hacia el interior de la habitación y miró por encima del hombro. Después, por si acaso, tapó las orejas de Midnight con una mano.

–Estuvo bien.

Por cómo se le sonrojaron las mejillas, Nia supo que la noche había estado más que bien.

–¿Solo «bien»? –insistió.

–Muy muy bien –dijo él con una sonrisa pícara.

Sin embargo, Nia comprendió que no iba a conseguir que su hermanito le diera más información. Niles quitó la mano de las orejas de la gata.

–Tengo que irme ya a clase. Hoy todos vamos a estar fuera de casa, asegúrate de darle de comer a Midnight. Le gustan los bocaditos de atún, no los de salmón que suele darle mamá.

Al escuchar la mención de su comida favorita, la gata levantó las orejas. Nia puso los ojos en blanco.

–La tratáis mejor que a mí.

–Es más mona que tú –contestó Niles mientras se encogía de hombros.

Después, dejó a Midnight sobre la cama de su hermana.

–Muchas gracias –replicó Nia con tono sarcástico.

–¡Nos vemos luego, fea! –exclamó él antes de darse la vuelta y dirigirse al piso de abajo.

–Supongo que hoy es un día solo de chicas –le dijo a la gata. Sin embargo, sin mostrar ningún interés en estrechar lazos con ella, el animal saltó de la cama y siguió a Niles por las escaleras–. Pues parece que no –masculló.

–Ni-Ni, te dejo el sándwich en la nevera –le gritó su madre desde abajo–. No volveremos hasta tarde. Tenéis la cena para ti y tu hermano en el horno.

–¡Gracias, mamá! –respondió.

Dado que la casa se había quedado vacía y las amenazas de muerte de Midnight parecían neutralizadas por el momento, Nia decidió recuperar el sueño que le habían interrumpido.

Estaba soñando que estaba sentada en la barra de Rosie's Diner, riéndose hasta llorar con Sienna como cuando eran niñas. Detrás del mostrador, Rosie preparaba todos los pedidos. Sienna y ella estaban rodeadas de una cantidad tan grande y ridícula de bollos de canela que no podrían habérselos comido ni en toda una vida.

Justo cuando sintió que el sueño volvía a envolverla, oyó la vibración del móvil. Se le paró el corazón. «¿Y si es Bryant de nuevo?», pensó.

Nia no podía imaginarse teniendo una conversación con él en aquel instante. Tan solo sería capaz de gritarle hasta quedarse sin voz. Así que, sin mirarlo, dejó que siguiera sonando hasta que, al final, dejó de hacerlo.

Se giró boca arriba y se quedó contemplando el techo. ¿Qué iba a hacer a partir de entonces?

El teléfono sonó de nuevo, pero no contestó.

Volvió a sonar.

Al final, decidió que no podía seguir huyendo de sus decisiones. Iba a tener que decirle a Bryant que la dejara en paz y que disfrutara de su vida de casado. «¡Cálmate! –se dijo a sí misma–. ¡Agarra el toro por los cuernos!». Respiró hondo y contestó la llamada sin comprobar de quién se trataba.

–Mira, Bryant... –comenzó a decir, dispuesta a dejar las cosas claras.

Estaba cansada de huir del dolor. Aquel iba a ser el primer día de su camino hacia la sanación, que comenzaba por cortar por lo sano con Bryant. La relación se había acabado y ya no tenía que preocuparse por si volvería a verlo de nuevo.

Sin embargo, la voz alterada de su madre la interrumpió en mitad de la frase.

—¡Nia, es Rosie! ¡Han cortado Main Street!

Se incorporó de golpe en la cama. El corazón le latía con fuerza dentro del pecho.

—Más despacio, mamá. ¿Qué ocurre?

—¡Main Street! ¡La han cortado de arriba abajo! ¡No sé si podremos llegar a la tienda! Dicen que... Ay, Dios...

Marjorie soltó un gemido profundo y gutural. Nia oyó a su madre sufrir arcadas y escupir. De fondo, también oía a su padre intentando calmar a su esposa y diciéndole que respirara hondo por la nariz y soltara el aire por la boca. Entre el crepitar de la línea telefónica, pudo distinguir unos sollozos.

—¡Mamá! ¡Dime algo! ¿Qué está pasando? —suplicó ella—. ¿Hola?

Empezaba a estar desesperada.

Su padre debió de quitarle el móvil, porque fue su voz lo que oyó a continuación:

—Se trata de Rosie, Ni-Ni. Se ha ido.

69

Capítulo 6

Jesse

Jesse se había pasado la última hora llorando en el aparcamiento de Barkwood Bridge. Cuando Chambers se marchó de Rosie's Diner, Jesse esperó hasta perder de vista el coche del detective y, entonces, condujo hasta la cascada. En aquel momento, todavía no había amanecido y el cielo nocturno le había parecido un manto perfecto.

Había contenido su dolor y, ahora, al fin estaba solo. El puente siempre había sido el lugar al que acudía cuando la vida se le hacía demasiado cuesta arriba. La soledad y el rugido de la cascada convertían el paraje en un lugar ideal para confesar pecados o desprenderse de las cargas. Jesse estaba allí para lo segundo.

Gritó con fuerza desde las entrañas y le tembló todo el cuerpo. Agradeció poder apoyarse en el puente. Dejó que la cascada arrastrara su dolor y lo alejara de Cinnamon Falls antes de desembocar en un cuerpo de agua más grande a kilómetros de distancia. Le gustaba imaginar que sus penas recorrían el mismo camino.

Cuando no le quedaron más lágrimas que derramar, se dirigió a la comisaría para reunirse con Chambers. Ahora que había desaparecido la conmoción inicial de la muerte de Rosie, un nuevo sentimiento se había apoderado de su corazón. Ya no estaba triste, sino furioso. Alguien había tenido la osadía de arrebatarle nada más y nada menos que a Rosie. Se la había arrebatado a todo el pueblo.

Se imaginaba a aquella persona durmiendo en paz, emocionada por haber salido impune. Aquella sería la última noche que disfrutaría de un sueño profundo. Esperaba que se le erizara el vello de la nuca y que pudiera sentir que Jesse iba a darle caza, acercándose cada vez más, incluso en sueños.

A las seis de la mañana, la comisaría era un frenesí de actividad. Por lo general, el turno de la mañana no aparecería hasta un par de horas más tarde, pero el jefe había sacado a todo el cuerpo de la cama.

Jesse mantuvo la cabeza agachada la mayor parte del tiempo mientras evitaba las miradas de lástima y las conversaciones incómodas donde hablaban de Rosie en pasado. Tenía que estar concentrado. Rebuscó un cuaderno en su escritorio y anotó cada detalle que pudo recordar de la noche anterior.

En primer lugar, hizo un boceto de Rosie's Diner vista desde arriba y trazó cada mesa y cada silla. Después, situó a todos y cada uno de los clientes que habían estado cenando allí la noche anterior. Calculó que habría unas siete personas en total, incluyendo a las cinco que habían estado con él. Como punto de partida, hizo una lista con los nombres.

Tachó el suyo de inmediato y, después, los de Nia y Morgan. Al llegar, había encontrado a una pareja de ancianos en la barra, el señor y la señora Blackwell. Era físicamente imposible que alguno de ellos hubiera matado a Rosie. Tachó sus nombres. Tampoco podía imaginarse a Victoria o a Darius haciéndole daño. A fin de cuentas, Rosie formaba parte de la realeza de Cinnamon Falls. Nadie en su sano juicio le habría puesto una mano encima. ¿Quién podría haberlo hecho? Tachó sus nombres también, lo que lo dejó sin sospechosos y tan confundido como cuando comenzó. Dobló ambos trozos de papel y se los guardó en el bolsillo de los pantalones.

Cuando terminó, Chambers llegó ataviado con un traje de tres piezas a rayas blancas y negras. Había completado el conjunto con unos zapatos de charol de suela dura que repiqueteaban sobre el suelo de baldosas de la comisaría. Tan solo le faltaba tener el pelo verde para que Jesse temiese al pronunciar su nombre tres veces en voz alta.

Se acercó al escritorio de Jesse con grandes zancadas, seguido por una estela de silbidos sarcásticos y carcajadas procedentes de los otros agentes. Con la punta del zapato, volcó la papelera y apoyó un pie sobre ella. Al hacerlo, se le subió la pernera del pantalón, lo que dejó a la vista un calcetín. De nuevo, su esposa, Alexis, sonreía a Jesse.

–¿Esto te parece mejor, novato? –bromeó Chambers.

Estaba demasiado cerca y Jesse podía distinguir una zona de la cara que no se había afeitado y la vena hinchada que le asomaba en el cuello. Chambers había estado esperando aquel momento, pero Jesse no pensaba darle la satisfacción de mostrarse irritado.

Para ser justos, antes de que Chambers se diera cuenta de lo que estaba pasando, Jesse podría haberle agarrado la corbata con el puño y haberle golpeado la barbilla con el borde del escritorio. Se habría mordido el labio y, con un poco de suerte, se habría partido unos cuantos dientes. Jesse se lo imaginó doblándose de dolor. Eso le borraría la sonrisa de suficiencia de un plumazo.

Pero, en lugar de eso, se giró hacia el detective y dijo:

–Ya era hora. Conduzco yo.

Dado que Main Street estaba cortada y solo estaba permitido el acceso de vehículos policiales, Jesse tardó apenas unos minutos en llegar a la morgue, que estaba en la otra punta del pueblo. Fue tan rápido que Chambers y él no tuvieron tiempo de conversar. Era evidente que no se soportaban. En ese momento, para Jesse todo lo que no fuese Rosie era una distracción, pero, en cuanto hubiese esposado al culpable, se vengaría de su compañero.

La Whitfield Family Mortuary se encontraba en lo alto de una colina cubierta de hierba a las afueras del pueblo.

La estructura tradicional de ladrillo blanco y dos pisos estaba bordeada de columnas imponentes. Los arbustos bien podados y el elaborado bebedero para pájaros de hormigón eran demasiado románticos para un lugar que albergaba a los muertos. En la planta baja se encontraba la funeraria, donde trabajaba Gage. En el sótano, la morgue, estaba Grace.

Aquel era el segundo negocio más antiguo de Cinnamon Falls, por lo que los Whitfield llevaban encargándose de los vecinos fallecidos desde sus inicios. Sin embargo, aquella era la primera vez que Jesse los visitaba por asuntos oficiales de la policía.

Condujo el coche patrulla por el camino empedrado y aparcó junto al Caprice de Grace. Cuando bajó del vehículo, Chambers silbó mientras contemplaba aquella belleza clásica y la capa de pintura de color negro medianoche. En Cinnamon Falls, los coches clásicos eran comunes. De hecho, en cuanto pusiera sus finanzas en orden, Jesse pensaba comprarse su propio Caprice, de ese mismo color.

—¿La chica de la funeraria conduce esto? —preguntó Chambers.

Jesse lo ignoró y se dirigió a la puerta trasera de la funeraria. Unos focos con sensor de movimiento se encendieron y los siguieron hasta unas puertas dobles de madera. Llamó, consciente de que Gage los estaría esperando.

Chambers chasqueó la lengua.

—Escucha, novato, no quiero que haya mal rollo entre nosotros.

Jesse sacudió la cabeza.

—Pero ya has vuelto a usar la palabra «novato».

—Aún vas en pañales. —Chambers se encogió de hombros—. Me apuesto algo a que este es tu primer homicidio. —Jesse estaba a punto de rebatirle aquello cuando añadió—: De hecho, me atrevería a apostar a que, en este lugar, esta es la primera vez que alguien muere por causas que no sean naturales.

Jesse apretó la mandíbula con tanta fuerza que un dolor agudo le atravesó las encías.

—¿Adónde quieres llegar?

—No tenéis ni idea de lo que estáis haciendo, ¿verdad? —El modo en el que Chambers lo miraba, como si tuviera el poder de un adivino, hacía que quisiera estamparle la cabeza contra la pared—. El jefe ha insistido mucho en incluirte, pero creo que todo este asunto te toca demasiado cerca. Ni siquiera has podido entrar en la cafetería sin derrumbarte. ¿Esperas que me crea que vas a ser capaz de verla sobre la mesa de autopsias? Me dijeron que eras una especie de héroe de guerra...

Antes de que Jesse fuese consciente de lo que estaba haciendo, inmovilizó a Chambers contra la pared. Tenía la camisa y la corbata del detective arrugadas en el puño de hierro y el rostro del hombre a apenas unos centímetros del suyo. El gesto aterrado y los ojos como platos de su compañero fueron suficientes para mantenerlo satisfecho en las semanas venideras.

Gage Whitfield abrió la puerta y contempló la escena: Chambers estaba a varios centímetros del suelo con la espalda contra la pared y Jesse tenía fuego en los ojos.

—Grace —dijo, llamando a su hermana. Se dio la vuelta sin inmutarse y dejó a los agentes en el umbral—. Es la policía.

Jesse soltó a su compañero y dio un paso atrás mientras el otro hombre se alisaba las arrugas del traje. Entonces, vio a la forense dirigirse hacia ellos.

—Haz tu trabajo y yo haré el mío —espetó Jesse tras una larga pausa.

«Concéntrate», se dijo a sí mismo.

—Recibido —masculló Chambers a modo de respuesta.

En la morgue hacía muchísimo frío. El olor a muerte flotaba en el aire. Jesse se armó de valor; no pensaba darle a Chambers la satisfacción de verlo perder la compostura de nuevo. Odiaba la facilidad con la que lo sacaba de quicio.

«Concéntrate», se repitió antes de volver al momento presente.

–Conozco a Jesse desde que éramos niños –le dijo Grace al detective mientras organizaba de forma meticulosa el instrumental sobre una mesa de metal.

Una docena de lo que parecían muebles archivadores ocupaba la pared desde el suelo hasta el techo.

–¿Y siempre ha sido tan tieso? –preguntó el hombre como si Jesse no estuviese presente en la sala.

Grace miró a Jesse con timidez.

–Nunca se anda con chiquitas –contestó la mujer y, entonces, ambos se rieron a su costa.

–Hablando de eso... Vamos a ponernos manos a la obra –dijo él.

–¿Ves? –dijeron ambos al unísono.

Jesse negó con la cabeza. Se había metido en la trampa él solito. Se unió a sus carcajadas y sintió que la tensión abandonaba su cuerpo. Descruzó los brazos y se sacudió de encima la rigidez que se le había acumulado en los huesos. ¿Cuándo había sido la última vez que se había reído? Se sentía como si hubiera vivido un millón de vidas desde que había salido de la cafetería la noche anterior.

–¿Estás seguro de que puedes lidiar con esto? –le preguntó Grace.

En circunstancias normales, le habría respondido con total sinceridad y le habría dicho que no. Ya le costaba respirar y sentía el estómago revuelto, como si fuese a vomitar la cena de la noche anterior.

Asintió y se negó a mirar a Chambers a los ojos, ya que intuía que estaba sonriendo con suficiencia. Grace se puso un par de guantes y se colocó unas gafas protectoras sobre los ojos. Después, les tendió mascarillas y guantes.

Con mucho esfuerzo, sacó uno de los cajones del mueble. Jesse esperaba ver filas y más filas de archivadores, pero, en su lugar, se encontró cara a cara con el cuerpo sin vida de

Rosie. La mujer que Jesse siempre había creído invencible tenía los ojos cerrados con fuerza. Su única cana gris estaba pegada a la frente con sangre.

Tras una breve pausa, Grace habló con tono aséptico y profesional.

–Rosslyn Sienna Rose. Cincuenta y seis años. Murió entre las diez y las doce de la noche pasada por un traumatismo craneoencefálico causado por un objeto contundente.

«Rosslyn», repitió Jesse para sus adentros. En todos aquellos años, jamás había sabido cuál era su verdadero nombre. Para él, siempre había sido Rosie. De algún modo, aquello la humanizaba incluso más. Era como descubrir que, después de todo, Superman tan solo era Clark Kent.

–¿Cuál crees que fue el arma del crimen? –preguntó Chambers mientras se inclinaba para inspeccionar las heridas de la mujer.

Tenía el rostro a escasos centímetros de ella y le recorría el cuerpo con los ojos oscuros, pequeños y brillantes como si fuera un bufé con demasiadas opciones. Jesse calmó al león que le rugía en el pecho.

La forense se encogió de hombros.

–¿Cuál es la conjetura más probable? –insistió el hombre.

–Algo pesado. Tal vez una sartén o uno de sus rodillos de amasar. Sabré más cuando haya terminado la autopsia.

Chambers señaló los cardenales en los brazos de Rosie. Con la mano enguantada, le levantó uno de ellos con cuidado y dejó a la vista un moretón semicircular en el antebrazo. Después, le levantó el otro y descubrió que tenía otro idéntico. Le colocó las manos sobre la cara como si estuviera jugando al escondite y les mostró otra marca en forma de círculo.

–Se defendió del atacante –concluyó Chambers mientras imitaba el acto de golpearla–, pero debieron de vencerla y le asestaron el golpe final en la cabeza.

–Podría ser cierto –comentó Grace–. Otra cosa. –La forense pasó el pulgar sobre un moretón circular de color azul oscuro que Rosie tenía en el bíceps–. Este parece anterior a los otros –añadió, señalando los brazos para mostrarles la diferencia de color.

–¿Rosie estaba casada? –preguntó el detective a nadie en particular.

–Oí que estaba tonteando con Harvey Briggs –respondió Grace.

Chambers miró a Jesse en busca de confirmación, pero aquella información no era más que mera especulación. Jesse también había oído que estaba saliendo con el señor Briggs, pero no tenía ni idea de si era cierto o no. No estaba al tanto de los asuntos privados de Rosie y Harvey Briggs no era precisamente el tipo de hombre que presumiría de una mujer paseando por el pueblo.

–¿Quién es? –preguntó Chambers con un destello en los ojos.

Parecía un perro que acababa de encontrar un hueso. Abrió un cuaderno y anotó el nombre.

–Es el dueño del desguace y del concesionario de vehículos de segunda mano que se encuentra a las afueras del pueblo, más allá de la granja Old Man Milton.

El detective siguió escribiendo.

–¿Y crees que estuvo anoche en el pueblo? Podría haber ido a la cafetería, enzarzarse en una pelea con ella y... ¡Bum! Golpe en la cabeza. –Imitó el golpe–. Muerta.

Jesse sacudió la cabeza. El señor Briggs era un ermitaño y un hombre de pocas palabras, pero ¿un asesino? No recordaba haberlo visto en el local. A la hora del cierre, su grupo había sido el último en irse.

–¿Cuándo sabrás algo más? –preguntó Jesse mientras consultaba el reloj.

Grace cambió el peso de una pierna a la otra y se apoyó una mano en la cadera.

–Rosie no es la única persona que ha muerto en Cinnamon Falls, ¿sabéis?

–Dale prioridad –le sugirió Chambers antes de que Jesse pudiera pedírselo con amabilidad–. El jefe necesita que resolvamos el caso rápido.

–No recibo órdenes ni tuyas ni de Vernon. Haré lo que pueda –les concedió.

–Gracias, Grace –contestó Jesse–. Agradeceremos cualquier cosa que puedas hacer para ayudarnos. –El detective y él se dieron la vuelta para marcharse, pero entonces añadió–: Si descubres algo más, llámame.

Con gesto sarcástico, la forense les hizo un saludo militar. Los agentes cerraron la puerta tras de sí y la dejaron sola en aquella habitación fría donde era la única persona viva.

Capítulo 7
Nia

La policía había cortado Main Street desde Rosie's Diner hasta Bones Barber Shop. Nadie podía entrar ni salir. Para los negocios que se encontraban entre ambos lugares, eso significaba que aquel día no habría movimiento; y los locales ubicados fuera del perímetro estaban atestados tanto de clientes confundidos y asustados como de propietarios enfadados. A pesar de que los padres de Nia estaban afligidos, tenían que trabajar, así que tenían que preparar café y servir helados.

A aquellas horas de la mañana, el producto estrella, el más vendido, era la Corona de Cinnamon: una enorme bola del helado de canela original de Ma-Clara flotando sobre un café expreso muy caliente y coronada con nata montada y pepitas de caramelo. A aquellas alturas, Nia podría prepararlo con los ojos cerrados.

Incluso Midnight, una gata hogareña que odiaba a los humanos en general, estaba ayudando a levantar el ánimo. Se paseaba entre las mesas del local, arrancando gritos de júbilo entre los clientes, a los que les permitía rascarle detrás de las orejas. Nia supuso que también podía notar la pesadez que reinaba en el ambiente.

Por mucho que Nia quisiera ayudar, no podía concentrarse en nada que no fuera Rosie. Después de derramar la segunda bandeja de Coronas, sus padres le sugirieron amablemente que saliera a tomar el aire. No quería estar a solas con sus pensamientos errantes, pero la heladería, llena de clientes especulando sobre Rosie, empezaba a provocarle una sensación de ahogo.

Aquello le recordó inmediatamente al instituto; a antes de que encontraran a Sienna. Antes de saber que había muerto, todo el mundo había compartido historias sobre la que había sido su mejor amiga. Era exasperante la rapidez con la que la gente se convertía en buitres en torno a los restos que dejaba la muerte.

Midnight se subió de un salto a la ventana y observó todos los movimientos de Nia mientras, siguiendo la sugerencia de sus padres, salía al exterior. Normalmente, desde donde estaba, habría podido ver el logo rojo y brillante de Rosie's Diner y así comprobar que el local estaba abierto. Sin embargo, aquel día estaba apagado e incluso la calle parecía triste al respecto.

Los agentes de policía se arremolinaban en torno a las barreras que flanqueaban la calzada y, en el interior del perímetro, había furgonetas informativas aparcadas con cámaras que les permitían grabar por encima del caos y ofrecer a los telespectadores que se encontraban en sus casas una vista exclusiva de la tragedia.

Nia todavía no se lo podía creer. Su madre había dicho que Rosie se había ido. Pero ¿adónde?

Rosie jamás se marcharía de Cinnamon Falls ni abandonaría la cafetería. Y, desde luego, jamás dejaría atrás a Sienna. Y si su madre no lo decía en sentido literal, eso significaba que... Nia ni siquiera podía terminar aquel pensamiento. Alguien como Rosie no moría sin más. Era demasiado maravillosa para enfrentarse a algo tan trivial como la muerte.

Sabía que, si pudiera ver Rosie's Diner con sus propios ojos, tal vez sería capaz de comprender lo que había ocurrido.

Una vez en el exterior, cruzó la calle y observó cómo la policía redirigía tanto a la gente que iba al trabajo como a los autobuses de Main Street y Nutmeg Avenue hacia Cinnamon Way, que se encontraba un poco más allá. Las calles se cruzaban a un par de manzanas de la cafetería. Lo único que tenía que hacer era recorrer Cinnamon Way y retroceder cuando dejara de haber barreras. Era una forma indirecta de acceder a Main Street y le tardaría en llegar casi veinte minutos, pero merecería la pena.

Si la detenían, podría echarle la culpa a Niles. El Instituto de Cinnamon Falls se encontraba al final de Cinnamon Way. Fingiría que iba a recogerlo para acompañarlo hasta la heladería. Era una excusa bastante creíble y, por suerte, el apellido de su padre todavía tenía mucha relevancia en el pueblo. Si era necesario, podría sacar a relucir a la familia Bennett y salirse con la suya. O, en última instancia, podría llamar a Jesse.

Desde que se habían marchado de Rosie's Diner la noche anterior, no había podido dejar de pensar en él. Tenía muchas preguntas sin respuesta rondando en su mente: ¿Cuánto tiempo llevaba siendo policía? ¿Por qué no se lo había mencionado? ¿Había comprado aquellas rosas para ella? Y, lo más importante de todo: ¿la echaba de menos? ¿Por qué no la había llamado? No había cambiado ni de número de teléfono ni de usuario de Instagram. ¿Pensaba en ella en algún momento? ¿O había pasado página de forma definitiva? ¿Había encontrado otra persona a la que amar? De ser así, no podía culparlo. Su despedida no había sido amistosa. De hecho, no se había despedido de nadie de forma amistosa.

Nia sabía que su madre creía que había huido de Cinnamon Falls para escapar del dolor que le había causado la muerte de Sienna. En aquel momento, Jesse no había sido capaz de comprender por qué ir a Barkwood Bridge, un lugar que solía ser romántico para ellos, la ponía enferma. Por su parte, ella no tenía las palabras necesarias para explicar cómo se sentía y pensó que sería más fácil lidiar a solas con sus emociones en lugar de arremeter contra todos los que la rodeaban.

Había querido marcharse a un lugar en el que nadie supiese su nombre, conociese a su familia, la mirara con lástima o le ofreciese frases apaciguadoras y vacías, conscientes de que su mejor amiga se había quitado la vida. Nadie supo comprender que un lugar con menos de ocho mil habitantes pudiera provocarle tanta claustrofobia.

Atlanta había sido diferente: el nuevo comienzo que tan desesperadamente necesitaba. La vida que había construido lejos de Cinnamon Falls era perfecta. O, al menos, parecía perfecta. ¿Cómo se había esfumado de forma tan repentina todo aquello por lo que tanto había luchado? Y, como si el universo no pudiera ser más irónico, seis años después, Nia estaba de regreso al lugar exacto del que había escapado.

Aquel pensamiento hizo que frenara en seco: se dedicaba a huir. Cuando su hogar se había vuelto insoportable, había huido a Atlanta. Cuando su vida de ensueño le había estallado en la cara, había hecho las mismas maletas con las que se había marchado y había vuelto corriendo a casa. Se dio cuenta de que, ahora que Rosie ya no estaba, no le quedaba ningún lugar al que huir.

La asaltó una oleada de emociones. Cada vez que conseguía algo bueno en la vida, se lo arrebataban. Primero Sienna, luego Bryant y, ahora, ¿también Rosie? Sentía una opresión en el pecho tan grande que tuvo que sentarse sobre el hormigón frío para recuperarse. Le escocía la nariz por las lágrimas que estaba a punto de derramar. No fue capaz de contenerlas lo bastante rápido y empezaron a desbordarse. Su cuerpo temblaba bajo el peso de la tristeza, que le desgarraba el corazón.

Todo se estaba derrumbando y no podía hacer nada para impedirlo.

Cuando cesaron los sollozos, se dio cuenta de que debía de parecer una loca. Sin duda, había tocado fondo. ¿Qué habría pensado Sienna de ella en aquel momento? Nia estaba segura de que se habría puesto furiosa. Se rumoreaba que su madre estaba muerta y ¿ella se dedicaba a llorar en un bordillo? Sí, su vida se había ido a la mierda en cuestión de días, pero había asuntos más urgentes.

Recuperó la compostura y siguió caminando mientras se concentraba en el ritmo con el que ponía un pie delante del otro. Llegó a la intersección entre Cinnamon Way y Main Street y, tal como había predicho, descubrió que allí ya no había barreras.

Los agentes de policía estaban ocupados redirigiendo el tráfico y no le prestaron la más mínima atención. Antes de que pudieran verla, Nia se escondió detrás de Guy's Grocery. Un callejón estrecho conectaba todos los negocios de Main Street, aunque, si era sincera, denominarla «callejón» era ser generosa. Era más bien una losa alargada de hormigón en la que la mayoría de los propietarios ubicaban los cubos de basura y las mercancías sobrantes. Si quería llegar hasta Rosie's Diner sin que la vieran, tendría que poner a prueba sus carísimas clases de pilates.

Tras escaparse por los pelos en tres ocasiones, en las que tuvo que apretar la espalda contra los edificios y llevarse una mano a la boca para que ni la vieran ni la oyeran, al fin llegó a la puerta trasera de la cafetería. Creía que la policía estaría rodeando el local por todos lados y que la arrestarían sin dudar, por lo que la escalada y los rasguños serían en vano, pero no había nadie vigilando la entrada. Tanteó la manilla con la esperanza de proseguir con su racha de suerte, pero estaba cerrada.

Esperaba que Rosie no hubiese cambiado de sitio la llave de repuesto que escondía para Sienna. Contó los ladrillos que rodeaban el marco de la puerta, levantó el cuarto y, debajo, encontró la llave desgastada. La metió en la cerradura y giró la manilla en silencio con la esperanza de que, al otro lado, no hubiese ningún grupo de agentes con las pistolas desenfundadas y listas para volarle la cabeza. En su lugar, descubrió que, salvo por los electrodomésticos a la espera de ser utilizados, la cocina del local estaba tan vacía que resultaba fantasmal. Un fregadero despejado, unos fogones fríos y una encimera impoluta le devolvieron la mirada.

Los recuerdos de aquellos tiempos más felices en los que Sienna y ella solían ir allí tras las clases parecían haber ocurrido en otra vida. En aquel momento, no se oía el suave tintineo de los platos de los clientes satisfechos ni se olía el aroma de los bollos de canela recién horneados. No se oía el murmullo de las conversaciones de los clientes habituales, que siempre se dirigían a los trabajadores por su nombre. El personal de cocina de Rosie no repasaba los pedidos a voz en grito ni se reía. Y lo peor de todo era que tampoco estaba Rosie, con su sonrisa deslumbrante y sus abrazos que casi rozaban la asfixia.

Nia distinguió un grave murmullo de voces en la sala principal. Supuso que se trataría de la policía. Se quitó las zapatillas deportivas para que las suelas de goma no rechinaran sobre las baldosas y los alertaran de su presencia. Mientras se arrastraba por la cocina en dirección al despacho de Rosie, se aseguró de mantenerse pegada al suelo. Aquel era el último sitio en el que la había visto viva. Nia recordó su aspecto imponente, como si le quedaran décadas de vida antes de entrar en el radar de la muerte.

—¿Qué te ha ocurrido? —le susurró a la sala desierta.

Con suavidad, cerró la puerta a sus espaldas. Pensó que el lugar estaría desvalijado, pero al parecer la policía todavía no había llegado tan lejos.

El despacho de Rosie era un auténtico desastre. En el suelo se amontonaban cajas de suministros sin abrir. Los archivadores estaban a reventar y por los cajones asomaban páginas de lo que parecían recetas fallidas, registros de inventario y extractos bancarios.

Las paredes estaban repletas de fotografías de su amiga. La pequeña Sienna, a la que le faltaban los dos dientes frontales, sonreía en una fotografía escolar. En otra, aparecía una versión aún más joven de ella, abrazando a un peluche enorme. A los pies, tenía papel de regalo arrugado con un diseño de árboles. Debían de haberla tomado en Navidad. La última foto era un recorte de la portada de *The Cinnamon Chronicle*: la noche en la que Sienna había ganado el título de Reina de Cinnamon. Con el pelo recogido en lo alto de la cabeza, unos rizos preciosos y un ramo de rosas enorme pegado al pecho, tenía un aspecto atemporal; saludaba a la multitud, sentada en lo alto de un Mercury Cougar verde de 1970.

La mirada de Nia se detuvo en el teléfono fijo que había colgado en la pared. La noche anterior, cuando se habían marchado, Rosie había estado hablando por teléfono. ¿A quién llamó? Comprobó el historial del identificador de llamadas. Sienna y ella siempre se habían burlado de Rosie por tener un teléfono fijo, pero, en aquella ocasión, aquel hecho jugaba a su favor. Con el móvil, Nia sacó fotografías de todos los números registrados en los últimos días. Si se lo pedía amablemente, tal vez Jesse pudiera decirle a quién pertenecían.

Se dirigió hacia el escritorio. Estaba cubierto de papeles y recibos con la firma redondeada de Rosie. Había muestras de pintura en un caleidoscopio de colores pastel. ¿Había planeado la mujer redecorar el local? Revisó todo con cuidado de que cada cosa quedara en su sitio, intentando mantener el orden. Debajo de los papeles, descubrió un calendario de escritorio. Como si el tiempo se hubiera detenido, estaba abierto en octubre de 2019, el mes y año exactos en los que Sienna había fallecido.

Pasó los dedos por el sábado del último Fall Fest al que había asistido: el mismo día en el que encontraron a su amiga a los pies de la cascada. Rosie jamás se había recuperado de aquella noche y, si era del todo sincera consigo misma, ella tampoco. En una columna rodeada con rotulador rojo, la mujer había escrito las siguientes palabras: «Reunión con A. L.». Nia tomó una foto.

Siguió con los dos cajones del escritorio. Abrió el superior y, dentro, encontró lo típico: bolígrafos, pósits, clips y una variedad de artículos de oficina con estampado de rosas. En el cajón inferior había un archivador tipo acordeón con carpetas rosas etiquetadas. En ellas se indicaba el contenido de cada una: documentos fiscales y papeleo confidencial referente a los empleados. Tiró del archivador hacia ella para poder ver las profundidades del cajón. En el metal que había debajo encontró un agujero del tamaño de un dedo. Un fondo falso.

Con una mano, encendió la linterna del móvil y, con la otra, levantó la estructura metálica. Dentro, encontró una carpeta de papel manila que parecía diferente a las demás. Estaba repleta de recortes, papeles, recibos y otros documentos que no podía distinguir.

Con cuidado, colocó la carpeta sobre la mesa. Desde dentro, una hoja se escapó y cayó sobre el escritorio de Rosie y Nia se encontró cara a cara con su mejor amiga, pixelada y preservada en blanco y negro. Reconoció la imagen: era una de las fotos del anuario de último curso. Recordaba que habían practicado el maquillaje para no brillar con el reflejo del *flash*. «Estas fotos vivirán para siempre», había dicho Sienna. Incluso a través del papel y después de todos aquellos años, Nia podía sentir la intensidad de la mirada de su amiga.

La fotografía estaba sacada de un artículo de *The Cinnamon Chronicle* que relataba la muerte de la joven. Abrió la carpeta y leyó el titular:

TRAGEDIA EN LA CASCADA: JOVEN ES HALLADA SIN VIDA EN UN APARENTE SUICIDIO

Por Elaine Matthias. Cinnamon Falls, 7 de octubre – Ayer por la noche, la tranquila localidad de Cinnamon Falls se vio sacudida por el hallazgo del cadáver de Sienna Rose, de dieciocho años, a los pies de la emblemática cascada del pueblo. De forma preliminar, las autoridades han dictaminado que se trata de un aparente suicidio.

Sienna, una querida integrante de la comunidad y recién graduada del Instituto de Cinnamon Falls, había sido coronada Reina de Cinnamon apenas unas horas antes, durante el tradicional Fall Fest. La muerte de la joven ha teñido de luto las celebraciones que estaban previstas para todo el fin de semana.

Nia no podía seguir leyendo. De todos modos, se sabía el artículo casi de memoria, dado que lo había leído una y otra vez en muchas ocasiones con la esperanza de descubrir por qué Sienna había decidido quitarse la vida. Incluso hoy, aquella pregunta sin respuesta seguía atormentándola. Desde entonces, no había vuelto a pisar Barkwood Bridge.

¿Por qué su amiga no había hablado con ella? Nia no quiso creer que Sienna hubiera estado sufriendo en silencio. Y Rosie, tampoco. Ambas habían aprendido a vivir con el hecho de que tal vez no la conocían tanto como pensaban.

Pasó la página del artículo y sintió que se quedaba sin aire.

Frente a ella tenía documentos de aspecto oficial con membretes y firmas. Pasó por encima de palabras como «fractura craneal», «laceraciones», «contusiones» o «traumatismo». Hojeó el resto de los papeles y encontró interrogantes en tinta roja en columnas y flechas que señalaban fragmentos de información. Se trataba del informe de la autopsia de Sienna.

Estaba a punto de comenzar a revisar el resto de documentos cuando oyó unos pasos suaves justo al otro lado de la puerta cerrada. Abrazó la carpeta contra el pecho, se escondió debajo del escritorio, se hizo un ovillo por enésima vez aquel día y contuvo la respiración.

La puerta se abrió de golpe.

—Diles a los chicos que revisen esto también, por favor —dijo alguien.

Nia no podía distinguir a quién pertenecía la voz, pero sabía que no se trataba de Jesse. Si el agente daba dos pasos más, la descubriría debajo de la mesa. Se encogió todavía más y, por si acaso, cerró los ojos con fuerza.

—Una tragedia —masculló el segundo agente—. Primero su hija salta desde Barkwood Bridge y, ahora, unos años después, se cargan a Rosie. Nunca había visto nada igual.

Nia abrió los ojos de golpe. ¿Habían asesinado a Rosie?

Se mordió el brazo para no sollozar en voz alta. ¿Quién podría haber matado a Rosie? ¿Y por qué?

–Es una lástima. Adoraba a Rosie –añadió otra voz–. Tío, espero que condenen a muerte a quienquiera que lo haya hecho.

–Rosie no se merecía esto.

Las voces se perdieron en la distancia y Nia interpretó aquello como una señal para abandonar el escondite y salir de una vez. Solo era cuestión de tiempo que encontraran sus zapatillas junto a la puerta trasera. Echó un vistazo rápido alrededor y divisó una bolsa de plástico. Metió dentro la carpeta y todos sus contenidos, la cerró con fuerza, se colgó el asa de la muñeca y salió corriendo hacia la salida.

Recogió las deportivas de un tirón y salió por la puerta trasera tal como había entrado. Antes de recorrer el callejón, volvió a dejar la llave de repuesto bajo el cuarto ladrillo que se encontraba sobre el marco. Entonces, sin mirar atrás, hizo lo que mejor sabía hacer: huir.

A Nia le costó mucho convencerla. Tuvo que hacer uso de la carta de la familia Bennett para que le permitieran pasar más allá del mostrador de información de la comisaría.

A pesar de que Angie y ella habían ido juntas a clase toda la vida, la mujer seguía dudando a la hora de concederle el permiso. Estaban en alerta máxima, y con razón, pero aquello era una emergencia.

–Al fondo del pasillo a la derecha –le indicó la recepcionista mientras descolgaba el teléfono de su escritorio, que no dejaba de sonar.

–Gracias, Ang –contestó ella con una sonrisa, pero Angie ya estaba concentrada en la siguiente urgencia, con el auricular sujeto entre la oreja y el hombro y las manos volando sobre el teclado.

Más allá de lo que se veía en los programas de televisión,

Nia jamás había visto cómo funcionaba por dentro una comisaría de policía. Las paredes estaban repletas de fotografías de agentes. A algunos los conocía y de otros tan solo había oído hablar. El aroma acre del café quemado hizo que frunciera el ceño.

Encontró a Jesse solo, en su escritorio. Con una mano se sostenía la cabeza y con la otra apretaba un bolígrafo con tanta fuerza que tenía los nudillos blancos. Estaba concentrado en algún tipo de lista y, por lo que Nia podía ver, había tachado varias líneas de texto.

—¿Qué ocurre? —gruñó sin levantar la vista.

—¿Podemos hablar? —le preguntó Nia con el corazón en la garganta.

Jesse se irguió de inmediato y se golpeó la cabeza contra la lámpara que colgaba del techo. Se alisó la ropa y tiró al suelo las migas que tenía en el pantalón. Nia sabía que no solía picar entre horas a menos que estuviera estresado y, a juzgar por las bolsas abiertas de patatas fritas, no estaba comiendo bien.

—¡Nia! No te esperaba. Siento haber...

Ella miró a su exnovio a los ojos. Los tenía rojos e hinchados; había estado llorando. Probablemente, los suyos tuvieran el mismo aspecto.

—¿Es cierto? —le preguntó con las piernas temblorosas.

Había corrido hasta la comisaría, impulsada solo por la determinación y la adrenalina. Pero, al llegar, ambas se le habían agotado.

—Siéntate.

Jesse se movió con rapidez y le ofreció su silla.

Nia se dejó caer sobre el asiento de cuero resquebrajado. Sentía las piernas paralizadas. Jesse tomó una botella de agua, le quitó el tapón y se la tendió. Ella se la terminó en cuatro tragos largos.

—Respira hondo —le instruyó Jesse mientras le tomaba las manos—. Vamos, Ni. Toma aire y aguanta la respiración durante cuatro segundos. Después, exhala y cuenta hasta cuatro.

Nia asintió y siguió sus órdenes. Con el rostro a escasos centímetros de ella, Jesse la imitó. Estaba tan nerviosa que aquella técnica de respiración comenzaba a ser contraproducente.

–¿Te encuentras bien? –le preguntó Jesse–. ¿Te has enterado de lo de Rosie…?

Ella asintió sin apartar la vista del suelo. Si lo miraba, se desmoronaría. Él le colocó un dedo bajo su barbilla y la levantó hacia él.

–Voy a descubrir quién lo ha hecho. –Su voz sonaba diferente, con un tono grave y firme propio de la promesa de un Shaw.

–Es que no lo entiendo. He oído que la han matado. –Apenas pudo pronunciar esas palabras; eran demasiado horribles para repetirlas–. ¿Por qué? –añadió con tono suplicante.

Antes de que pudiera evitarlo, se le empezaron a caer las lágrimas.

–Ni, por favor... –Él la estrechó entre sus brazos y la apretó contra su pecho–. No pienso detenerme hasta que lo averigüe. Te lo prometo. Yo también quería a Rosie...

La mención del nombre de la mujer hizo que Nia recordara por qué había ido hasta la comisaria. A regañadientes, se distanció de la calidez que emanaba su cuerpo.

–Necesito que veas algo.

–Estoy saturado, Ni –comenzó a decir él mientras señalaba la ajetreada comisaría–. Tengo al jefe encima y lo más probable es que Angie tenga problemas por haberte dejado pasar.

–Tan solo necesito cinco minutos.

Sacudió frente a él la bolsa de plástico y vació el contenido sobre el escritorio, esparciéndolo todo.

Con ojos de lince, Jesse escudriñó las páginas y hojeó el informe de la autopsia de su amiga.

–¿De dónde has sacado esto? ¿Es todo sobre la muerte de Sienna?

–Eso creo –respondió, esquivando preguntas innecesarias.

A fin de cuentas, él seguía siendo un agente de policía y Nia estaba segura de que podrían arrestarla por robar en la escena de un crimen.

Se mordió el labio inferior mientras observaba a Jesse examinar detenidamente cada página. Finalmente, él se encogió de hombros.

–La hija de Rosie murió trágicamente. Parece que tan solo intentaba encontrarle sentido a lo ocurrido. –Se quedó en silencio durante un instante y, después, añadió con voz cómplice–: Creo que es lo que hicimos todos en aquel momento.

Se cruzó de brazos y Nia supo que aquel momento mágico y fugaz en el que había vuelto a ser Jesse, su ex, había terminado. El muro había vuelto a levantarse. La muerte de Sienna había sido un momento delicado en su relación y era evidente que entre ellos todavía quedaban asuntos sin resolver, cosas que ambos tenían que hablar. Pero, por el momento, Jesse había vuelto a ser un agente sometido a la presión de unos plazos apremiantes.

–¿Y si esto tiene algo que ver con el asesinato de Rosie?

–¿De dónde has sacado esto, Nia? Por favor, dime que no has ido a la cafetería...

No podía esperar que le dijera la verdad.

–Verás...

–En realidad, no quiero saberlo. –Jesse se tapó los oídos con las manos y negó con la cabeza–. Necesito que vuelvas a casa y descanses un poco. Los chicos y yo averiguaremos lo que ha ocurrido. –Volvió a tomarle las manos y puso esa voz que los padres siempre utilizan con los niños más revoltosos–. Tal como está el asunto, ya tenemos suficiente. Todos los habitantes del pueblo están saturando la línea telefónica de colaboración ciudadana con rumores que han oído de terceros. Por favor, deja que nos ocupemos nosotros.

–Déjame ayudar –le suplicó ella. Estaba convencida de que había encontrado aquella carpeta por un buen motivo–. No puede ser una coincidencia, Jesse.

Un policía alto y esbelto se apoyó en la pared del cubículo que separaba ambos escritorios.

–Siento interrumpir esta pelea de enamorados, pero tenemos que irnos. –Jesse gruñó y agarró su chaqueta del respaldo de la silla–. Esta vez, conduzco yo.

El agente se adelantó mientras Jesse se quedaba rezagado. Se inclinó para asegurarse de quedar cara a cara con su exnovia.

–Prométeme que te mantendrás al margen de esta investigación, Nia. No puedo permitir que os pase nada ni a ti ni a tu familia.

Nia asintió sin mediar palabra. Jesse la abrazó de nuevo y salió por la puerta detrás de su compañero. Mientras lo veía alejarse, Nia se percató de que, aunque se había marchado físicamente de Cinnamon Falls, su corazón se había quedado en el pueblo.

Capítulo 8

Jesse

Para cuando ambos agentes llegaron a las afueras del pueblo, Jesse había tenido que aguantar veintisiete agónicos minutos de interrogatorio sobre su vida amorosa. Ni siquiera habían conseguido salir del aparcamiento cuando Chambers le hizo la primera pregunta sobre Nia. Jesse creía haber dejado claro que sus vidas personales estaban vedadas. Eran compañeros de trabajo, no amigos.

–Solo digo que es mona. Deberías darle una oportunidad –dijo el detective, encogiéndose de hombros.

Era la cuarta vez que llamaba a Nia «mona». Nia no era mona. Las mascotas eran monas. Los bebés recién nacidos con lazos eran monos. Las nutrias eran monas.

Nia, por el contrario, era de otro mundo: poseía el tipo de belleza por el que los hombres adultos iban a la guerra. Su piel morena, que parecía ámbar pulido, desprendía un brillo cálido y rico en todos sus matices. Su cabello era una obra de arte. A veces lo llevaba planchado, largo y sedoso, y le caía sobre los hombros como una cascada. En otras ocasiones, formaba una corona de suaves rizos que le enmarcaba el rostro. No era alta, pero se movía con la seguridad de alguien que no necesita un escenario para llamar la atención. Aquellos enormes ojos marrones podían hacer que cualquiera se quedara sin palabras; eran grandes y observadores, y siempre estaban calculando, percatándose de más cosas de las que dejaban entrever. La nariz chata se le arrugaba cuando se reía. Nia se movía por el mundo como si fuera una persona que se tomaba la vida muy en serio porque lo hacía, pero también poseía una dulzura elusiva, sobre todo hacia aquellas personas a las que quería.

Jesse no pensó que tendría una reacción tan visceral al volver a verla después de tantos años. Cuando Morgan le dijo que Nia había vuelto al pueblo e iba a cenar con ellos, se había puesto nervioso, por supuesto. Ver a su exnovia tras haber pasado tantos años separados era estresante, e incluso había deseado volver a acatar órdenes en el ejército. Aquello era más fácil que pasar una hora sentado junto a la mujer a la que le había pertenecido su corazón desde los doce años.

Verla la noche anterior lo había dejado sin aliento. Había querido mantener la calma y mostrarse sereno, pero cuando Nia estaba presente su cerebro sonaba como la estática de un televisor. Podría vivir en los ecos de sus risas. Todavía recordaba la increíble suavidad de su piel y el modo en el que su cuerpo encajaba con el suyo cuando se acurrucaban en el sofá de los padres de ella. Esos recuerdos le habían permitido sobrellevar los momentos más duros de su vida, cuando había estado lejos de casa, en tierras lejanas, sin saber si volvería con vida.

Al verla en la comisaría con los ojos enrojecidos pensó que se habría encarado con los dioses por hacerla llorar. A pesar de que le había causado el mayor dolor imaginable, jamás había dejado de estar enamorado de ella. Lo había abandonado, eso era cierto, pero Nia había abandonado a todo el mundo. Por mucho que quisiera odiarla, no podía.

No sabía cómo habría reaccionado él si su mejor amigo, con quien pasaba cada segundo del día, se hubiese quitado la vida. Su amiga estaba allí un día y, al siguiente, en un abrir y cerrar de ojos, se había ido. Jesse sabía que Nia lo había pasado mal tras la muerte de Sienna y creía haber hecho todo lo posible para apoyarla. Sin embargo, no fue suficiente. Nada podría traer de vuelta a la joven y eso era lo único que Nia quería.

El día que le dijo que iba a marcharse de Cinnamon Falls

para siempre, Jesse sintió que le clavaban un cuchillo en el pecho. Había roto con él con tanta naturalidad que Jesse tuvo que plantearse si el amor que habían compartido había sido real o si no había sido más que un producto de su imaginación. En muchos sentidos, ella había sido su ancla y en sus ojos siempre había visto el futuro. Habría sido feliz si hubiesen estado juntos toda la vida.

Nia se marchó el día después de la ruptura y, sin ella, Jesse pasó aquel primer año sumido en un estado de *shock*, flotando por la vida como un globo de cumpleaños extraviado.

Cuando el dolor se asentó, el segundo, tercer y cuarto año habían sido un borrón. Sin pensárselo dos veces, se alistó en el ejército. Aquella parte de su vida la pasó entre el fondo de una botella y el cañón de un rifle. Había sido todo un temerario, un imprudente; estuvo años enterrado bajo la necesidad de sentir cualquier cosa que no fuera aquel dolor. El psicólogo que le habían asignado le había dicho que, para sanar las cosas que le habían hecho daño, tenía que sentir aquellas emociones.

Lo que más lo atormentaba era el arrepentimiento. ¿Por qué no fue a buscarla? Había oído en una conversación, de pasada, que se había mudado a Atlanta, a solo unas horas de distancia. Podría haber subido al coche y haber ido a recuperar a su chica. ¿Cómo habría sido todo si no la hubiera dejado irse? ¿Por qué no había luchado por ella?

–¿Es aquí? –preguntó Chambers, sacando a Jesse de sus pensamientos.

El hombre se inclinó sobre el volante y miró con detenimiento los alrededores.

Jesse llevaba años sin ir a casa del señor Briggs. Recordaba haber arrastrado a su padre a la tienda de aquel hombre cuando por fin ahorró dinero suficiente para comprarse su primer coche. El solar solía estar lleno de hileras de vehículos tan brillantes que podía verlos relucir desde la carretera.

Briggs tenía de todo: desde auténticas chatarras hasta modelos nuevos, pasando por algunos coches intermedios. Jesse recordaba con claridad el momento en el que Grace le había comprado su Chevy Caprice. Había sentido envidia desde el primer momento. Era tradición que los estudiantes de último curso presumieran de sus coches clásicos por Main Street durante el Fall Fest. Y al final siempre aparecían los Reyes de Cinnamon que, por norma general, iban en el mejor vehículo de todos. La mayoría de los adolescentes los pedían prestados a familiares o amigos, pero, si comprabas uno, siempre era de Briggs.

Jesse había terminado el instituto hacía bastante tiempo, y tal vez las cosas hubiesen cambiado. Aun así, se preguntaba qué habría ocurrido, ya que el lugar parecía totalmente abandonado. Unos cuantos coches oxidados se esparcían por el solar lleno de maleza y la hierba brotaba del hormigón y crecía alrededor de las ruedas. Daba la impresión de que aquel lugar tendría que haber sido demolido años atrás.

Asintió a regañadientes y vio la nube de pensamientos negativos que tomaban forma en la mente de Chambers. Ralentizó el coche y frenó junto a una reja oxidada que custodiaba un camino de tierra serpenteante que conducía hasta la casa móvil de Briggs. De un clavo colgaba un letrero desgastado que rezaba: NO PASAR. Junto a él, había uno más pequeño: HARVEY'S USED CARS.

–No es que sea el mejor empresario... –masculló Chambers mientras salía del vehículo.

Toqueteó el pestillo de la reja que, para sorpresa de Jesse, se abrió con facilidad.

El detective condujo colina arriba y él se dedicó a estudiar los fantasmas de los buenos autos, oxidados y desvencijados, junto a los que pasaban de camino. La casa móvil de Harvey se encontraba en el rincón más alejado de la propiedad e incluso desde el coche podían ver que la puerta estaba entreabierta.

Chambers bajó del vehículo y desenfundó el arma reglamentaria. Mientras se acercaban a aquella casa en ruinas, sus ojos hicieron un barrido del enorme solar.

«Si Briggs quisiera dispararnos, ya lo habría hecho», quiso decir Jesse.

–¿Señor Briggs? –dijo en voz alta antes de subir los escalones.

El silencio fue la única respuesta. Mientras esperaban a que el hombre contestara, un viento curioso levantó polvo alrededor de sus zapatos. El interior de la casa móvil permaneció sumido en la oscuridad.

Jesse alzó más la voz.

–¿Señor Briggs? Soy Jesse, el hijo de Robert Shaw.

–¿Así es como te identificas? –masculló Chambers antes de pasar a su lado–. ¡Harvey Briggs, habla la policía de Cinnamon Falls! ¡Acérquese a la puerta! –exigió mientras alzaba el arma hacia la entrada y acercaba el dedo al gatillo.

Jesse le bajó la punta de la pistola.

–Esta es una visita amistosa –le recordó a su compañero.

A un ermitaño como Harvey Briggs no le haría ni pizca de gracia encontrarse a la policía en la puerta de su casa, sobre todo con el arma desenfundada. Detrás de la casa móvil había una espesa hilera de árboles: el linde de la granja Old Man Milton. Tal vez los había visto acercarse y había salido corriendo. Jesse se preguntó si estaría a apenas unos metros de distancia, observándolos.

–¿Amistosa? ¡Y una mierda! Este hombre es nuestro principal sospechoso. Empieza a actuar como tal.

«No para mí», pensó Jesse.

Comenzó a subir los escalones de madera con la esperanza de que los tablones hundidos soportaran su peso. La puerta mosquitera apenas se sostenía de milagro por un par de bisagras en mal estado. Otra ráfaga de viento hizo que la puerta se abriera y Jesse aprovechó la oportunidad para echar un vistazo al interior.

Dentro se encontró con una casa asombrosamente ordenada y una cocina diminuta pero limpia. En el escurreplatos, había dos platos y dos vasos apilados con cuidado. La cocina eléctrica blanca estaba impecable, como si jamás se hubiese usado. A su derecha, bajo la ventana, había una pequeña mesa circular cubierta con un mantel de cuadros de color blanco y azul claro. Las dos sillas de madera habían sido tapizadas a juego.

Un poco más allá, contra la pared del fondo, había un sofá de tela escocesa que había vivido tiempos mejores. La moqueta moteada tenía marcas recientes de la aspiradora y justo enfrente del sofá, sobre una mesita de centro de tres patas, había un televisor casi tan grande como la pared. Pasado el salón había tres puertas abiertas. Jesse pudo distinguir en la habitación al fondo del pasillo la esquina de una cama y una mesilla de noche: el dormitorio de Harvey.

Jesse caminó con cuidado; no estaba seguro de qué encontraría si seguía avanzando.

—¿Señor Briggs? —dijo de nuevo, pero no hubo respuesta—. ¿Hay alguien en casa?

Chambers pasó a su lado, dándole un empujón con el hombro, y entró. Barrió con la pistola la amplitud de la sala y recorrió el pasillo, arrastrando el polvo de la tierra al interior. Jesse observó cómo comprobaba cada habitación con el arma preparada. Iba dejando huellas de un lado para otro. «Si yo fuese Harvey Briggs, enviaría una factura a la comisaría de policía en cuanto se fuera», pensó.

—Aquí no está —dijo el detective, señalando lo obvio—. Debe de haberse largado del pueblo.

—Tal vez se haya ido de vacaciones —comentó Jesse, por muy improbable que resultara aquella idea.

Chambers bufó a modo de burla.

—¿De vacaciones? Y una mierda. Mira este sitio. —Sacó una flor blanca de un jarrón sobre la mesa de la cocina—. Flores frescas en este cuchitril. ¿Me tomas el pelo?

—Vámonos —dijo Jesse.

El detective asintió y se dio la vuelta para salir de allí.

—Cuando volvamos a la comisaría, emitiré una orden de

búsqueda. Todos me habéis dicho que era un vendedor de coches exitoso, pero el tipo está a punto de quedarse en la calle y, misteriosamente, ha desaparecido. ¿De verdad quieres que me crea que no le ha hecho nada a Rosie? —comentó Chambers mientras contaba cada uno de aquellos motivos con los dedos.

—No sé qué creer, ¿vale? —replicó Jesse—. Estoy tan confundido como tú —se quejó mientras seguía a Chambers por las escaleras de entrada en dirección al coche.

—No estoy confundido, novato —contestó su compañero, apuntándolo con un dedo como si supiera algo que él ignoraba—. A pesar de lo que ves en la televisión, un asesinato no siempre es un gran misterio que resolver. —Subió al sedán y se puso el cinturón de seguridad—. En la vida real, resulta bastante evidente. Recuerda lo que te digo: Briggs es nuestro hombre.

Entonces metió la marcha atrás y salía derrapando del solar.

—No tenemos pruebas de eso —le recordó Jesse—. Tan solo estás especulando.

Chambers chasqueó la lengua.

—Es lo que más sentido tiene. Y lo sabes. Estás tan absorto en tus propios sentimientos por este lugar que no notas que te están nublando el juicio.

Jesse resopló.

—Le dijo la sartén al cazo... ¿Me vas a hablar tú de juicio nublado? Cargarle esto a Briggs es precipitarse. Y lo sabes.

—Me dijeron que habías sido policía militar —refunfuñó el detective—. ¿Qué hacías en el ejército? ¿Pedir suministros o algo así? El jefe ha dicho que quería que resolviéramos este asunto cuanto antes.

Justo cuando estaba a punto de contestarle, el teléfono le vibró en el bolsillo. Lo sacó y se tapó el oído con un dedo para silenciar las quejas de Chambers.

–Justo aquí, a la izquierda –indicó Jesse.

Chambers entró en el camino de entrada a su casa y aparcó el coche.

–Bonitos aposentos –comentó el detective.

Siempre se había preguntado con qué ojos vería su hogar un desconocido. Cuando, un par de años atrás, compró aquella modesta casa familiar de dos plantas construida con ladrillo marrón, creyó que tendría una familia propia con la que llenarla. En cierto sentido, esa seguía siendo la realidad. No tenía esposa, ni verja, ni perro, pero justo al otro lado de la puerta, lo esperaba toda una vida de amor.

–Gracias. Eh... No tienes que bajar del coche si no quieres. No tardaré.

Sintió una punzada al darse cuenta de que era posible que Chambers fuese su primer invitado.

–No importa –contestó el detective de forma despreocupada mientras se quitaba el cinturón de seguridad.

–Mis padres viven conmigo –admitió–. Te advierto que mi madre te ofrecerá comida.

–Perfecto, porque me estoy muriendo de hambre.

Chambers se frotó las manos, emocionado.

–Bueno, avisado quedas –masculló Jesse antes de entrar en la casa.

Cuando atravesó la puerta, Evelyn estaba pegada al televisor. En la pantalla, una mujer rubia lloraba desconsoladamente y, luego, la imagen se fundió a negro. Su madre se estaba relajando en la enorme butaca reclinable que había en el salón. Tenía los pies elevados sobre dos cojines, tal como se los colocaba Jesse todos los días antes de irse a la cama.

«Debe de tener los tobillos hinchados de nuevo», supuso él.

En la mesa plegable junto a ella había una taza de té vacía y un cuenco con cereales. El ramo de rosas que había llevado a casa estaba colocado junto a la ventana saliente, donde recibía mucha luz natural. Entre las plantas colgantes de color verde jade, las flores tenían un aspecto espectacular.

Cuando Jesse entró en la habitación, lo primero que percibió fue el cálido aroma a vainilla y manteca de karité que desprendía Evelyn. Se inclinó sobre el respaldo de la butaca y le plantó un beso en la frente.

La mujer se giró para mirarlo y una sonrisa de sorpresa le iluminó el rostro. Jesse jamás se cansaría de ver aquella expresión. En el pasado, cuando aún participaba en las competiciones deportivas del instituto, siempre había buscado a su madre entre las gradas; oírla animándolo le hacía esforzarse más y correr un poco más rápido.

–JJ, ¿qué haces en casa tan temprano? ¿Te ha llamado Rob?

Agradecía que las noticias sobre Rosie todavía no hubieran llegado a su casa. Para sus padres, aquel era un día normal más.

–Sí, papá me ha llamado hace apenas unos minutos.

–Está por aquí, en alguna parte. ¡Mira lo que me ha regalado! –Con una sonrisa de oreja a oreja, señaló las rosas–. Es nuestro aniversario.

–Son preciosas –contestó él.

Entonces, la mujer se percató de la presencia de Chambers de pie en el umbral de la puerta, asomándose por encima del hombro de Jesse.

–¿Vernon al fin te ha puesto un compañero? Yo soy Evelyn, la madre de Jesse –dijo mientras le tendía la mano llena de joyas.

Su madre era aficionada a las cosas refinadas y la joyería no era una excepción. Amaba tanto la moda que siempre tenía un aspecto impecable, incluso cuando no se encontraba demasiado bien. Jesse nunca había entendido por qué llevaba tantos anillos si se pasaba la mayor parte del tiempo dentro de casa. Sin embargo, siempre había sido así y la edad no la estaba frenando.

Chambers entró en la habitación, tomó la mano de manicura perfecta de la mujer y se la llevó a los labios.

—Un placer conocerla, señora Shaw. Tiene una casa encantadora.

A Jesse le entraron ganas de agarrarlo del cuello hasta que suplicara piedad.

Ella sonrió de medio lado, halagada.

—Mi hijo ha heredado de mí su habilidad para el diseño de interiores —presumió.

—Claro que sí. Parece sacada de una revista.

Chambers le estaba dorando la píldora y, a juzgar por el modo en el que se sonrojaba, Evelyn estaba encantada. Lo cierto era que su madre odiaba los sofás de cuero marrones; decía que eran muy de fraternidad universitaria. Sin embargo, le había tomado cariño a aquella butaca enorme y, ahora, era su lugar favorito de la casa.

Jesse puso los ojos en blanco y los dejó conversando para ir a buscar a su padre. Apenas había puesto un pie en la cocina cuando lo oyó refunfuñar.

—¿Qué pasa, papá?

—Voy a preparar unos sándwiches para comer. —Jesse echó un vistazo a los ingredientes que había sobre la encimera: lechuga, tomate, cebolla y beicon—. Pero este no es el queso que nos gusta.

Robert le lanzó el paquete de *cheddar* madurado, elaborado con leche de vacas alimentadas con pasto. Jesse lo examinó y se percató del grave error que había cometido. La semana anterior, cuando su padre había añadido «queso en lonchas» a la lista de la compra, había olvidado que les gustaba una marca específica que vendían en Guy's Grocery. El queso de la discordia era de Cinnamon Grove. Era el mismo tipo de queso, solo que llevaba un empaquetado diferente y, además, era probablemente más saludable. Su padre era quisquilloso; Jesse tendría que haberlo sabido.

—El nuestro viene en un paquete azul.

—¿Me has pedido que venga por el queso? —preguntó, cruzándose de brazos—. Es lo mismo, papá.

—No es lo mismo. Me ha bastado con echarle un vistazo para saberlo. Ni siquiera huele igual.

—Esta noche traeré del otro, ¿de acuerdo? Por el momento, tendréis que comeros el sándwich sin queso.

—¿Quién se come un sándwich sin queso?

—¡Mucha gente! —replicó Jesse—. En cualquier caso, tanto colesterol tampoco es bueno.

—¿Acaso eres médico? —refunfuñó Robert.

—No, pero soy policía —argumentó él.

Su padre le hizo un gesto para que se acercara y bajó la voz.

—¿Qué ha pasado esta mañana? Te has marchado de casa en mitad de la noche y no has vuelto desde entonces. Tu madre estaba preocupada.

Jesse sabía lo que eso significaba. En realidad, era su padre el que estaba preocupado, pero no quería admitirlo. Sacudió la cabeza.

—Nada bueno, papá —le informó.

El hombre carraspeó.

—¿Al fin te han dado un caso? —Jesse asintió antes de sacar de la nevera dos botellas de agua para el camino y su padre añadió mientras señalaba en dirección a la habitación contigua—: ¿Ese de ahí es tu compañero?

—Se podría decir que sí —contestó él, echando un vistazo por encima del hombro.

Fragmentos de la conversación de su madre y Chambers llegaron flotando hasta la cocina. Después, una risa estridente estalló en el salón.

—¿Es de la ciudad?

Jesse asintió.

—Estaba en el Departamento de Policía de Atlanta.

Su padre frunció el ceño con gesto de desaprobación.

—Dile que se aleje de mi mujer.

Jesse soltó una carcajada, pero el gesto del hombre no cambió.

—Está casado, papá.

—¿Acaso no he sido claro?

—Nos vamos ya —dijo él mientras sacudía la cabeza—. Cuando vuelva a casa, traeré el queso de Guy's, ¿vale?

–Gracias –contestó Robert mientras colocaba el *bagel* en un plato y untaba ambas partes con queso crema.

Jesse observó cómo se llevaba la comida al salón y saludaba al invitado.

Chambers y su madre estaban de pie junto a la repisa de la chimenea, en la que había fotos de la infancia, *souvenirs* y recuerdos olvidados de las victorias que había cosechado durante sus años escolares. Estaban señalando una fotografía del baile de graduación en la que aparecía rodeando con los brazos a su entonces novia: Nia. Sus ojos se escondían detrás de sus mejillas, y tenía una sonrisa brillante con unos dientes muy blancos. Jesse, en cambio, la miraba con una sonrisa bobalicona y un gesto que evidenciaba con claridad que estaba locamente enamorado.

Jesse todavía podía visualizar aquella noche. Nia había lucido un vestido azul con lentejuelas que, cuando bailaba, parecía líquido. Se había planchado el cabello rizado y se había dejado unos tirabuzones largos y bien definidos que le enmarcaban el rostro. Tantos años después, seguía guardando aquel recuerdo en su mente y, cuando necesitaba escapar, recurría a él.

–¡Qué elegante! –bromeó Chambers mientras le daba la vuelta a la fotografía para que él pudiera verla.

Arqueó una ceja, curioso, pero Jesse cuadró los hombros. No iba a darle explicaciones.

–Tendrían que haberlo nominado a Rey de Cinnamon. Estaba muy guapo –suspiró Evelyn quitando una capa de polvo del marco antes de volver a colocarlo en su sitio.

La mujer había tomado las fotografías de cuando Jesse era un bebé justo en el momento en que a Jesse le vibró el teléfono. Era un mensaje del jefe de policía en el que le pedía que se presentase en la comisaría. Unos instantes después, Chambers se llevó la mano al bolsillo. Había recibido el mismo mensaje.

–Tenemos que irnos –anunció Jesse.

–¿Ya? –preguntó Evelyn–. Estaba a punto de enseñarle tus...

–Ahora –exigió él, empujando a Chambers fuera del salón.

–Vamos, hombre –suplicó el detective–. ¡Estábamos empezando a divertirnos!

De camino a la comisaría, Chambers interrumpió el silencio que reinaba en el coche.

–Cuando has dicho que tus padres vivían contigo, creía que mentías.

–¿Por qué mentiría sobre algo así? –preguntó Jesse.

–Porque… –El hombre hizo una pausa y frunció los labios como si quisiera decir algo, pero no pudiera–. Solo quiero decir que te respeto, colega. Eso es todo. Cuidar de tus padres no debe de ser fácil. Me quito el sombrero, de verdad.

Jesse observó al detective mientras este luchaba por contener sus emociones y mantenía la vista fija en la carretera. Entonces, Chambers se llevó el puño a la boca y los labios le temblaron.

–¿Has perdido a alguien? –preguntó Jesse.

Tenía una intuición. Tan solo había un puñado de cosas capaces de hacer llorar a un hombre adulto, y perder a uno de sus progenitores se encontraba en lo alto de la lista.

Chambers asintió y se aclaró la garganta.

–Ha pasado bastante tiempo. Mis padres fallecieron cuando yo estaba en el instituto. Ojalá hubiera tenido la oportunidad de cuidar de ellos como… –Lo señaló con un gesto de la mano–. Tu madre me ha recordado a la mía.

–Te acompaño en el sentimiento, colega–dijo Jesse.

No se le ocurrió nada más que decir para consolarlo. Además, estaba seguro de que, a lo largo de los años, ya había escuchado todo ese tipo de cosas. Aquello era precisamente lo que él más temía: perder a sus padres. En aquel momento, Chambers era un hombre adulto con una familia propia y, aun así, no podía hablar de sus padres sin llorar. Jesse temía el día que tuviera que enfrentarse a ese golpe. No estaba seguro de ser lo bastante fuerte como para seguir adelante sin ellos.

–Gracias –contestó el detective, y bebió un poco de agua.

Después, la incompatible pareja continuó su trayecto en silencio.

Una vez en la comisaría, los condujeron a una reunión informativa de emergencia. Estaba a punto de comenzar el informativo diario. El jefe Prescott sabía que no podía mantener cortada Main Street sin dar explicaciones. La oficina del alcalde ya había empezado a recibir llamadas y tan solo era mediodía.

Jesse se sentía como si llevara sin dormir dos días. Había pasado mucho tiempo desde la última vez que había tenido que trabajar a máximo rendimiento con tan pocas horas de sueño. Sin embargo, también sabía que tardaría bastante en poder volver a acostarse.

El jefe de policía, el alcalde Lyons y la sargento Raines estaban esperando a los agentes que iban entrando en la sala de reuniones. Chambers y él se sentaron en primera fila. A Jesse le causó un poco de alivio ver que ninguno de ellos parecía estar al cien por cien. Sobre todo, Raines. Se suponía que aquel era su primer día de trabajo tras la baja por maternidad. Toda la comisaría había planeado una fiesta para darle la bienvenida, pero todo había quedado relegado a causa de asuntos más urgentes.

Una vez estuvieron todos, Prescott bramó:

–Ponednos al día rápidamente. Raines ha vuelto y no sabe nada sobre la situación, así que empecemos desde el principio.

Chambers interpretó aquello como una señal para tomar la palabra. Se puso en pie y se alisó las arrugas del traje, pasándose una mano por la camisa y los pantalones.

–Antes de nada, me alegro de que haya vuelto, sargento –dijo el hombre–. Espero que tuviera un parto fácil y que el bebé esté sano.

Toda la sala estalló en aplausos. La sargento Noella Raines era una mujer de pocas palabras, eficiente y poco dada a las charlas insustanciales. Tenía los labios fruncidos de forma crónica; Jesse suponía que en gesto de desaprobación. Era la primera agente mujer del Departamento de Policía de Cinnamon Falls. La habían trasladado desde otro condado de Georgia y, desde que él la conocía, siempre había sido una persona seria. Sus ojos penetrantes eran capaces de leer a las personas como si fuesen libros abiertos. La mayoría de la gente no soportaba la intensidad de su mirada.

En ese momento, la posó sobre Chambers de un modo que hizo que Jesse se irguiera sobre el asiento. Se puso la media melena por detrás de las orejas y entrelazó las manos por detrás de la espalda. Después, asintió con la cabeza para agradecer el gesto, en silencio, tanto al detective como al resto de compañeros. No sonrió en ningún momento.

—Esto está en vuestras manos —dijo el alcalde Lyons con un suspiro—. Tenéis diez minutos para pensar en qué vais a decirle al pueblo. Yo estaré a vuestro lado y cumpliré con mi papel, pero tenéis que pensar algo. El Fall Fest es en cuatro días...

—¿De verdad vamos a seguir adelante con ese asunto? —preguntó Chambers con incredulidad.

—Es una tradición. Se celebra el segundo fin de semana de octubre, llueva o truene. Sin excepciones —dijo el alcalde.

El detective resopló.

—¿Ni siquiera cuando se trata de un asesinato?

Lyons se dio media vuelta y salió de la sala. Antes de cerrar la puerta, asomó la cabeza y dijo:

—Diez minutos, Prescott. No me importa lo que le digas a esa gente, pero más vale que sea algo bueno.

—Esto es lo que tenemos. Rosslyn Rose fue hallada muerta poco después de la medianoche en su cafetería. Junto a ella, había una nota escrita a mano que rezaba: «¿Y ahora, quién?». –Un murmullo recorrió la sala–. Maggie Shilling llamó a emergencias...

–¿Quién es Maggie Shilling? –preguntó Raines mientras se subía las gafas carey por la nariz.

–La presidenta del Comité de Festejos –intervino Prescott–. Se encarga de toda la decoración y coordina todos los puestos del festival.

–¿Esa mujer rubia e hiperactiva que llena Main Street de calabazas todos los años? –quiso confirmar la sargento.

–Esa misma –sentenció Bud Wade.

Chambers prosiguió:

–Angie recibió la llamada en la centralita después de medianoche. Wade, el jefe y yo fuimos los primeros en llegar a la escena del crimen. La forense acudió poco después y tomó fotografías.

Del techo descendió la pantalla de un proyector en la que aparecieron las imágenes que había tomado Grace ampliadas. La sargento Raines dio un paso atrás.

–¿Qué creéis que ha ocurrido? –Su mirada se volvió hacia Prescott–. Matthias me llama cada dos minutos para que haga alguna declaración al respecto.

–Asesinato –espetó Jesse.

La mujer cruzó los brazos sobre el pecho.

–Eso es evidente.

–Bueno –intervino Chambers–, la causa de la muerte es un traumatismo craneoencefálico causado por un objeto contundente. Pero la forense ha encontrado heridas defensivas y algunos moretones. Pensamos que podría haber sido su pareja; una situación de violencia doméstica o algo así. El novato... –Jesse lo miró de reojo–. Shaw y yo fuimos al domicilio del novio, pero no se encontraba allí.

–¿Y?

–Eso es todo –admitió el detective.

La sargento se giró hacia el resto de los presentes.

–Así que no tenemos absolutamente nada.

Jesse dudó sobre si debía guardarse para sí mismo lo que

pensaba. No verían con buenos ojos que involucrara al hijo del alcalde y, además, todavía no había comprobado su coartada.

—Eh... Tengo una pregunta —dijo.

Todos se giraron hacia él.

Raines se desabrochó la chaqueta del traje y dejó a la vista el chaleco a juego que llevaba debajo. Era la reina de los trajes a medida y, aquel día, lucía uno de un tono verde bosque intenso. Jesse se percató de que las gafas que llevaba combinaban con los botones de la prenda. Apreciaba aquellos pequeños detalles. La mujer se sentó al borde del escritorio y se quitó las gafas.

—Adelante, Shaw.

—Todavía estoy verificando las coartadas, pero anoche estuve en la cafetería con un par de amigos: Darius Lyons, su novia... El señor y la señora Blackwell también estaban allí y...

—Me alegro de que hayas sacado eso a colación, Shaw —intervino el jefe Prescott—. Esta mañana, tras reunirme con el alcalde, he hablado con Darius en persona. Victoria y él estuvieron en la cafetería anoche y se marcharon en torno a las nueve y media. Me ha dicho que, cuando se fueron, Rosie era la de siempre.

—Así que, como he dicho, no tenemos absolutamente nada —dijo Raines, tajante.

—¿Puedo sugerir algo? —preguntó Bud desde un rincón de la sala. Jesse casi se había olvidado de que estaba allí—. Creo que deberíamos concentrarnos en la nota que dejó el asesino.

Con un mando a distancia, apuntó en dirección a la pantalla y cambió de fotografía.

—«¿Y ahora, quién?» —leyó la sargento en voz alta—. ¿Qué es esto? ¿Algún tipo de amenaza?

—Tal vez eso es lo que el asesino quiere que pensemos —argumentó Bud—. No hemos tenido ni un solo caso de asesinato en este pueblo en toda mi vida. Y ahora, de pronto, ¿tenemos a alguien que va por ahí golpeando a la gente en la cabeza? No es normal. Yo creo que se trata de alguien de fuera.

Raines asintió mientras asimilaba el argumento de su antiguo compañero.

–Podría ser. Pero ¿cuál es la historia de la víctima? ¿Por qué Rosie? ¿Qué se traía entre manos? ¿Con quién se relacionaba? –Los hombres guardaron silencio–. Es por ahí por donde tenemos que empezar –dijo la sargento mientras buscaba la reafirmación del jefe de policía, que asintió en gesto de aprobación.

Prescott estaba inusualmente callado, pero alerta. Si la mente de Jesse estaba funcionando a toda máquina, la del jefe echaba humo por las orejas.

–Raines –dijo al fin–, sé que es tu primer día de vuelta, pero quiero que tomes las riendas.

A Jesse le dieron un vuelco tanto el corazón como el estómago. Si Raines se hacía cargo del caso, él se quedaría oficialmente fuera. Chambers y Wade serían sus segundos al mando y él tendría que volver a patrullar.

–Shaw, Chambers, ponedla al día de cualquier cosa pertinente y relevante. Raines, cuando acabéis, ven a mi despacho.

Prescott abandonó la sala y Jesse vio cómo sus sueños detectivescos se esfumaban a su paso.

Chambers pasó junto a él y le dio una palmadita en la espalda.

–No te lo tomes a pecho, novato. Deja que se encarguen los profesionales.

Jesse abandonó el lugar antes de que nadie más pudiera detenerlo y regresó a su escritorio. Tal vez su compañero estuviera en lo cierto y la situación le tocaba demasiado cerca.

Sabía que la sargento Raines era una detective competente y justa. No estaba familiarizado con su experiencia en homicidios, en parte porque en Cinnamon Falls no eran comunes los crímenes violentos. Desde que había abandonado el ejército, lo peor que había presenciado eran actos de vandalismo y consumo de alcohol en menores de edad.

Jesse era capaz de montar guardia toda la noche y disparar a ocho kilómetros de distancia. Podía desmontar y volver a montar un rifle en cuestión de segundos. No le daba miedo recibir un balazo o disparar a alguien para proteger a sus seres queridos. Pero ¿un asesinato? Ese tipo de odio era algo que estaba totalmente fuera de su alcance.

«Concéntrate», se dijo a sí mismo mientras se sostenía la cabeza entre las manos. Justo en ese momento, vio en la pantalla del ordenador la notificación de un correo electrónico. Era de Chambers:

Ve a la sala de descanso. Ahora.

Jesse fue hasta allí a toda prisa y, en la pantalla del televisor, vio al jefe Prescott, al alcalde Lyons y a la sargento Raines, los unos al lado de los otros. La imagen estaba tomada desde la parte trasera del salón de actos del ayuntamiento, que era desde donde el alcalde solía hacer anuncios. Un pasillo estrecho dividía la estancia y, a ambos lados, había docenas de hileras de sillas plegables. Los preocupados vecinos ocupaban los asientos y habían empezado a agolparse en torno al estrado. El jefe Prescott subió al podio, ajustó el micrófono y miró a la multitud.

Con gesto solemne, carraspeó y comenzó a hablar:

—Buenos días, vecinos de Cinnamon Falls. Es con gran pesar que me presento hoy ante todos vosotros para comunicaros la trágica pérdida de un miembro de nuestra comunidad: Rosslyn Rose, a quien todos conocíamos cariñosamente como «Rosie». —Unos gritos ahogados surcaron la muchedumbre—. Rosie era un pilar de nuestra comunidad y su repentina muerte nos ha conmocionado a todos. Quiero aseguraros que estamos haciendo todo lo que está en nuestras manos para encontrar al culpable. La investigación sigue en curso. La sargento Raines y nuestros agentes están siguiendo todas las pistas posibles, hablando con los testigos y revisando las pruebas para brindar justicia pronto tanto a Rosie como a su familia.

Mientras proseguía hablando, Raines se colocó a su lado, en el centro de todas las miradas.

–Quiero dejar una cosa clara: la seguridad de Cinnamon Falls es nuestra mayor prioridad. Sé que tenéis preguntas e inquietudes, así que responderé algunas al final de esta declaración. Por el momento, si alguien vio anoche algo fuera de lo común cerca de Rosie's Diner, por favor, que llame a la línea de colaboración ciudadana. El número de teléfono debería estar apareciendo ahora mismo en pantalla. Esa información podría ser clave para ayudarnos a resolver este caso rápidamente. Os insto a que mantengáis la calma. Cinnamon Falls es un lugar lleno de personas fuertes y resilientes. Nuestros agentes trabajarán sin descanso para garantizar la seguridad de todos y cada uno de sus habitantes.

Prescott se acercó todavía más al micrófono y fijó la mirada en la cámara. Era tan intensa que Jesse se sintió como si le estuviera hablando a él directamente.

–Y a la persona que hizo esto: te encontraremos y tendrás que responder por tus actos. –Entonces, se enderezó–. Preguntas, por favor.

Varias manos se alzaron al aire y una oleada de palabras inundó la habitación. Prescott señaló a alguien que se encontraba fuera del encuadre de la cámara.

–¿Cuál es el plan del Departamento de Policía de Cinnamon Falls para el Fall Fest de este sábado?

Jesse tuvo ganas de vomitar. ¿Una mujer había muerto y lo único que les importaba era saber si ese fin de semana iban a poder pescar manzanas?

El jefe se aferró a los bordes del podio y contestó.

–Entiendo lo importante que es el festival para este pueblo, pero ahora mismo el Departamento de Policía está centrado en resolver el caso y garantizar la seguridad de todos los vecinos. Por el momento, no se ha tomado ninguna decisión definitiva. –Dio un paso al lado para que pudieran ver al alcalde–. Estamos trabajando estrechamente con el ayuntamiento y los organizadores del evento para evaluar todas las opciones posibles. Os informaremos de cualquier novedad lo antes posible.

Más manos se alzaron en el aire. Prescott señaló a otra persona.

–¿Hay algún sospechoso, jefe? –preguntó una voz masculina.

Prescott inhaló con fuerza.

–Ahora mismo, estamos investigando múltiples pistas y analizando todas las pruebas. La sargento Raines es una detective excelente y sé que ella y sus hombres llegarán al fondo de todo esto. Quiero resaltar de nuevo que esta investigación sigue abierta. Por ahora no facilitaremos el nombre de ningún sospechoso.

Raines se inclinó al micrófono para hablar:

–Si alguien dispone de información creíble, por favor, que llame a la línea de colaboración ciudadana.

–Una pregunta más antes de volver al trabajo –dijo Prescott a toda la sala antes de escoger a la siguiente persona–. Adelante, Elaine.

Elaine Matthias, editora jefe de *The Cinnamon Chronicle*, ya era una mujer sensata y práctica cuando Jesse asistía a sus clases de Periodismo en el instituto. A sus ojos marrones y profundos no se les pasaba nada por alto, ni un detalle. A lo largo de los años, Prescott y ella habían mantenido una relación complicada. Ella se aferraba a las historias como un perro a un hueso. En una ocasión, puso al pueblo entero en alerta al escribir una serie de artículos de seis semanas de duración sobre mapaches rabiosos que, según ella, eran experimentos del gobierno. Jesse no podía mentir: casi se lo creyó. Las pruebas eran de lo más convincentes.

–¿Es cierto que un asesino en serie anda suelto en Cinnamon Falls y que Rosie solo ha sido la primera víctima?

Gritos ahogados inundaron la sala y, entonces, comenzaron a alzarse las voces. Docenas de personas empezaron a hablar a la vez, exigiendo respuestas. El cámara enfocó a Prescott y Jesse pudo ver cómo apretaba la mandíbula. Los dedos se agarraban al podio con fuerza.

–Señora Matthias, seré muy claro: no tenemos ninguna prueba que sugiera que Cinnamon Falls se enfrenta a un asesino en serie.

Elaine no le dejó ni respirar antes de insistir:

–¿Acaso no encontraron una nota en la escena del crimen que insinuaba que habría una siguiente víctima?

La sala estalló. Los asistentes alzaron la mano y los gritos de preocupación y horror se entremezclaron. Con fuego en los ojos, Prescott miró a Raines por encima del hombro y mantuvieron una conversación silenciosa.

–Si bien es cierto que se encontró una nota en la escena del crimen –sentenció–, todavía estamos determinando su significado –La multitud calló para escuchar el resto de su declaración–: Lo que sí puedo decir con total certeza es que la policía de Cinnamon Falls está tratando todo esto con la mayor seriedad y llegaremos al fondo del asunto. Os informaremos de las novedades en cuanto las sepamos.

Desde la otra punta de la sala, Chambers cruzó la mirada con Jesse: «¿Cómo ha descubierto Elaine Matthias lo de la nota?». Más allá de Wade y el propio Chambers, las otras personas que lo sabían le estaban devolviendo la mirada a través de la pantalla.

El descubrimiento fue como el golpe de una bota con puntera de metal: alguien estaba pasándole información a Elaine. Había un topo en el Departamento de Policía.

Capítulo 9
Nia

Cuando se calmó el ajetreo de la tarde, Nia y sus padres regresaron a casa. Varios agentes de policía iban de negocio en negocio para informar de que Main Street permanecería cerrada el resto del día.

Mientras Marjorie preparaba la cena, Nia volvió a su dormitorio para leer con detenimiento todos los documentos que había metido en la bolsa de plástico que había encontrado en Rosie's Diner. La mayoría exponían los detalles del fallecimiento de Sienna. Había descubierto más sobre la muerte de su amiga en las últimas horas que en los últimos seis años.

Le habían contado que Sienna había saltado de Barkwood Bridge a altas horas de la noche, después del Fall Fest. La encontraron al día siguiente, en la orilla, rota y sin vida. Desde entonces, la vida de Nia no había vuelto a ser la misma. Siempre se había preguntado por qué su mejor amiga, que le tenía un miedo terrible al agua, había escogido aquel puente para acabar con todo. La policía le había asegurado que Sienna se había quitado la vida y, según el informe de la autopsia, estaban en lo cierto. Nunca le dieron ninguna otra explicación.

En tal caso, ¿por qué Rosie había guardado esos papeles? ¿Por qué los había escondido en un cajón con un fondo falso? ¿Temía que alguien los encontrara? ¿Qué otra persona, aparte de ellas dos, se preocuparía tanto por la muerte de Sienna? ¿Qué se traía entre manos Rosie antes de morir? ¿Tenía aquello algo que ver con el motivo por el que la habían asesinado?

No dejaba de darle vueltas a aquellas preguntas. Entonces recordó que todavía tenía que descubrir con quién estaba hablando Rosie por teléfono cuando ellos se marcharon del local la noche anterior. Así que recurrió al único espécimen de la casa que podría ayudarla y guardar el secreto: Midnight.

La gata estaba profundamente dormida, hecha un ovillo a los pies de la cama. Había pasado la mayor parte del día rodeada de gente y necesitaba tomarse un tiempo para regular sus emociones. Al menos, eso era lo que decía su padre. A Nia no le importaba, siempre y cuando no volviera a intentar asfixiarla.

–Midnight... –susurró–, ¿estás dormida?

Al oír su nombre, el animal sacudió la cola, levantó las orejas y entreabrió un ojo amarillo para mirarla.

–Ve a buscar a Niles. Necesito que me ayude.

Su hermano debería estar en clase, pero el instituto los había enviado a casa tras conocerse la noticia sobre Rosie.

Midnight enterró la cabeza entre las patas e ignoró su petición.

–Te daré bocaditos de salmón –insistió, chantajeándola. El animal no se movió–. Perdón, quiero decir bocaditos de atún. Muchos. Todos los que puedas comerte.

En aquella ocasión, la gata negra levantó la cabeza y la observó mientras estudiaba su oferta. Entonces, saltó de la cama y desapareció. Un momento después, Nia oyó los pasos de Niles recorriendo el pasillo hacia su dormitorio. Midnight entró la primera y su hermano la siguió con un gesto confundido e irritado.

–¿Qué pasa? –preguntó mientras se quitaba los auriculares de la cabeza y se los colocaba alrededor del cuello–. La gata se ha estirado sobre el teclado y no me ha dejado en paz hasta que me he levantado y la he seguido. Vamos perdiendo, así que más vale que merezca la pena.

—¿Puedes poner el juego en pausa un momento? –le preguntó Nia–. Necesito un favor.

—No; no puedo poner el juego en pausa sin más. No es *Mario Kart*.

Desde la puerta, Midnight maulló con impaciencia.

—¿Qué le has prometido? –preguntó Niles, presa del pánico.

—Bocaditos de atún –admitió ella.

—Te va a perseguir el resto de tu vida –comentó su hermano. Entonces, abrió los ojos de par en par, como si estuviera asustado de verdad–. ¿Cuántos?

—Todos los que pueda comer... –contestó Nia a regañadientes.

—¡Papá! ¡Código rojo! –exclamó Niles mientras se asomaba a la barandilla de la escalera–. ¡Nia le ha prometido a Midnight bocaditos de atún ilimitados!

Su padre gritó como si fuera un figurante de una película de miedo.

—¡Noooooooooo!

La gata maulló con fuerza.

—Si quieres seguir con vida, será mejor que le des esos bocaditos. Cuanto antes –le advirtió su hermano.

—No voy a dejar que un felino de diez kilos me mangonee.

—¡¿Diez kilos?! –Niles tomó a Midnight en brazos y la acunó–. No lo dice en serio. No le hagas caso: no estás gorda. –La gata maulló de nuevo–. No lo pienses ni por un segundo. Eres todo un icono; una leyenda.

—Ese es precisamente vuestro problema. ¡Se cree que es humana! –señaló Nia con tono indignado.

—¡Es parte de esta familia, Nia! –la defendió su padre desde el piso de abajo.

¿Cómo era posible que oyera de lo que estaban hablando?

—¡Es una gata! –gritó a modo de respuesta.

—¿Cómo te atreves? –dijo Niles mientras sacudía la cabeza, disgustado.

Midnight saltó de sus brazos y corrió escaleras abajo cuando oyó el crujido distante y melódico de una bolsa de chucherías felinas. Nia esperaba que su padre estuviera siendo generoso con los bocaditos de atún, tal como ella le había prometido. Quería despertarse al día siguiente sin que lo primero que se le pasara por la cabeza fuese su propia muerte.

—Necesito que me ayudes con algo —dijo mientras ordenaba los papeles que tenía sobre la cama y hacía hueco para que Niles se sentara. Desenchufó el móvil del cargador y buscó la fotografía que había tomado del identificador de llamadas de Rosie—. ¿Podrías decirme de quién son estos números?

Niles le quitó el teléfono y estudió las imágenes, pasando de una a otra.

—No los reconozco —contestó de forma despreocupada—. Tengo que volver a mi partida...

—Espera. ¿No puedes hacer una búsqueda inversa o algo así?

Niles resopló.

—¿Quién te crees que soy? ¿Steve Jobs? ¿Por qué no se lo pides a tu novio? Estoy seguro de que la policía tiene un montón de maneras de rastrear números de teléfono.

—Vamos... Se trata de Rosie —le suplicó.

—Razón de más para que se lo digas a la policía.

—¿Por favor? —le pidió ella, pues se había quedado sin opciones.

Su hermano se quedó callado un instante y, entonces, dijo:

—Dame un segundo. Veré qué puedo hacer.

Nia se dejó caer sobre la cama y contempló cómo giraba el ventilador del techo. Parecía que aquel día nunca iba a terminar. Le parecía como si entre la llamada de su madre por la mañana y aquel momento hubiese pasado una semana entera.

Las últimas palabras que le había dicho Jesse resonaron en su mente: «Prométeme que te mantendrás al margen de esta investigación». En ese momento, había sido sincera al decirle que no lo haría. Quería cumplir la promesa, pero, tras haber visto la rueda de prensa, no podía quedarse de brazos cruzados y esperar a que la policía resolviera el asesinato de Rosie a base de soplos. Sobre todo, teniendo en cuenta que podría haber un asesino en serie suelto por el pueblo.

Un escalofrío le recorrió la columna vertebral. ¿Realmente había alguien ahí fuera, acechando entre las sombras y planeando matar a más habitantes de Cinnamon Falls? Y, lo que era aún peor: ¿podría el asesino de Rosie estar a la vista de todos? ¿Le habría atendido Nia aquella misma mañana en The Cinnamon Scoop?

«Probablemente», pensó. Aquel día, docenas de personas habían entrado y salido de la heladería. Quizá había hablado con el asesino de Rosie sin saberlo.

Prescott había instado a la gente a mantener la calma, pero no tener ni idea de quién había matado a Rosie no era en absoluto tranquilizador. Era aterrador pensar que cualquiera podría ser el siguiente y que la policia, las personas que habían prometido protegerlos, no sabían por dónde empezar a buscar.

Nia se negaba a esperar a que la policía se preocupase lo más mínimo por sus seres queridos. Cuando Sienna falleció, ella huyó y dejó a Rosie atrás, teniendo que lidiar con las consecuencias. Ahora que ella ya no estaba, Nia sentía algo dentro de ella, persistente y punzante, que le decía que tenía que averiguar qué había ocurrido. No podía seguir huyendo de sus problemas. Iba a encarar la vida de frente y eso significaba descubrir quién había asesinado a la madre de su mejor amiga y meter al culpable entre rejas, que era justo donde debía estar. No había tenido la oportunidad de hacer lo mismo por Sienna, pero, ahora que había vuelto, Nia se prometió llevar al asesino de Rosie ante la justicia.

Niles regresó apenas unos minutos más tarde con un bloc de pósits de color verde lima en la mano.

—El primer número es el de Harvey's Used Cars. —Despegó una nota y se la tendió—. He tenido que pagar un dólar para ver de quién era el segundo número. Está registrado a nombre de una tal Edwina Rutherford.

—¿Quién demonios es? —masculló ella.

Su hermano se encogió de hombros.

—No lo sé, pero me debes un dólar. —Arrojó el bloc sobre la cama—. ¿Puedo irme ya, Sherlock?

Nia despachó a su hermano y se sentó en el escritorio de su infancia. Rebuscó entre los cajones hasta que dio con un cuaderno, arrancó las páginas en las que había algo escrito —apuntes de clase, recetas y entradas de un diario— hasta llegar a una hoja en blanco. Escribió el nombre de Rosie en la parte superior y comenzó a hacer una lista de todo lo que recordaba. Entonces, buscó el negocio de Harvey en internet.

Lo primero que apareció fue una imagen de Harvey Briggs frente a un solar lleno de coches relucientes. ¿Por qué había llamado Rosie al señor Briggs? Dibujó un círculo alrededor del nombre en el cuaderno. Después, buscó a Edwina Rutherford. La búsqueda la llevó a un artículo en la página web de la biblioteca pública de Cinnamon Falls. Cuarenta años antes, la señora Rutherford había sido la bibliotecaria jefe. Otro artículo enlazaba con una esquela. La mujer había muerto hacía un año.

«¿Cómo es posible que Rosie estuviese llamando a una muerta?», se preguntó Nia.

Siguió leyendo y descubrió que la señora Rutherford había dejado un hijo, Edward Rutherford Junior. Buscó ese nombre y encontró una fotografía de él. No pudo contener un jadeo al ver una imagen de él junto a Rosie.

Edward Rutherford era casi tan alto como ella y, en la fotografía, lucía una amplia sonrisa que mostraba todos sus dientes. Sostenía un rodillo de amasar como si fuera una posesión muy preciada y tenía harina espolvoreada sobre la tinta de los tatuajes que le serpenteaban por ambos antebrazos y desaparecían bajo las mangas de una camiseta negra. Llevaba el pelo largo y oscuro recogido en un moño bajo, a la altura de la nuca, y varios mechones sueltos en torno a las sienes. Tenía aspecto de estrella de *rock* convertida en repostero.

Rosie le agarraba del brazo con orgullo como si fuera su propio hijo. Incluso a través de la pantalla se podía percibir la estrecha relación que tenían. La imagen estaba vinculada a un artículo de dos años atrás de *The Cinnamon Chronicle* sobre los galardonados bollos de canela de Rosie.

Edward Rutherford era el repostero principal de Rosie's Diner y Nia tenía que hablar con él de inmediato. Si hubiese estado en Atlanta, habría usado el coche de Bryant y habría ido directamente a su casa. Pero, ahora, debía ser más estratégica con sus movimientos. Tenía que encontrar la manera de hablar con Harvey Briggs y con Edward Rutherford, y conocía a la persona perfecta para la tarea.

Capítulo 10
Jesse

Miércoles

Cuando Jesse regresó a casa el martes por la noche, no era más que la mitad del hombre que solía ser. Solo podía pensar en Rosie. Preparó la cena estando distraído: una ensalada y lasaña, que era la receta favorita de su madre. A pesar de que era su aniversario, sus padres, que solían ser muy habladores, también se mostraron sombríos y callados. Era como si el silencio se hubiera apoderado de Cinnamon Falls, dado que todo el mundo lloraba la pérdida de Rosie. Cuando se despidió de sus padres antes de irse a dormir, se aseguró de abrazarlos más fuerte de lo normal.

A la mañana siguiente, añadió a regañadientes un nuevo nombre a su lista de sospechosos: Harvey Briggs. Lo hizo encerrado en el baño de la comisaría porque era el único lugar en el que sabía que nadie lo estaría observando. La pregunta que rondaba su mente era la siguiente: ¿cómo había sabido Elaine Matthias lo de la nota? Jesse no quería creer que uno de sus compañeros hubiese sido capaz de compartir información con aquella mujer.

De su lista de sospechosos, la única persona que parecía encajar era Harvey Briggs. Si los rumores sobre su relación con Rosie eran ciertos y se había dado a la fuga... Odiaba tener que darle la razón a Chambers, pero parecía que el detective estaba en lo cierto.

Aun así, Jesse no podía imaginarse a un hombre tranquilo y de trato fácil como Briggs haciéndole daño a la mujer que amaba. No conocía los detalles de la relación, pero sabía que Rosie se había mostrado feliz los días anteriores a su muerte. ¿Qué había cambiado?

Al regresar a su escritorio, se encontró a la sargento Raines esperándolo. Cuando se acercó, aquella mujer diminuta hizo girar su silla.

—A mi despacho —le dijo con voz firme, y él no tuvo más remedio que seguirla.

Podía sentir los ojos del resto de los agentes clavados en la espalda. Sabía lo que se avecinaba y se preparó para las malas noticias.

Jesse cerró la puerta tras de sí y Raines se sentó en su escritorio, amplio y pulido. La madera brillaba como si fuera cristal. Las paredes de un tono lavanda claro siempre llamaban su atención, dado que la sargento era una mujer de mirada dura y personalidad aún más férrea. Se preguntó si en casa, con sus hijos, también se mostraba como en la comisaría.

—¿Quería hablar conmigo, sargento? —preguntó Jesse mientras se sentaba en la silla que estaba frente al escritorio.

—El jefe quiere que te saque del caso —dijo ella sin rodeos.

A pesar de que creía haberse preparado en el pasillo, tuvo que agarrarse a los reposabrazos para mantener la compostura. Conocía a Rosie mejor que el resto de la comisaría. Tendría que ser él quien liderara el caso.

—Entendido —replicó con sencillez.

Raines ladeó la cabeza como si hablasen un idioma diferente.

—Tenías una relación estrecha con la víctima.

—¿Es una pregunta o una afirmación?

—Ambas —confirmó Raines. Después, entrecerró los ojos como si intentara leer sus pensamientos.

Jesse asintió.

—Estaba muy unido a Rosslyn Rose, sí.

—Describe la naturaleza de vuestra relación.

—Era como una segunda madre para mí —admitió—. Prácticamente nos crio tanto a mis amigos como a mí.

–Mmm –masculló la mujer. Se colocó las gafas sobre la cabeza y entrelazó los dedos–. ¿Quién crees que lo ha hizo?

Jesse se dio cuenta de que el propósito de aquella reunión era interrogarlo. Ni Raines ni Chambers eran del pueblo, así que no tenían ni idea de lo que Rosie significaba para Cinnamon Falls. Jesse se preguntó si la sargento también habría llamado a Wade a su despacho.

–Ojalá lo supiera –contestó.

La lista de nombres que había recopilado y tachado le quemaba en el bolsillo.

El silencio se apoderó del lugar mientras la mujer le estudiaba el rostro. Jesse había servido cuatro años en el ejército. Sabía cómo mantener sus emociones a raya frente a un superior. Podía aguantarle la mirada toda la noche y, aunque por dentro echase chispas, mostrarse como una estatua.

–Vetc a casa –le ordenó Raines–. Tómate el día libre para llorar a tu ser querido.

–Sí, señora –contestó.

Se puso en pie, dispuesto a alejarse de su presencia. Necesitaba tiempo para pensar y ordenar sus ideas. Ir a casa era la oportunidad perfecta para recomponerse.

–Mañana por la mañana, a primera hora, quiero un informe con toda la información que Chambers y tú habéis recabado.

–Sí, señora –repitió él.

–Puedes irte –dijo la mujer mientras lo despachaba con un gesto de la mano. Después, se concentró en los papeles que tenía sobre el escritorio.

Las hojas caídas crujían bajo sus botas conforme se abría paso hacia el aparcamiento. Tenía que hacer dos paradas antes de regresar a casa. El día anterior, le había prometido queso de Guy's a su padre, pero era más fácil comprar algo rápido y más sano en Cinnamon Grove.

Las puertas se abrieron de forma automática a su llegada, dejando a la vista un local blanco que parecía más un laboratorio científico que una tienda de comestibles. En la pared del fondo, un filtro de agua automático rociaba las verduras. Docenas de cubetas con relucientes productos agrícolas esperaban ser recogidas por clientes. Frente a Jesse se extendían pasillos de paquetes coloridos procedentes de todo el país. El estómago le rugió, expectante.

Normalmente, se habría tomado su tiempo para recorrer cada pasillo y descubrir algo nuevo que probar, pero en aquel momento no disponía de dicho tiempo. Por una vez, iba a seguir órdenes y marcharse a casa.

Raines y Chambers estaban tan cerca de encontrar al asesino de Rosie como él. El mero hecho de que lo hubieran apartado del caso no significaba que no pudiese seguir investigando por su cuenta. Sabía que era capaz de encontrarlo antes que Chambers: el detective era demasiado brusco y descarado para la gente de Cinnamon Falls. Jamás se abrirían con él como lo harían con Jesse.

Estaba tan perdido en sus pensamientos que no se percató de que no estaba solo en el pasillo. Cuando se dio la vuelta, se topó con Victoria Nathan, que estaba estudiando la etiqueta nutricional de una bolsa de frutos secos variados. Con la gabardina color canela atada a la cintura, no la había reconocido. Además, llevaba una gorra con el logo del equipo de Darius que le ocultaba la mayor parte del rostro. Era la oportunidad perfecta para descubrir dónde estaba cuando Rosie murió.

—Nutrientes esenciales —comenzó a decir con la esperanza de que no se sobresaltara.

—¿Qué? —replicó ella, que parecía tan irritada como durante la cena en Rosie's Diner.

Jesse se preguntó si aquella sería su forma de ser por defecto. Después, señaló la bolsa que tenía entre las manos.

—Proteína, fibra, grasas saludables... Son buenas para tu salud.

Victoria puso los ojos en blanco.

–Darius es alérgico a los cacahuetes. Tengo que asegurarme de que no haya ninguno en la bolsa, cotilla –contestó.

–Bueno, no todas las personas con alergia a los cacahuetes son alérgicas a los otros frutos secos. Verás, los cacahuetes son legumbres y...

–Gracias, Enciclopedia Brown –le interrumpió Victoria mientras echaba la bolsa a la cesta y lo esquivaba como si tuviera la peste.

Jesse señaló los artículos que llevaba en la cesta: lechuga, tomates y un pepino.

–¿Al final has decidido prepararte tu propia ensalada? –le preguntó, bromeando, con la esperanza de que captara la indirecta.

–Una tiene que comer verduras y hortalizas –contestó ella mientras le echaba un vistazo a lo que había comprado él: ternera, varias bebidas a base de jengibre, cúrcuma y limón para reforzar el sistema inmunológico, algunos productos frescos y queso–. ¿Hamburguesas?

–Espaguetis –la corrigió él, deseando tener un hilo del que tirar para poder preguntarle con naturalidad sobre su paradero el lunes por la noche. Tenía enfrentarse a ello antes de que la conversación se enrareciera–. Seguro que…, a estas alturas…, ya te habrás enterado de lo de Rosie.

Victoria suspiró.

–Por eso estás hablando conmigo, ¿verdad? Y yo que pensaba que estabas realmente preocupado por la salud de mi novio... Pero resulta que solo quieres sacarme información. ¿Te ha dicho alguien que estaba aquí? Este pueblo es demasiado pequeño –refunfuñó–. Una ni siquiera puede hacer la compra en paz.

–En realidad, he venido porque tenía que comprar un par de cosas para la cena de esta noche –le aclaró Jesse y, por si acaso, sacudió la cesta frente a ella–. Pero, casualmente, tú estabas aquí.

Ella volvió a suspirar.

–¿Qué quieres, Jesse?

—¿Adónde fuisteis tras marcharos de Rosie's Diner?

—El señor Lyons había organizado en su casa una fiesta sorpresa de bienvenida para Darius. Yo tenía que mantenerlo ocupado hasta que todo estuviera listo, así que, cuando Morgan nos invitó al local, me pareció la oportunidad perfecta. Toda la familia y nuestros amigos estaban en la fiesta. Joder, la mitad del pueblo nos vio allí. ¡Pregúntale a cualquiera! —Hizo un gesto amplio con los brazos, como si tuvieran audiencia.

—¿Estuvisteis allí toda la noche? —insistió.

—Si de verdad quieres saberlo, estuve haciendo el amor con mi chico hasta que salió el sol. Así que ambos estuvimos... un poquito ocupados toda la noche —contestó ella con una sonrisa de medio lado.

Jesse resistió las ganas de vomitar.

En ese momento, sonó el teléfono de Victoria.

—Discúlpeme, señor agente. Mi novio me está llamando y creo que quiere una segunda ronda —dijo mientras le guiñaba un ojo y esperaba a que Jesse se apartara.

Él la observó alejarse por el pasillo con el teléfono pegado a la oreja.

—Hola, cariño...

Su voz lo envolvió hasta que estuvo demasiado lejos para que Jesse pudiese oír el resto de la conversación.

Si el alcalde Lyons había celebrado una fiesta el lunes por la noche, tenía que conocer a alguna persona que hubiese asistido. Solo tenía que encontrar a alguien lo bastante popular como para que lo hubiesen invitado a casa del alcalde.

Por mucho que quisiera obedecer las órdenes de la sargento Raines y marcharse a casa, tenía otra misión.

Aquel miércoles por la tarde, la barbería estaba tranquila. Cuando Jesse llegó a Bones Barber Shop, encontró a

William Reed viendo un programa de televisión sobre juicios protagonizado por un juez muy duro.

—Debes de ser el hombre más trabajador de los cuerpos de seguridad —lo saludó Will mientras le chocaba el puño y giraba una de las sillas hacia él.

Jesse se sentó y prestó atención al programa durante un minuto, fascinado por las acciones de la gente.

—¿Quieres que te lo corte? —le preguntó Will mientras posaba los ojos en su pelo.

Había planeado cortárselo a finales de semana, el viernes por la tarde, tal como llevaba haciendo un par de meses. Sin embargo, aquel día era diferente.

Se alegraba de haberse convertido en cliente habitual dado que, de aquel modo, no tenía que seguir pidiendo cita por internet. El barbero le reservaba los viernes a las tres de la tarde y aquellas citas rutinarias se habían convertido en una amistad incipiente. Jesse confiaba en que su buena relación lo ayudaría a mantener una conversación complicada.

—Claro —contestó, asegurándose de mantener un tono de voz neutro.

—Me he enterado de que tu chica ha vuelto al pueblo —bromeó Will—. Sabía que solo era cuestión de tiempo que te pasaras por aquí para arreglarte.

Se rio mientras le cubría el uniforme con el peinador y se lo cerraba por la nuca. Jesse reprimió una carcajada.

—Oye, tú ves a la tuya todos los días y aún no le has dicho ni una sola palabra.

Un pinchazo le recorrió la oreja cuando las tijeras le rozaron.

—¡Uy! —dijo Will con una risita mientras Jesse se ponía la mano sobre la oreja.

Después, sacó el móvil y fingió escribir una reseña.

—«Cero estrellas. Toma represalias cuando se menciona al amor de su vida. Iría a la guerra por Morgan Taylor».

Las risas inundaron las cuatro paredes del local y Bones no tardó en unirse a la conversación.

–Tengo que tomármelo con calma, colega –dijo Will.

Jesse contempló su propio reflejo en el espejo mientras el barbero intentaba explicarle por qué todavía no le había pedido una cita a Morgan.

–Pero ¿esto es el Heartbreak Hotel sobre el que cantaba Elvis o una barbería? –dijo Jesse, señalando al señor Harold–. A usted le asusta hablar con la señora Guy, a la que le echó el ojo cuando eran adolescentes. –El dueño del negocio se emocionó y, después, intentó recuperar el aliento–. ¡Y tú ni siquiera eres capaz de decirle «hola» a la mujer más excéntrica del pueblo! –prosiguió, mirando a Will–. ¡Se viste de morado todos los días! Es un tiro fácil. –Hizo como si estuviera driblando y lanzando a canasta una pelota de baloncesto–. ¡Sois patéticos!

–¡Lo peor es que él la ve todos los días cuando va a recoger a Angel a la escuela! –exclamó el señor Harold.

Will puso los ojos en blanco. Trató de ocultar una sonrisa, pero Jesse divisó su gesto a través del espejo. Solo mencionar el nombre de aquella mujer hacía que el barbero se sonrojara.

–Es la profesora de mi hija; es una relación delicada.

–Angel solo estará en preescolar una vez –señaló Jesse–. El próximo otoño, tendrá una profesora nueva. Así funciona el colegio.

–Sí, dentro de un año –le recordó Will–. Por ahora, tan solo intento que el asunto sea apto para todos los públicos, ¿de acuerdo? Además, Angel la adora. No deja de hablar de ella. «La señorita Morgan esto», «la señorita Morgan lo otro»… –añadió imitando la voz de su hija.

–Se parece a ti, ¿eh? –lo interrumpió Jesse, y provocó que la sala estallara en carcajadas una vez más.

–Volvamos a ti –dijo el barbero para cambiar el tema de conversación–. ¿A qué se debe esta visita? Siempre vienes los viernes, amigo mío.

–Volvía de Cinnamon Grove y he decidido aprovechar el tiempo y cortarme el pelo.

–Claro… –contestó Will, incrédulo–. Desde que empezaste a venir, siempre te presentas los viernes a las tres en punto y, ahora, aleatoriamente, has decidido aparecer una tarde de miércoles. ¿Qué pasa?

Era evidente que el barbero sabía que Jesse disfrutaba de la rutina. Tal vez lo conocía mejor de lo que creía.

—¿El policía eres tú o soy yo? —bromeó con la esperanza de que mantener la ligereza de la conversación lo ayudase a cumplir su objetivo.

—Solo digo que no es propio de ti —comentó Will—. Pero, bueno, toda esta semana está siendo rara. Todavía estoy en *shock* por la muerte de Rosie —añadió mientras señalaba en dirección a la cafetería por encima del hombro—. Todos los años, Angel y yo esperamos con ganas esos enormes bollos de canela del Fall Fest.

—Sí, ¿qué está pasando, Jay? —preguntó Bones—. ¿Se sabe algo sobre el asesino de Rosie?

—Ya sabes que no puede hablar de ello —comentó el barbero.

—Solo preguntaba —respondió el dueño del negocio, encogiéndose de hombros—. La gente comenta que se trata de un asesino en serie o algo así. Además, apuntan al viejo Harvey Briggs.

Jesse respiró hondo antes de hablar. Siempre le sorprendía lo rápido que se extendían los rumores.

—Como ha dicho Will, no puedo hablar mucho del asunto, Bones. Me han... apartado del caso —admitió.

Las palabras le salieron sin querer y, por mucho que quisiera volver a tragárselas, no podía. Por extraño que pareciera, sentía el pecho más ligero, como si pudiera volver a respirar.

—¿Te llegaron a meter en el caso? —Will alzó el puño en el aire a modo de celebración—. Pensaba que le habían dado el puesto de detective a ese otro tipo... ¿De verdad te incluyeron? ¡Eso es genial!

Jesse no pudo evitar sonreír ante el entusiasmo de Will. Esa era otra forma de verlo. Se alegraba de haber hecho algo que no fuera patrullar. Había roto la monotonía de sus días, pero estaba más cansado que nunca. Tenía la mente agotada. Tan solo quería hacerse un ovillo en la cama y empezar la semana desde cero, con Rosie todavía viva.

—Gracias —contestó—, pero me apartaron de inmediato.

—Por eso estás aquí un miércoles —comentó Will, que al fin había atado cabos—. Te han despedido.

—¿Qué? ¡No! Solo me han apartado de este caso, nada más. Aun así, necesito preguntarte por la noche del lunes.

Will hizo girar la silla para tenerlo frente a frente y poder arreglarle la línea en el nacimiento del cabello.

—¿De qué se trata? —le preguntó.

—¿Fuiste a la fiesta del alcalde Lyons?

Will asintió y una sonrisa juguetona se formó en sus labios.

—¡Y tanto! ¡La casa estaba abarrotada! Pensé en llegar temprano, ¿sabes? Tenía un plan. Dejé a Angel con mi cuñada, volví a casa, me arreglé y me dirigí hacia allí en torno a las siete y media.

A Jesse le encantaba cuando el barbero le contaba historias. Aquel era un noventa por ciento del motivo por el que había empezado a cortarse el pelo allí. Un día, Harold había reservado dos citas a la misma hora, y Will resultó ser el único barbero disponible. Las reglas no escritas de las barberías decían que nunca debías confiar en el tipo nuevo, pero aquel hombre había hecho un trabajo impecable. Además, las historias que contaba sobre su vida antes de Cinnamon Falls eran igual de divertidas que preocupantes. No importaba que Jesse fuese policía y pudiera arrestarlo; entre las cuatro paredes del local, todo era confidencial.

—Había oído que al alcalde le gustaban los coches, así que me presenté con el Cadillac Eldorado del 59. El caso es que, cuando llegué allí, no había dónde aparcar y ya sabes que nunca lo dejo en la calle. Así que me acerqué a la verja y el aparcacoches me llevó hasta un Caprice del 70. ¿Sabes cuánto tiempo llevo buscando uno de esos?

En Cinnamon Falls, Jesse solo conocía a una persona con un Caprice. ¿Qué hacía Grace en la fiesta de bienvenida de Darius Lyons? Guardó esa duda para volver a ella más tarde.

—En fin, llegué a la fiesta y era todo muy elegante: buena comida y buena bebida. La música era una mierda, pero me presentaron a gente muy guay. Y por fin conocí a esa señora que se pasa dos semanas enteras colgando decoraciones y poniendo calabazas.

—Maggie Shilling —intervino Bones.

—¡La misma! También conocí a Darius Lyons. Pude acercarme a él lo bastante como para decir que creo que los diamantes son reales.

—¡No puede ser! —exclamó el dueño.

—Les saqué una fotografía.

Will tomó su móvil de la mesa que tenía al lado y buscó la imagen. Entonces, se la mostró a Bones.

—¡Está tan borrosa que no se distingue! —El hombre se acercó el teléfono a la cara y Will se lo arrebató—. En realidad, lo único que se ve es la cadena que lleva al cuello.

—¡De eso se trata! Te digo que el tipo tiene dinero. Esos diamantes son reales —replicó el barbero.

Jesse extendió la mano hacia el teléfono para echarle un vistazo a la foto. Era cierto que Darius Lyons salía borroso. Cuando le dio la vuelta al dispositivo, se percató de que la cámara estaba llena de huellas dactilares y manchas de grasa. Eso explicaría la calidad de la fotografía. Hizo clic en la imagen para ver a qué hora la había tomado: las 10:37 h de la noche.

—¿Viste allí a su pareja? —preguntó Jesse.

—¿Quién? Ese sitio estaba repleto de chicas monas.

Jesse se apartó de las tijeras y sacó el teléfono. Abrió Instagram y buscó el nombre de Victoria para enseñarle el perfil a Will.

—Esta.

El barbero soltó un silbido y chasqueó los dedos.

—Es despampanante. ¿Esa es la novia de Darius Lyons?

–Déjame echar un vistazo –dijo Bones mientras tendía la mano hacia el teléfono–. «Victoria Nathan» –leyó–. ¿Por qué me resulta tan familiar? ¿Su madre es Tammy Nathan?

–¿Y cómo voy a saber yo eso? –le preguntó Will, molesto.

–Su madre también es espectacular; tanto que podrían ser hermanas.

Bones deslizó el dedo por la pantalla y les mostró a ambos una publicación de Victoria. En la fotografía, aparecía con su madre. El dueño del local estaba en lo cierto.

–Joder –dijeron Jesse y Will al unísono.

Victoria y Tammy habrían parecido idénticas si no fuera por las arrugas que la madre tenía en el cuello y en torno a los labios. Su piel sin imperfecciones de color avellana y las sonrisas radiantes de ambas resultaban casi hipnotizantes. En la vida real, Victoria no desprendía aquel atractivo irresistible. Internet era un lugar aterrador.

–Entonces, ¿estuvo allí o no? –preguntó Jesse. No quería insistir demasiado, pero necesitaba tacharlos de la lista–. Cuando Victoria y Darius se marcharon de Rosie's Diner, estaban discutiendo –añadió con la esperanza de que el barbero mordiera el anzuelo.

–¡Por eso llegó tan enfadado! Estuvimos esperándolo toda la noche. Supongo que era una fiesta sorpresa. Eran más de las diez y yo estaba a punto de dar la noche por terminada. Estoy hecho un viejo.

Jesse desbordaba expectación.

–¿A qué hora llegó?

–Le saqué la foto en cuanto entró por la puerta y después me marché. Creo que eran sobre las diez y media.

–¿Te marchaste de una fiesta antes de las once? Eres el joven más viejo del mundo –dijo Bones mientras sacudía la cabeza.

–¡Esa fue la única razón por la que fui! Además, ya había hablado con el alcalde y le había enseñado el Cadillac. Se supone que vamos a quedar algún día para comparar nuestra colección de coches –dijo Will con una sonrisa de satisfacción.

Morgan, Nia y él se marcharon de la cafetería de Rosie más tarde que Victoria y Darius, en torno a las nueve y media. Recordaba claramente que había llegado a casa justo cuando su madre se estaba acomodando para ver el programa nocturno que le gustaba y que se emitía a las diez. Si Darius había llegado a su fiesta en torno a las diez y media, eso significaba que Jesse estaba de nuevo en la casilla de salida.

Will sacó un espejo de mano para que viera de cerca el corte de pelo. Jesse se miró en el reflejo, encantado con el resultado. Al menos, la visita no había sido del todo en vano.

Capítulo 11
Nia

Nia se despertó con el murmullo suave de las hojas rozando la ventana de su dormitorio. La casa olía a sirope de arce y la masa de gofres recién hecha de su padre. Sin embargo, la muerte de Rosie seguía pesando en el ambiente. Después del desayuno y una ducha, necesitaba despejar la mente. Sacó la plancha para el pelo y comenzó a alisarse los rizos. El siseo y los tirones del instrumento eran un pequeño consuelo en medio del caos. Un breve momento de calma, calidez y rutina era lo que más necesitaba.

Morgan llegó a casa de Nia a las tres en punto. A pesar de que Nia y Sienna habían sido las primeras en entablar amistad, sumar a Morgan a su círculo había sido como añadir virutas de chocolate sobre un helado cremoso de vainilla. Su excéntrica forma de ser y su sentido del humor habían complementado a la perfección su amistad. Mientras que Nia era sarcástica y seria, Morgan y Sienna eran divertidas y caprichosas. Sabía que su amiga estaría dispuesta a ayudarla y que el viaje a Asheville sería la oportunidad perfecta para arreglar las cosas con ella.

El tiempo era ideal. De vez en cuando, el sol se ocultaba tras las nubes y el aire exigía algo más que una camiseta, pero menos que un jersey. Al final, Nia se decidió por una vieja sudadera azul marino de Cinnamon Falls. Desde que se había tomado las fotos de último curso del instituto, no había vuelto a ponérsela. Le iba más ajustada de lo que recordaba, pero seguía quedándole bien.

Se sentía nostálgica desde la noche anterior. Revisar los

documentos de Rosie la había obligado a rememorar una época de su vida que prácticamente se había esforzado por olvidar. Sin embargo, el dolor tan solo había estado esperando a que regresara.

Mientras observaba a Morgan aparcando frente a su casa, Midnight apareció en el recibidor y se quedó mirándola. Nia suspiró y tuvo que pagar el peaje de bocaditos de atún para que la gata la dejara salir. Tenía memoria de elefante y, al parecer, chantajearla con comida ilimitada estaba muy mal visto en casa de los Bennett.

—Ya que le prometiste bocaditos ilimitados, cuando salgas acuérdate de comprar más —le recordó su padre—. No quiero ser la siguiente víctima de Cinnamon Falls.

Midnight daba vueltas en torno a los pies del hombre, amenazante.

—De acuerdo —prometió antes de salir a toda prisa de la casa.

Nia se sentó en el asiento del acompañante de la camioneta color índigo de Morgan.

—¡Estás guapísima! —exclamó su amiga antes de darle un fuerte abrazo.

Aquel día, Morgan lucía su color favorito en una coleta alta que le caía en cascada sobre los hombros y terminaba cerca del cinturón del pantalón. Con cuidado, salió del camino de acceso y se incorporó a la carretera.

—Me recuerdas a la Nia Janice Bennett de la promoción de 2018 —dijo Morgan con una carcajada—. Hacía siglos que no te veía con el pelo liso.

—Tenía que hacer algo para no pensar en lo de Rosie —admitió.

—La noticia me ha dejado destrozada. Ayer por la mañana, antes de que nos mandaran a casa, no supe qué decirles a los niños.

—¿Y qué hiciste? —le preguntó.

No podía hacerse a la idea de lo asustados y confundidos que debían estar los pequeños. Pensarlo la puso triste.

Morgan se enjugó las lágrimas que le caían por las mejillas.

–Les pedí que escribieran cartas al cielo. –Se obligó a sonreír–. Fue precioso, Ni, pero también el día más duro de toda mi carrera.

Nia encontró pañuelos de papel en la guantera, le tendió uno a su amiga y tomó unos cuantos para sí misma.

Durante el viaje, se dedicaron a rememorar la época del instituto. Aquellos días, que tan largos les habían parecido, se habían convertido en años que habían pasado volando a la velocidad de la luz. Los buenos momentos que creía que durarían para siempre se habían esfumado tan rápido como habían llegado.

El tiempo no se había detenido tras la muerte de Sienna. Había seguido avanzando, arrastrándola consigo. Nia había podido seguir viviendo mientras su amiga, y ahora también Rosie, no volverían a ver salir el sol nunca más. La culpabilidad que sentía por haber sobrevivido la corroía por dentro.

En el centro comercial de Asheville, tras abastecerse de productos básicos de higiene, Nia y Morgan decidieron ir a comprar ropa para la inevitable ceremonia en memoria de Rosie. Lo justo era vestir algo tan atrevido como lo que ella misma solía llevar en vida. Además, ir de compras servía para curar muchas cosas, incluida la tristeza.

–¿Qué crees que estaría haciendo Sienna ahora mismo? –preguntó Nia.

Morgan volvió a dejar un vestido sencillo y negro de corte acampanado en el perchero.

–No... No lo sé –contestó–. Creo que, sobre todo, estaría enfadada.

Su amiga estaba en lo cierto. Nia era inflexible y Morgan era pícara, pero Sienna era intensa. Si hubiera estado allí, sabía que habría dormido en la comisaría de policía para

141

asegurarse de que todo el mundo hiciera su trabajo con el fin de encontrar al asesino de su madre.

–Furiosa –comentó ella mientras rebuscaba al tuntún entre las prendas de ropa–. He estado repasando todo en mi cabeza –comenzó a decir–. Y he encontrado algunas cosas en la cafetería que me gustaría comprobar.

–¿Que has hecho qué? –Morgan se quedó petrificada–. ¿Has estado en Rosie's Diner?

Nia se acercó más a su amiga y bajó la voz. Eran las únicas personas presentes en aquella sección del centro comercial, pero no podía arriesgarse a que alguien más escuchara lo que estaba a punto de decir.

–Encontré algunos documentos en su despacho y...

–Ayer cortaron Main Street todo el día. ¿Cómo demonios te colaste? No me digas que Jay te dejó entrar.

–Eso no importa –contestó.

No necesitaba entrar en los detalles de sus métodos delictivos.

–Así que robaste pruebas de la escena de un crimen. ¿Es eso lo que me estás diciendo?

–Bueno...

–Y, luego, ¿te subes a mi coche y me pides que te lleve a otro condado?

–Verás...

–¿Te has vuelto loca? –le preguntó Morgan en voz demasiado alta para su gusto.

Desde la otra punta, una de las dependientas comenzó a acercarse.

–Escúchame –le imploró–. Deja que te lo explique.

Nia empezó por el principio. Le contó que su exnovio casado le había destrozado la vida por completo y la había obligado a regresar a Cinnamon Falls con las maletas a cuestas. Entonces, cuando al fin empezaba a sentirse cómoda con la idea de estar de vuelta en casa, había descubierto que habían asesinado a una de las pocas personas a las que había deseado ver después de tantos años. Tenía que llegar hasta el final, sin importar lo que costara.

–Todo eso lo entiendo, pero cuando me llamaste no mencionaste nada sobre la posibilidad de acabar en la cárcel, Nia.

–Pero...

–Además, me falta la parte en la que te disculpas por fingir que de verdad querías quedar conmigo.

Morgan dejó toda la ropa que tenía entre los brazos sobre el perchero más cercano y salió corriendo de la tienda. Nia soltó los vestidos que estaba sosteniendo y la siguió.

–¡Morgan, espera! –suplicó Nia mientras la perseguía.

Morgan era rápida y ya estaba al final del pasillo cuando ella llegó a la puerta. Por suerte, tuvo que frenar el paso tras una pareja de ancianos que subía por las escaleras mecánicas, lo que le dio a Nia la oportunidad de alcanzarla.

–¡Morgan, por favor! ¡Lo siento! –Subió tras ella y, juntas, descendieron al piso inferior. Morgan no tenía adónde ir y Nia usó aquello a su favor–. Cuando Sienna murió, no pude soportarlo, ¿de acuerdo? Fue como si yo también hubiera muerto.

–¿Y cómo crees que me sentí yo? –espetó la otra mujer mientras se cruzaba de brazos sobre el pecho–. Cuando me mudé aquí, no tenía demasiados amigos. La gente no era precisamente amable conmigo, pero Sienna y tú erais diferentes. Al fin era feliz. Y cuando murió... –dijo mientras contenía las lágrimas. Los labios carnosos le temblaban por todas las cosas que quería decir y no podía. Sin embargo, no era necesario que hablara. Nia comprendía cómo era tener sentimientos tan complejos que no podías describirlos con palabras–. Y, entonces, ¡tú te marchaste sin dar ninguna explicación!

–Tuve que hacerlo –dijo ella.

–Una parte de mí se pregunta si habrías hecho lo mismo si, aquella noche en Barkwood Bridge, me hubieran encontrado a mí en lugar de a Sienna. –La escalera mecánica llegó a su fin y las dejó en la planta baja. Nia se quedó en silencio, aturdida–. Sé que te marchaste por tu propio bien, Nia, pero quiero que comprendas lo mucho que me dolió perderte a ti también.

Nia se lanzó a los brazos de Morgan y las dos comenzaron a sollozar en medio del centro comercial mientras el resto de clientes se apartaba. Nia lloraba por Sienna y la amistad que habían perdido las tres. Lloraba por aquella versión de Morgan que se había roto en su ausencia; por la chica que había aprendido a seguir viviendo tras haber perdido tantas cosas. Y, por último, ambas lloraron por Rosie.

–¿Cuándo piensas decirle a tu novio que estás jugando a ser Sherlock Holmes a sus espaldas? –le preguntó Morgan mientras daba vueltas a una pajita de papel entre los dedos.

Habían decidido parar a comer algo en un restaurante antes de regresar a Cinnamon Falls. Por lo general, en circunstancias normales, después de un día de compras, habrían ido a Rosie's Diner. Era el lugar perfecto para pasar un buen rato, pero ahora tendrían que buscar otro sitio.

Nia puso los ojos en blanco. Llamarlo «novio» era pasarse de la raya.

–No voy a hacerlo –admitió. No pensaba compartir nada con Jesse a menos que necesitase su ayuda desesperadamente. En la comisaría, no le había parecido interesado en la carpeta de documentos de Rosie, así que Nia había decidido que lo mejor era dejar que la policía hiciera las cosas a su manera, y ella a la suya–. Le prometí que no interferiría con la investigación.

–¿Y te creyó? –preguntó Morgan, torciendo los labios.

–Necesito hablar con Harvey Briggs –dijo ella–. Fue la última persona a la que Rosie llamó antes de morir.

Su amiga se encogió de hombros mientras daba un sorbo de su vino tinto.

144

–No me sorprende. Llevaba saliendo con Harvey más o menos un año.

–¿Qué?

Nia se quedó de piedra. ¿Un año? Eso era una cantidad de tiempo considerable. ¿Estaba enamorada? ¿Lo sabría Jesse?

Morgan negó la cabeza.

–No es que fuera pregonándolo por todo el pueblo, pero la gente sabía que cada vez tenían una relación más estrecha –dijo, sonriendo de medio lado–. Al parecer, él se pasó por la cafetería una noche y empezaron a hablar.

–¿Así, sin más?

Morgan asintió.

–Por lo que sé, estaba muy contenta. Lo más probable es que lo llamara antes de cerrar, como hacía siempre.

–Tiene sentido –masculló Nia mientras unía mentalmente las piezas para crear una línea temporal de los acontecimientos de la noche–. ¿Y qué me dices de Edward Rutherford?

–¿Quién?

Nia le mostró la fotografía que había encontrado mientras investigaba el asunto.

–Rosie lo llamó más o menos una hora antes de llamar a Harvey.

Morgan tomó el teléfono y se lo acercó para poder verlo mejor.

–Parece Eddie, solo que con el pelo más largo.

–Es una foto vieja –contestó ella.

–Entonces sí: es Eddie, el encargado de turno. Solía cubrir el turno de mañanas de la cafetería.

–¿Y qué más sabes de él?

Esperó a que Morgan se explayara.

–Siempre se equivocaba con mi pedido. Eso sí lo sé –refunfuñó su amiga–. Ojalá The Cinnamon Scoop abriera más temprano para poder disfrutar de una buena dosis de cafeína y un chute de azúcar.

Nia chasqueó los dedos frente a ella.

145

—¡Concéntrate!

—Lo despidió —afirmó Morgan—. De hecho, lo despidió apenas unos días antes de que volvieras al pueblo. A mí me pareció una locura porque faltaba muy poco para el Fall Fest.

—¿Y sabes por qué?

—¿Tengo cara de Recursos Humanos? Un día estaba detrás del mostrador, preparando unos *lattes* terribles a las seis de la mañana y, al día siguiente, ya no estaba. Por lo menos, desde que se fue, no se han vuelto a equivocar con mi pedido.

Edward Rutherford acababa de escalar a lo más alto de la lista de sospechosos de Nia.

—¿Dónde crees que podría encontrarlo?

—¿De verdad quieres jugar a ser detective? —se mofó Morgan.

Nia se puso seria.

—Esto no es un juego, Morgan. Voy a descubrir qué le ocurrió a Rosie.

Su amiga suspiró.

—Entonces, vas a necesitar refuerzos.

Cuando terminaron de comer, Nia y Morgan se quedaron sentadas en el aparcamiento de una tienda de conveniencia. Morgan leía en voz alta la edición matutina de *The Cinnamon Chronicle*. Elaine Matthias ya había cubierto el fallecimiento de Rosie. Mientras tanto, Nia observaba la puerta a la espera de que apareciese Edward Rutherford.

Morgan había hecho un par de llamadas para descubrir dónde había buscado trabajo Eddie tras dejar Rosie's Diner. Cinnamon Falls era un lugar pequeño y el único sitio en el que podías encontrar trabajo después de ser despedido era en Asheville, el pueblo de al lado.

—«El martes por la mañana, Cinnamon Falls amaneció

con la devastadora noticia de la trágica y prematura muerte de la querida empresaria local, Rosslyn Rose» –leyó su amiga en voz alta–. «Conocida por ser el alma y el corazón de Rosie's Diner, cafetería icónica de Main Street desde hace más de tres décadas, Rosie fue hallada sin vida en el local a altas horas de la madrugada del lunes. Las autoridades han declarado oficialmente que se trata de un homicidio, señalando así el primer asesinato de Cinnamon Falls».

Nia observaba cómo la gente entraba y salía de la tienda. Eddie tendría que tomarse un descanso en algún momento.

–Venga, vamos... –susurró.

Morgan prosiguió.

–«Según los primeros informes, fue Maggie Shilling, presidenta del Comité de Festejos, la que descubrió el cadáver de Rosie y llamó a emergencias. El Departamento de Policía todavía tiene que confirmar si se la considera testigo o presunta sospechosa del caso».

Una descarga eléctrica recorrió el cuerpo de Nia. Se giró hacia su amiga, que estaba leyendo, muy concentrada.

–Rosie dijo que había quedado con Maggie el lunes por la noche. ¿Te acuerdas?

–Maggie fue la última persona en verla con vida –dijeron las dos a la vez.

Unos segundos después, Edward Rutherford salió de la tienda de conveniencia. Tenía los brazos cubiertos de tatuajes: un rompecabezas de colores y dibujos. Un cigarro colgaba de forma despreocupada de sus labios. Caminó hacia un lado del edificio y dio una primera calada mientras echaba la cabeza hacia atrás como si llevara todo el día esperando aquel momento.

Nia estaba a punto de arruinárselo.

–Ahí está –anunció.

Empujó la puerta del coche con el hombro y bajó antes de poder acobardarse.

–¡Espera! –exclamó Morgan mientras la seguía.

Eddie caminaba de un lado para otro mientras fumaba y pateaba la gravilla del suelo. Para cuando alzó la vista, Nia y Morgan ya lo habían arrinconado. El hombre levantó las manos. En sus ojos se reflejaba terror, como si aquellas mujeres, desarmadas y a plena luz del día, tuvieran intención de atracarlo. El cigarro a medio fumar cayó al suelo y se alejó rodando.

—¿Eres Eddie Rutherford? —preguntó Nia.

Su tono de voz era seco y decidido; nunca antes se había oído a sí misma hablar de ese modo. Esperaba no abandonar aquel personaje.

—¿Quién lo pregunta? —Asustado, Eddie miraba a una y después a la otra, aunque se fijaba más en Morgan. Nia se percató de que las estaba analizando para ver si las conocía de algo—. ¿De qué va todo esto?

—Del terrible café que preparas —masculló Morgan en voz baja.

—Rosie —contestó Nia. Dio un paso hacia él para captar toda su atención—. ¿Por qué te llamó la otra noche?

Eddie negó con la cabeza e intentó recuperar la compostura. Por el gesto de confusión que mostraba, Nia se percató de que no esperaba que la conversación girase en torno a su antigua jefa.

—¿Qué queréis que...?

—¡Responde a la pregunta! —le exigió Morgan.

—Eh... Me despidió sin motivo —admitió. Las manos, que todavía tenía levantadas en el aire, le temblaban—. Me debía dinero por las horas trabajadas. La llamé para acordar cuándo podía pasar a recoger el cheque. —Bajó las manos a los costados—. ¿Para qué habéis venido? ¿Para sacarme información sobre las personas con las que ella habla?

—Está muerta —dijo Nia al fin en voz alta.

Le picaba la nariz, señal inequívoca de que se avecinaban lágrimas, pero contuvo el impulso.

«Aquí, no. Ahora, no», se dijo a sí misma. Podría llorar cualquier otro día. En aquel momento, tenía que encargarse de un asunto importante.

–¿Qué? –Eddie retrocedió tanto que acabó chocando con la pared de ladrillos–. ¿Rosie? ¿Está muerta?

Se quedó blanco. La mirada de suficiencia que había mostrado apenas unos instantes atrás se esfumó.

–Está en todas las noticias –le dijo Morgan mientras sacudía el periódico frente a él.

Eddie ladeó la cabeza para leer el titular. Una foto de Rosie ocupaba la portada. Nia no podía soportar ver su sonrisa pixelada y congelada en el tiempo.

–¿Sabes algo al respecto? –preguntó.

No se había dado cuenta de que el capo de una mafia se había apoderado de su cuerpo, pero se dejó llevar.

El hombre cayó de rodillas, se llevó las manos a la cabeza y comenzó a llorar. Morgan miró a Nia, alarmada. Aquello no era lo que habían planeado. Si el encuentro seguía así, alguien acabaría llamando a la policía. Nia necesitaba obtener respuestas, rápido.

–¿Habláis en serio? –preguntó él entre gemidos–. ¿Rosie está muerta?

–Eso te convierte en una de las últimas personas con las que habló. –Nia se puso en cuclillas para estar a la altura de su cara–. Sé que esto es difícil para ti. Respira hondo varias veces –le instruyó, tal como Jesse había hecho con ella. Eddie siguió sus consejos y, pronto, sus hipidos se calmaron–. Tan solo necesitamos saber si el lunes por la noche Rosie parecía diferente de lo habitual.

–¿Qué quieres decir?

–¿Sonaba...? No sé, ¿sonaba como si no fuera ella misma? ¿Te mencionó algo fuera de lo común?

Él negó con la cabeza.

–Estaba enfadada porque había vuelto a llegar tarde y porque, este año, iba a tener que preparar los pedidos para el Fall Fest ella sola. Es mucho trabajo, incluso para dos personas, así que le ofrecí volver para al menos poder ayudarla, pero no quiso escucharme. Ni siquiera me dejó hablar. Dijo que ya me había dado demasiadas oportunidades.

–¿Y era cierto?

Eddie chasqueó la lengua.

–Sí. Pero soy muy buen repostero… Llegaba un poco tarde de vez en cuando, pero ni Sam ni Arianna saben hacerlo ni la mitad de bien que yo. –Hizo una pausa y el aliento se le atascó en la garganta–. Me dejé la piel en la cafetería día y noche, como un esclavo. ¿Y ella va y me despide?

–¿Estabas enfadado con ella? –le preguntó Nia.

–Estaba fuera de mis casillas –contestó él antes de darse un golpe en la cabeza con el puño–. ¡Fui un idiota!

–¡Oye, oye! –exclamó Morgan mientras se colocaba frente a él–. Nada de golpes. Tan solo queremos hacerte algunas preguntas para descubrir qué le pasó a nuestra amiga. ¿Qué le dijiste?

Eddie alzó la vista hacia ambas. Las lágrimas caían de sus ojos azul cristalino.

–Le dije que la odiaba. Que ojalá… –Se le volvió a escapar un hipido–. Que ojalá estuviera muerta.

Capítulo 12
Nia

Nia siempre había creído que Rosie era única; una persona especial, irrepetible y sin igual. Su estilo, su forma de reír y su bondad hacían que pareciera que formaba parte de la realeza. Sin embargo, cuando Nia llegó aquella noche a la vigilia que se celebraba en la cafetería a la luz de las velas, descubrió que, en realidad, Rosie era una de cuatro. Era la menor de los hermanos y, según decían, ella había sido el pegamento que mantenía unida a la familia.

Rupert, el mayor, no dijo gran cosa a la gente que se le acercaba para darle el pésame. Era un hombre tosco, con las manos metidas en los bolsillos y los ojos fijos en la acera. Los pantalones de vestir arrugados, la práctica chaqueta de golf y la frecuencia con la que consultaba el reloj daban a entender que había un millón de lugares en los que prefería estar antes que en la ceremonia en memoria de su hermana.

Las gemelas, Rubina y Rebecca, eran más habladoras, pero solo un poco. Todos los hermanos de Rosie eran tan exageradamente altos como lo había sido ella, y llevaban broches en forma de rosa prendidos de la ropa. Estaban allí de pie, incómodos y conmocionados ante la efusión de amor que su hermana había recibido por parte de la comunidad de Cinnamon Falls.

En cuanto se difundió la noticia el martes por la mañana, el pueblo lloró la muerte de la empresaria y Rosie's Diner se llenó de regalos: ramos de rosas, velas, ositos de peluche y fotografías de la víctima.

Eddie, Sam y Arianna, los reposteros de la cafetería, habían aceptado trabajar en la cocina para la ceremonia. A Nia y a Morgan no les había costado demasiado convencer a Eddie de que volviera a unirse a su antiguo equipo. Estaba más que feliz de recuperar su trabajo, aunque solo fuera temporalmente. El jefe Prescott había aceptado que sirvieran chocolate caliente y bollos de canela en la puerta trasera hasta agotar existencias con la condición de que nadie entrara en el local ni contaminara la escena del crimen. Aquello era lo que Rosie habría querido: que mantuvieran a los suyos alimentados incluso en su ausencia.

La gente abarrotaba Main Street para presentar sus respetos como si fueran sardinas en lata. A pesar de que aquel era un acontecimiento sombrío, Nia se sentía como si, tras la tormenta, en su corazón hubiera salido el arcoíris. Se había debatido entre la aflicción y la esperanza, el pánico existencial y la aceptación, pero aquello demostraba que Cinnamon Falls había querido a Rosie tanto como ella había querido al pueblo. Bajo la luz del crepúsculo, la luz de las velas titilaba como luciérnagas e iluminaba los rostros llenos de lágrimas y las notas escritas a mano escondidas entre ramos de girasoles y rosas. Alguien comenzó a tocar con la guitarra un himno religioso y la multitud se unió con voces quebradas y reverentes.

Alguien le tendió a Rubina un micrófono y, tras un breve instante en el que el aparato se acopló con un chirrido ensordecedor, la mujer se dirigió a la multitud.

—Quiero daros las gracias en nombre de mi hermana. Todos nosotros decidimos mudarnos lejos de Cinnamon Falls tras el divorcio de nuestros padres. Estoy segura de que la mayoría de vosotros ni siquiera sabía que Rosslyn tenía hermanos. Yo, por ejemplo, no he vuelto desde que Sienna...

Los presentes se quedaron en silencio. Rupert se colocó detrás de su hermana y puso una mano en su espalda. Rebecca, por su parte, le sostuvo la mano. Rubina se aclaró la garganta y prosiguió.

–Ninguno de nosotros ha regresado desde el funeral de Sienna.

Al oír el nombre de su amiga, Morgan tomó a Nia de la mano, que se alegró de que estuviera allí, apoyándola. No sabía cómo habría podido sobrevivir a aquel día sin ella. Antes de dejar a Eddie Rutherford llorando en la calle, lo habían invitado a la vigilia y, después, habían regresado rápidamente a Cinnamon Falls. Se alegraba de haber tomado la decisión de llegar temprano porque parecía que todos los vecinos del pueblo habían acudido a llorar a Rosie.

Nia y Morgan habían conseguido colocarse junto a la familia, frente a la multitud. Desde aquel punto, Nia podía ver a todos los presentes. En alerta máxima, recorrió con la vista la marea de gente. Por mucho que quisiera estar presente y llorar junto al resto, su dolor se había transformado en ira y no podía evitar pensar que una de aquellas personas había asesinado a Rosie. Tenía de nuevo aquella sensación en las entrañas y, aunque llegaba en mal momento, la intuición nunca le había fallado.

–Estamos increíblemente agradecidos por todas las llamadas, los mensajes, las tarjetas...

–Las flores y la comida –añadió Rebecca.

–Es maravilloso ver que nuestra hermana era tan querida. Os lo agradecemos más de lo que nunca podréis llegar a imaginar. Rosslyn amaba este lugar. Cuando todos decidimos marcharnos, ella se enfrentó a nosotros con uñas y dientes para quedarse. Es bonito ver que el amor que sentía por este pueblo es recíproco. Sé que, desde donde esté, nos está observando feliz.

El alcalde Lyons se acercó a la familia. Cuando pasó junto a ella, Nia estuvo a punto de asfixiarse con el olor almizclado de su colonia. Rubina le tendió el micrófono como si apestara. El hombre carraspeó y lo agarró con demasiada fuerza.

–¿Sabéis? Rosie y yo no siempre compartíamos las mismas opiniones. De hecho, creo que le gustaba mangonearme más que a cualquier otra persona en este pueblo. –Se escucharon algunas risas. Él sonrió mientras escudriñaba la multitud–. Jamás me olvidaré del Fall Fest de... ¿Cuándo fue? ¿Hace ocho años? Rosie insistió en que probáramos algo nuevo y celebráramos un concurso de comer pasteles frente a su cafetería. Parecía algo bastante simple, al menos hasta que nos olvidamos de señalizar cuáles eran los pasteles para el concurso y cuáles estaban a la venta. –Hizo una pausa mientras un murmullo de risas recorría la multitud–. Así que, ahí estaba yo, poniéndome hasta las cejas de pastel de boniato, compitiendo contra otras doce personas, cuando Rosie salió disparada de la cafetería, nos arrojó el delantal y gritó: «¡Vosotros! ¡Os estáis comiendo los pedidos!».–El gentío estalló en carcajadas–. Nos morimos de la vergüenza. Y, por supuesto, en lugar de cancelar el concurso, Rosie se arremangó, volvió a meterse en la cocina y preparó una nueva hornada. Solo ella podía regañar a alguien y mandarlo a casa con un trozo de pastel y una sonrisa. –El hombre sonrió con los ojos llenos de brillo–. Era fuego, azúcar y acero. Todo en uno. Sin ella, Cinnamon Falls nunca volverá a tener el mismo sabor.

El alcalde le pasó el micrófono a la multitud para que todo el mundo tuviera la oportunidad de hablar sobre la relación que había tenido con Rosie. Conforme transcurría el tiempo, Nia fue enterándose de todas las cosas que había hecho. No solo había servido la comida del festival, sino que también se había encargado de disputas tontas entre vecinos, haciendo las veces de mediadora y psicóloga. Ethel Lawson, dueña de Cinna Cuts, el salón de belleza solo para mujeres, aseguró que Rosie había salvado su matrimonio. Nia se preguntó cómo era posible que alguien tan querido hubiese sido víctima de semejante violencia. Era evidente que todo el mundo la adoraba.

Todo el mundo, excepto una persona. Mantuvo la vista fija en el gentío, buscando cualquier cosa fuera de lo normal. En ese momento, vio por el rabillo del ojo que una de las hermanas de la fallecida se le acercaba.

–Si me equivoco, esto va a ser muy vergonzoso, pero ¿no eres una de las amigas de Sienna? Tu familia regenta esa encantadora heladería de la esquina, ¿verdad? –le dijo Rubina–. ¿Qué ha pasado con el logo antiguo, el de los ojos saltones?

–Nia Bennett –contestó mientras le tendía una mano que la mujer le estrechó con entusiasmo–. Y ella es Morgan Taylor –añadió mientras se apartaba un poco para que Rubina pudiera ver a su amiga a su lado. Tras la charla que habían mantenido en el centro comercial, Nia no quería que Morgan se sintiera excluida nunca más. No había sido la tercera en discordia del grupo; había sido amiga de ambas y pensaba tratarla como tal–. Las tres estábamos muy unidas.

–¡La del pelo morado! Sí, te recuerdo del funeral. –Cuando se estiró para estrecharle la mano a Morgan, Rubina dibujó una sonrisa y Nia se preguntó cuánto tardaría en aparecer una de verdad. Pensó en Niles; si aquello le hubiera ocurrido a su hermano, no sabía si habría sido capaz de volver a sonreír–. Muchas gracias a ambas por estar junto a Rosslyn. Después del funeral, teníamos que regresar a nuestras propias vidas, pero fue muy duro dejarla aquí sola.

–Entonces, ¿por qué lo hicisteis? –preguntó Morgan sin rodeos. Era tan sutil como un elefante en una cacharrería–. ¿Acaso no la echabais de menos?

Rubina suspiró profundamente.

–Intentamos que viniera con nosotros a Atlanta, pero ella quiso quedarse. Para nosotros, este lugar está repleto de malos recuerdos. Destruyó a nuestra familia y, después, nuestra única sobrina... Bueno, ya sabéis lo que pasó. –Sí, lo sabían demasiado bien–. Aquello destrozó a Rosslyn. Después, jamás volvió a ser la misma.

«Ninguno de nosotros volvió a serlo», pensó Nia.

–¿Sabéis? Ella no lo creyó ni por un segundo –añadió Rubina–. Se negaba a aceptar que su niña hubiera muerto de aquel modo tan horrible.

155

Morgan aferró la mano de Nia con tanta fuerza que le clavó las uñas en la piel.

–¿No creía que Sienna hubiese saltado del puente? –preguntó Nia.

Tenía el estómago revuelto y, aunque estaban al aire libre en pleno octubre, sintió un calor repentino que le subía por la espalda y la nuca. Se quitó la sudadera, que llevaba atada en torno al cuello, pero no sirvió de nada.

–Claro que no –resopló Rubina–. Sienna odiaba el agua. De eso me acuerdo a la perfección. Me esforcé muchísimo para tener una piscina en el patio trasero de casa y que mis sobrinos pudieran venir a nadar en verano. Quería ser la tía divertida, pero Sienna jamás se metió. Nunca. –La mujer dejó ir un suspiro–. Hace años que le dije a Rosslyn que este sitio estaba maldito. Los pueblos pequeños como Cinnamon Falls nunca traen nada bueno.

Las dos amigas intercambiaron una mirada. Otra pieza del puzle encajó en la mente de Nia. Sabía que, más allá de ser una madre en duelo, tenía que haber un motivo por el que Rosie hubiese guardado todo el papeleo relacionado con Sienna.

Rebecca, la gemela de Rubina, se acercó a ellas.

–¿Estás bien, Bina?

La mujer le quitó a su hermana el vaso de plástico que llevaba en la mano y lo dejó en la acera. Entonces, su mirada fue de Nia a Morgan, analizándolas en apenas unos segundos.

–Tan solo estaba charlando con las amigas de Sienna –contestó Rubina–. ¿Te acuerdas de...?

–Ha llegado el abogado –la interrumpió Rebecca–. Tenemos que decidir qué hacer con este sitio.

–No ha dejado un testamento, Bec. Que se lo queden –gimoteó ella–. ¿O es que quieres regentar tú la maldita cafetería?

–Vamos, Bina –insistió su hermana con un tono de voz más firme que antes–. Estás diciendo cosas sin sentido.

Le apoyó la mano en la cintura para alejarla de Nia y Morgan.

–¡Ven ahora mismo, Rubina! –dijo Rupert, que estaba a unos metros de distancia.

–Echo de menos cuando Rosie era la más joven –refunfuñó la mujer antes de librarse del agarre de su gemela–. ¡Puedo andar sola!

Rebecca la soltó y se unió a su hermano. Ambos tenían el mismo gesto de desaprobación. Rubina se aseguró de recuperar el vaso antes de seguirlos. Su marcha dejó a Nia aturdida y tambaleándose.

–¿Rosie no tenía testamento? –susurró Morgan–. Me cuesta creerlo.

Con la mente dándole vueltas a todo, Nia se giró para contemplar el local vacío. Sobre él, el letrero seguía apagado. ¿Qué habría pensado Rosie en sus últimos momentos? ¿Tuvo miedo? ¿Conocía a la persona que la había matado?

–Sienna ya no está, ¿quién se habría hecho cargo del negocio? –se preguntó en voz alta.

Morgan le dio una fuerte palmada en el hombro. Nia se giró hacia ella, dispuesta a devolverle el golpe, que sin duda le dejaría un moretón al día siguiente.

–¡Ay! ¿Qué demonios te pasa?

Nia siguió el dedo tembloroso de su amiga, que señalaba un punto entre la multitud. Justo donde acababa el gentío, había un hombre encapuchado. Se había calado la capucha de modo que le cubría la mayor parte del rostro, pero tras haber analizado sus fotografías, Nia sabía de quién se trataba.

–Vamos –le susurró Morgan.

Juntas, se abrieron paso entre la gente para llegar hasta él.

Capítulo 13

Jesse

Antes de que Jesse se marchara de la barbería aquella tarde, Bones le había mencionado que los negocios de Main Street estaban organizando una ceremonia, una vigilia con velas, para Rosie. Jesse pensó que sería un acontecimiento íntimo con familiares y amigos, pero cuando tuvo que aparcar en la comisaría y bajar caminando hasta la cafetería, supo que la noticia se había extendido por todas partes.

La cafetería Rosie's Diner estaba cerrada. La puerta principal permanecía sellada y el letrero de neón que solía iluminar toda la calle con un resplandor rojo seductor estaba apagado. Sin embargo, la luz procedente de las velas de cada uno de los presentes teñía de dorado aquella manzana.

La familia de Rosie hizo acto de presencia. Jesse no tuvo que preguntarse quiénes eran sus hermanos: los tres sobresalían por encima de la mayoría de los vecinos del pueblo. Le hizo gracia ver que tenían que agacharse para abrazar a todos aquellos que les daban el pésame por la muerte de su hermana. Rubina era la más habladora mientras Rebecca se dedicaba a observar con los ojos empañados. Rupert, por el contrario, no alzó la vista ni una sola vez y mantuvo la cabeza gacha como si estuviera sumido en una oración. Jesse no podía imaginarse lo que estaría sintiendo aquel hombre. Si se parecía en algo a lo que él había sentido esa misma mañana, sabía que Rupert estaba contando los segundos que faltaban para alejarse del escrutinio público.

Jesse observó la multitud y atisbó a la sargento Raines y al detective Chambers. Supuso que estaban haciendo lo mismo que él: buscar cualquier cosa o persona fuera de lo común.

Sabía que la única manera de poder ver a todos los allí reunidos era seguir moviéndose. Zigzagueó entre la riada de personas afligidas mientras la gente se pasaba el micrófono para compartir historias sobre Rosie. Llegó a la zona donde la multitud empezaba a disminuir y se topó con Maggie Shilling, que estaba apartada de los demás, como si no quisiera ser vista.

—¡Jesse! —exclamó, abrazándolo—. ¡No puedo creerlo!

La mujer era tan diminuta que Jesse se sintió como si estuviera acunando a una muñeca de trapo. Recordó la madrugada del día anterior, cuando su desconsuelo era tal que Chambers había sido incapaz de contenerla. No podía imaginarse lo mucho que la noticia le había afectado.

—Lo siento mucho —dijo—. ¿Acaba de salir de la comisaría?

—¡Me han retenido allí como si fuese una criminal! ¡Alguien me ha dicho que ha salido un artículo en el que dicen que podría ser sospechosa! —Maggie tenía los ojos como platos—. Lo único que hice fue llamar a la policía, Jesse. Te lo juro.

—La creo, Maggie —le aseguró—. ¿Se lo dijo a la sargento Raines?

El gesto de la mujer se agrió.

—Claro que se lo dije, pero ninguno de ellos me creyó. Pregunté varias veces por Wade o por ti, pero nadie me hizo caso. No dejaban de decir que... No dejaban de decir que yo había tenido algo que ver con todo este asunto.

Jesse buscó entre la multitud a Raines y Chambers con fuego y rabia en las entrañas, pero, en su lugar, se topó con Morgan y Nia. La luz de las velas de la gente bañaba el rostro de Nia de un tono dorado casi angelical. Daba igual si habían pasado diez minutos o diez horas desde que la había visto por última vez; el corazón le dio un vuelco

160

en el pecho. Era como si el tiempo se hubiera ralentizado al observarla.

La miró de arriba abajo. Aunque normalmente llevaba el pelo rizado, se lo había alisado con las puntas hacia dentro y se lo había apartado de la cara con una diadema. Sobre una blusa blanca con cuello, lucía la distintiva sudadera azul marino y dorada de Cinnamon Falls. Desde el instituto, no había vuelto a verla con aquella prenda puesta. Llevaba unos vaqueros rectos y unos mocasines de cuero. Parecía salida de un colegio privado de Asheville. Morgan iba pisándole los talones y ambas se abrían paso entre la multitud, dirigiéndose hacia él.

—Es imposible, Jesse. Yo nunca haría algo así. Ya sabes lo que este pueblo significa para mí. Jamás se me habría ocurrido...

La mujer se echó a llorar contra su pecho y él tuvo que esforzarse para no derrumbarse con ella.

Faltaban muchas piezas del rompecabezas y que Raines y Chambers acusaran a Maggie de asesinato era ir demasiado lejos. Sabía que tan solo estaban barajando ideas al azar, intentando que alguna tuviera sentido, pero se habían pasado de la raya.

—Sé que debe de resultarle duro, Maggie, pero ¿puede contarme lo que ocurrió aquella noche? —le pidió Jesse.

Ella exhaló profundamente.

—Llegué a Rosie's Diner en torno a la medianoche, tal como habíamos quedado. Llevaba todo el día haciendo recados y la cafetería era la última parada de la noche. La puerta principal estaba cerrada con llave. Pensé que era extraño, dado que Rosie me esperaba, pero era muy tarde y... —La voz de la mujer se fue apagando.

—¿Cómo entró? —insistió él, devolviéndola al presente.

—Por la puerta trasera. Hace unos años, durante un Fall Fest, Rosie me enseñó dónde guardaba la llave de repuesto por si alguna vez necesitaba entrar y ella no estaba. Atravesé la cocina y no la encontré ni allí ni en su despacho. Me dirigí al comedor y la vi en el primer reservado. La llamé, pero no me contestó. Estaba encorvada, así que pensé que tal vez se hubiera quedado dormida, pero, cuando la sacudí para intentar despertarla, vi la sangre –dijo Maggie mientras se llevaba una mano a la boca, reprimiendo las lágrimas–. No sabía si se había hecho daño o si había ocurrido algo peor. Fui presa del pánico, Jay. Llamé a emergencias y, cuando quise darme cuenta, me estaban sacando a rastras de la cafetería. ¡Me metieron en esa sala tan fría toda la noche y no me han dejado salir hasta esta mañana! –terminó mientras se mesaba los cabellos con los puños cerrados.

Jesse odiaba tener que obligar a Maggie a revivir aquella noche que la perseguiría durante años, pero todavía tenía más preguntas que hacerle.

–¿Vio algo más, señora Maggie? Cualquier cosa. Incluso el detalle más insignificante podría ser de ayuda.

Ella miró a su alrededor con nerviosismo mientras se mordía los labios. Dio un paso hacia él y Jesse la imitó. La mujer lo miró como si en sus ojos se ocultaran los secretos que no se atrevía a desvelar. Suspiró, exasperada.

–Verás... –Entonces, de pronto retrocedió y negó con la cabeza–. Ya se lo he contado todo, Jesse. Te lo prometo. No me puedo creer que esto esté pasando... ¿Sabes algo más sobre el festival? ¡Todos nuestros esfuerzos se van a ir al traste! –gimoteó.

–Yo me encargaré de todo, se lo prometo –contestó. Le colocó ambas manos sobre los hombros–. Vaya a casa y descanse. Descubriré lo que ha ocurrido.

Maggie le dedicó una sonrisa triste y Jesse se sintió como si volviera a tener ocho años y estuviese asustado y llorando por haber perdido de vista durante el Fall Fest a sus padres. La señora Maggie lo había encontrado y, agarrándolo de la mano, lo había llevado por todo Main Street hasta dar con ellos. Después de tantos años, Jesse no había olvidado lo amable que había sido con él aquel día.

–Tu madre crio a un buen chico –comentó la mujer, que era demasiado bajita para darle una palmadita en la cabeza, tal como habría hecho en aquel entonces. En su lugar, lo rodeó con los brazos.

–Si se le ocurre cualquier cosa, lo que sea, llámeme, ¿de acuerdo? –le dijo él.

Ella asintió, se dio la vuelta y desapareció entre la multitud. Justo entonces, Nia y Morgan pasaron corriendo a su lado como si fueran toros desbocados. Jesse alcanzó a agarrar a Morgan, que iba en la retaguardia, del brazo.

–Oye, oye. ¿Adónde vais vosotras dos?

Morgan agarró a Nia de la camisa y ambas se detuvieron en seco.

–¡Jay! –exclamó Morgan con los ojos abiertos de par en par–. ¿Qué haces aquí? O sea, sé por qué estás aquí... De hecho, todos estamos aquí por eso. –Se giró hacia su amiga–. ¡Nia, es Jay!

Nia pareció sorprendida ante su presencia. ¿Tan horrible era su corte de pelo?

–¿Qué ocurre? –les preguntó Jesse. Nia miró por encima del hombro en dirección a quienquiera que hubieran estado persiguiendo–. ¿Buscabais a alguien? –insistió al no obtener respuesta.

–Me había parecido ver a Niles –contestó Nia de un modo muy poco convincente.

–Claro –dijo él, mirándolas con detenimiento.

Estaban nerviosas por algo, pero ¿por qué? Su mente volvió al día anterior, al momento en el que había visto a Nia en la comisaría. ¿Tenía todo aquello algo que ver con Rosie? Entornó los ojos.

–¿Qué estáis tramando?

–Nada; tan solo estamos de luto, como todos los demás –espetó Morgan–. ¿Y tú? No llevas el uniforme. ¿Estás aquí como oficial?

Con la barbilla, apuntó en dirección a Chambers y Raines, que todavía estaban dando vueltas por allí, escudriñando la multitud como si tuvieran rayos láser en los ojos.

–Estoy aquí como civil –contestó con frialdad–. He venido a presentar mis respetos.

–¿Qué está pasando, Jesse? La gente está asustada –dijo Nia mientras lo miraba a los ojos–. ¿Puedes contarnos algo?

–Ya sabes que no –contestó mientras se metía una mano en el bolsillo. Con la otra, se frotó la nuca–. Además, ya no estoy en el caso.

Nia frunció el ceño.

–Pero ayer me dijiste que... ¿Te han sacado?

–Entonces, ¿quién creen que va a resolverlo? Porque no me fío ni lo más mínimo de esos seguratas de quita y pon –comentó Morgan, señalando con la cabeza a la sargento y el detective.

–Es lo mejor –mintió él–. A mí se me da mejor la gente.

Nia puso los ojos en blanco y se acercó a él.

Se acercó tanto que Jesse pudo oler su perfume. Era diferente al de la noche anterior. Era una fragancia cítrica, alegre y vibrante que le hizo pensar en los veranos que habían pasado juntos. Quería agarrarla por la nuca y besarla.

Ella alzó la vista hacia él. Su mirada inocente hizo que le temblaran las piernas. Apenas podía respirar cuando ella le dijo:

–Jay, no confiaría en nadie más que en ti para resolver esto.

Capítulo 14
Nia

–¡Lo tienes comiendo de tu mano! –exclamó Morgan mientras maniobraba con cuidado para sacar la camioneta del aparcamiento de Rosie's Diner.

La multitud se apartó para que el vehículo pudiera pasar. A través de la ventanilla del acompañante, Nia mantuvo los ojos posados en Jesse. Él hizo lo mismo, sosteniéndole la mirada con una intensidad que provocó que un escalofrío le recorriera la columna vertebral.

Cuando se marchó seis años atrás, Jesse era guapo de un modo encantador y despreocupado. Pero, ahora, su figura antaño delgada se había endurecido gracias a unos hombros anchos y una complexión musculosa que no era solo obra de los genes, sino de años de entrenamiento. La camiseta morada estilo Henley que llevaba puesta se le ajustaba en el pecho. Bajo la barba bien recortada, su mandíbula estaba más marcada. Tenía los rasgos más definidos y la delicadeza juvenil que había conocido había sido sustituida por una fuerza silenciosa que le impedía apartar la vista. Unas mariposas del tamaño de pterodáctilos revoloteaban en su estómago, recordándole que no le resultaba tan indiferente como le gustaría. Solo pudo respirar cuando Jesse salió de su campo de visión.

Morgan le dio un golpecito en el brazo.

–He visto que lo has mirado con ojitos de cordero degollado. ¡Estaba dispuesto a hincar la rodilla!

Nia no recordaba haber sentido algo así con Bryant. Con él todo era cómodo y acogedor, pero Jesse le resultaba irresistible y misterioso. ¿Quién era aquella nueva versión de su novio del instituto? ¿En quién se había convertido a lo largo de los años que habían pasado separados? Sentía curiosidad, eso estaba claro, pero sabía que jamás conseguiría dar un paso sin una disculpa. Y Jesse se la merecía.

Nia tenía la esperanza de que pudieran tener algún instante a solas para poder solucionar las cosas. No sabía cuánto tiempo más iba a quedarse en Cinnamon Falls, pero no quería que pasara un día más sin que él supiera lo que sentía.

Intentó taparse con las manos, pero Morgan ya se había percatado de sus mejillas sonrojadas.

–Ahora mismo, es todo muy complicado –dijo.

Estar cerca de Jesse le despertaba emociones que no sabía si su corazón estaba listo para volver a sentir. Técnicamente, le estaba mintiendo: le había prometido que no iba a interferir con la investigación y estaba haciendo de todo menos mantener aquella promesa. Si Jesse llegaba a enterarse, se pondría furioso. Por ahora, hasta que no descubriera algo importante, algo que lo convenciera de que detrás de la muerte de Rosie se escondía algo más, Nia tenía que mantener todo aquello entre Morgan y ella.

Además, todavía tenía asuntos pendientes con Bryant y con su vida en Atlanta. Solo era cuestión de tiempo que alguien de Gildman & Sons la llamara para preguntarle dónde estaba. Había pensado en dimitir, pero, entonces, Rosie había sido asesinada y todos sus planes se habían desmoronado. Por mucho que quisiera poner en orden aquella parte de su vida, tenía asuntos más urgentes de los que encargarse en casa.

Si no se hubieran topado con Jesse, Morgan y ella habrían tenido la oportunidad de hablar con Harvey Briggs para que les contara su versión de la historia. Un segundo había estado allí, en medio de la vigilia, y, al siguiente, se había desvanecido. Sin embargo, Nia no estaba preocupada: sabía dónde vivía.

No tuvo que convencer a Morgan para que la llevara hasta

Harvey's Used Cars. Ya habían interrogado a uno de los sospechosos frente a su puesto de trabajo. Una visita a domicilio no era nada en comparación...

—¿Qué tiene de complicado recuperar a tu hombre? —le preguntó Morgan—. Creo que, desde que te marchaste, Jesse ni siquiera ha mirado a otra mujer. Bueno, salvo por lo de Grace —masculló.

Nia se quedó boquiabierta.

—¿Grace Whitfield?

«Qué descaro», pensó Nia. Su padre era prácticamente el hombre más rico de Cinnamon Falls y, aun así, ¿la hija iba detrás de sus sobras? ¿Acaso le había gustado Jesse desde siempre?

—Relájate —le recomendó Morgan—. Creo que tan solo fueron un par de citas. Nada serio.

—¿Crees? —le preguntó ella, incrédula.

—Estoy casi segura de que Jay le puso fin con delicadeza. Siempre ha estado enamorado de ti.

Nia intentó deshacerse de los celos que sentía. Jesse merecía tener alguien a quien amar y, después de todo, era ella la que había puesto fin a la relación. Debería alegrarse de que hubiera encontrado a otra persona. Pero, en realidad, ya estaba calculando cuánto tardarían en dar un rodeo y dejarse caer por la funeraria de la familia Whitfield.

—Entonces, ¿cuál es el plan cuando lleguemos allí?

Morgan encendió las luces largas para iluminar el camino que se abría frente a ellas.

El sol se había puesto hacía rato, proyectando las sombras irregulares de los árboles que bordeaban la tranquila carretera de un solo carril que conducía a casa de Harvey. Nia llevaba una eternidad sin acercarse a las afueras del pueblo. Sentía una mezcla nauseabunda de determinación y ansiedad al mismo tiempo.

—¿Vamos a jugar al poli bueno y el poli malo? Porque yo me pido ser la poli mala. Tú eres demasiado amable.

—La verdad es que me gustaría que te quedaras en el coche —admitió Nia, avergonzada.

Morgan pisó el freno de golpe y ella estuvo a punto de romperse los dientes contra el salpicadero.

–¡¿Me tomas el pelo?! ¿Me vas a dejar en el coche como si fuera un perrito que se porta mal? ¿Y si te ocurre algo? ¿Y si desapareces? ¿Quieres que le diga a tu madre que te dejé en medio del bosque y me quedé en el coche? ¡De eso nada!

–Está bien –accedió Nia que, en secreto, agradecía tener refuerzos.

No quería enfrentarse sola a Harvey. De pequeña, había interactuado con él en poquísimas ocasiones, por lo que no lo conocía demasiado bien. Mientras que todos sus compañeros de clase habían acudido a su propiedad para comprar coches antiguos en un intento de superarse los unos a los otros, ella tenía que ir a clase en la vieja ranchera Subaru que su padre poseía desde los años ochenta. Sin embargo, si Rosie lo había querido tal como le había contado Morgan, no podía ser tan malo.

Su amiga volvió a acelerar y juntas planearon cómo abordar la conversación con Harvey. Nia necesitaba saber cómo habían sido los últimos momentos de vida de Rosie. ¿Le habría contado algo a aquel hombre que la ayudara a descubrir quién era el responsable de su muerte? ¿Y si se estaba metiendo directamente en la boca del lobo?

Harvey's Used Cars había vivido, claramente, tiempos mejores. Entre la maleza y los coches oxidados, debía de hacer tiempo que el negocio no iba bien. Morgan abrió la verja y avanzó lentamente por el serpenteante camino de tierra hasta llegar a una casa móvil deteriorada. Dentro, una luz parpadeaba.

Morgan aparcó la camioneta y ambas bajaron del vehículo. Mientras llamaba al marco de la puerta mosquitera, Nia deseó tener un arma o algo más que únicamente sus dos manos. Oyó movimiento en el interior, así que tanteó dentro de su bolso hasta que encontró un manojo de llaves. Metió un dedo en la arandela y sintió el metal frío entre los dedos. Si tenía que defenderse, al menos podría hacerle algo de daño.

—¿Quién es? —bramó Harvey.

—Eh... Soy Nia Bennett, señor Briggs —contestó ella con voz suave. Albergaba la esperanza de poder transmitirle que no era una amenaza.

—¡Y vas y usas tu nombre real! —masculló Morgan mientras sacudía la cabeza—. ¡Y querías que me quedara en el coche!

—¡Cierra el pico! —susurró ella.

La puerta interior se abrió de golpe y chocó contra la pared opuesta, haciendo tanto ruido que sonó como un disparo. Tanto Nia como Morgan ahogaron un grito cuando un desaliñado Harvey Briggs apareció tras la mosquitera. Su imponente estatura bastaba para intimidar incluso al hombre más seguro de sí mismo. Tenía la piel arrugada y curtida, como si hubiera pasado demasiado tiempo bajo el sol. Tenía las manos ásperas y llenas de ampollas, y el mono manchado de aceite que llevaba puesto hacía que pareciera un mecánico cansado.

En comparación con su apariencia, Briggs mantenía su hogar limpio y ordenado. El olor de los cigarrillos y del café impregnaba el aire.

Aquel hombre robusto le ofreció que se sentara en el sofá desgastado y, aunque Nia no quería adentrarse más en la casa, tampoco quería ser maleducada. El salón tan solo estaba iluminado por la luz del televisor y ella se dedicó a examinar cada rincón visible. Sobre todo, por si aquellos eran sus últimos momentos de vida.

Enseguida llegó a la conclusión de que el señor Briggs era un hombre enamorado. Entre la decoración claramente masculina del lugar, destacaban pequeños detalles femeninos, como la pintoresca mesita de café color marrón con bordes festoneados sobre la que reposaba un televisor tan grande que, sin duda, Niles habría cometido algún crimen para hacerse con él. Contra la pared del fondo había una mesa de comedor, dispuesta para dos personas, y una flor marchita colgaba de un jarroncito blanco. O bien Briggs esperaba la llegada de alguien, o bien disfrutaba con frecuencia de la compañía de una mujer. Si Nia fuese dada al juego, apostaría a que había dos cepillos de dientes en el baño.

—Sea lo que sea que estáis buscando, no está aquí. Acabo de volver al pueblo. Ni siquiera he deshecho la puñetera maleta todavía. Tendréis que volver después del fin de semana.

Morgan seguía de pie junto a la puerta y Nia la miró para comprobar si lo que decía era cierto, ya que, desde su posición, tenía una perspectiva perfecta de toda la casa móvil.

—Maleta —gesticuló su amiga con los labios mientras señalaba en dirección al pasillo.

Los ojos amarillentos de Briggs se centraron en Morgan.

—En cualquier caso, ¿quiénes sois vosotras? —preguntó, mirándola de arriba abajo con suspicacia antes de volver la vista hacia Nia.

Morgan sonrió y pasó los pulgares por las trabillas del pantalón. Se estaba metiendo en su papel de poli mala.

—Su peor pesadilla: mujeres con preguntas.

Él frunció el ceño.

—¿Qué...?

—Rosie está muerta —espetó Nia de golpe.

El corazón golpeó con fuerza contra su pecho mientras se preparaba para la respuesta del hombre.

Harvey se quedó petrificado. Ladeó la cabeza y la miró como si hablase un idioma extranjero.

—No, no, no, no —sollozó—. Rosie no puede estar muerta.

—Acaba de asistir a la vigilia —dijo Morgan con las manos en las caderas—. No finja que no lo sabía.

—¡He llegado hace diez minutos! —gritó Harvey, escupiendo saliva y con las manos en la cabeza—. ¡Rosie, cielo, no!

El rostro se le desfiguró y se le llenó de lágrimas y, de pronto, aquel hombre rudo y canoso se derrumbó. Se dejó caer de rodillas y la casa se sacudió bajo su peso. El jarrón blanco se tambaleó y cayó al suelo. Al hacerse añicos, las esquirlas de cerámica salieron disparadas en todas las direcciones.

–¡Dios, perdóname! –sollozó mientras enterraba el rostro entre las manos. Se colocó en posición fetal y comenzó a mecerse adelante y atrás en el suelo mientras mascullaba–: Dios, perdóname. Dios, por favor, perdóname.

Ambas se miraron, presas del pánico. ¿Acababa de confesar?

–¿Qué quiere decir? –preguntó Nia.

Se deslizó hasta el borde del sofá. Quería estirar los brazos y consolarlo.

–Cuéntenos qué ocurre, Harvey. ¿Por qué pide perdón? –dijo Morgan.

Antes de que el hombre pudiera contestar, unas luces parpadeantes rojas y azules inundaron el salón. El crujido de las botas sobre la gravilla se acercó más y más. Morgan se apartó de un salto segundos antes de que la puerta delantera de la casa móvil de Harvey volara por los aires.

–¡Policía de Cinnamon Falls! –exclamó alguien.

Morgan gritó y Nia se tiró al suelo mientras se cubría la cabeza de forma instintiva. Harvey intentó levantarse, pero dos fornidos agentes le hicieron un placaje y lo tiraron al suelo. La mesita del salón se vino abajo con el peso de los tres hombres. El televisor tronó y se apagó con un chisporroteo, sumiendo la sala en la oscuridad, salvo por las luces rojas y azules que se perseguían las unas a las otras por las paredes.

Una mujer diminuta entró en la casa mientras apuntaba a la cabeza de Harvey con la pistola.

–Harvey Briggs, queda usted detenido.

Los dos agentes que estaban reteniendo al señor Briggs dejaron paso a un hombre larguirucho, que le colocó las esposas en torno a las gruesas muñecas. Nia lo recono-

171

ció del día anterior, cuando había estado con Jesse en la comisaría. Harvey seguía llorando, así que no se resistió cuando lo pusieron en pie y lo sacaron a rastras de su propia casa.

Desde el suelo, Nia miró al agente alto, pestañeando.

–Puedo explicarlo –dijo, sonriéndole.

La mujer bajita se colocó junto a él y la miró con gesto de desaprobación.

–Sí, me muero de ganas de oír lo que tienes que decir –respondió el hombre, cruzándose de brazos.

Morgan, que estaba tirada en el suelo junto a ella, susurró:

–Esto es lo más emocionante que me ha pasado en la vida.

–¡En pie! –ordenó la agente.

Nia y Morgan se levantaron, tambaleándose. Alguien encendió las luces desde el panel que se encontraba junto a la entrada. La casa móvil estaba destrozada.

La puerta delantera de Harvey tenía una abolladura y el impacto había destrozado la cocina. Había sartenes y ollas esparcidas por todas partes. En medio del caos, el fregadero debía de haberse llevado algún golpe, porque el grifo estaba rociando a todos los presentes con agua helada. A Nia le castañeteaban los dientes. ¿Cuáles eran las probabilidades de que justo el día que se había alisado el pelo acabara mojándoselo?

–Empieza –exigió la agente.

Solo por el tono de su voz, Nia supo que iba en serio. Si quería salir de aquella, tendría que usar todas sus cartas.

–Esta es Nia Bennett –dijo el policía alto con tono cómplice. En su placa se leía T. CHAMBERS.

–Así que Jesse habla de mí... –replicó ella, sacando la primera carta: dejar caer el nombre de Jesse.

La mujer la miró con los ojos entornados.

–Llevadla a comisaría –le ordenó al grupo de agentes que se encontraba en el umbral de la puerta. Después, salió de la casa a grandes zancadas.

–¡Un momento! –protestó Nia, pálida–. ¡Yo no he hecho nada!

–Mmm… Técnicamente, has violado una propiedad privada y has interferido en una investigación –comentó Morgan mientras enumeraba la lista con los dedos.

–¡No me estás ayudando! –replicó ella mientras la fulminaba con la mirada.

Chambers le dio la vuelta y le juntó las muñecas a la fuerza. Nia hizo una mueca cuando le ajustó las esposas, que le pellizcaron la piel. Morgan le tendió los brazos a los otros agentes que estaban cerca.

–Siempre he querido saber lo que se siente… –dijo, emocionada.

–Señora, usted no está arrestada.

–¡Espóseme, cobarde! –exigió ella.

El hombre suspiró y accedió, poniéndole también un par de esposas.

Nia nunca había estado en la parte trasera de un coche patrulla. De hecho, nunca había tenido problemas con la ley. Su mente iba a toda máquina, trazando planes para librarse de las esposas y evitar que sus padres se enteraran. Ya podía visualizar el gesto de decepción de su madre. De camino a la celda, Niles le sacaría fotos y las guardaría durante años para chantajearla.

–No puedo creerlo –refunfuñó mientras apoyaba la cabeza contra la ventanilla.

–Yo sí –replicó Morgan. Por el tono de su voz, supo que estaba sonriendo–. Este es exactamente el tipo de idea estúpida que solo se te ocurriría a ti.

Nia no estaba de humor para bromas.

–No, hablo en serio… ¿Crees que nos dejarán compartir celda? ¿Será como en *Orange Is the New Black*? –canturreó Morgan.

Nia soltó un gemido. Si no estuviese esposada, la estrangularía.

–¿Qué? Tan solo digo que, si tenemos que pasar la noche allí, me pido la litera de arriba. Y no puedes quejarte.

Nia cerró los ojos con fuerza mientras el coche de policía surcaba la gravilla, alejándose de casa del señor Briggs. ¿Dónde se había metido? Había ido hasta allí para obtener respuestas sobre la muerte de Rosie y, en lugar de eso, había conseguido que la arrestaran. Su mente regresó a los instantes previos a la llegada de la policía. ¿Había confesado Harvey? ¿Por qué necesitaba que Dios lo perdonara? ¿Por qué había fingido no saber nada sobre el asesinato?

Nia tenía más preguntas que respuestas. Debería haber hecho caso a Jesse y mantenerse al margen. A su lado, Morgan comenzó a reírse.

–¿Qué pasa? –le preguntó ella, molesta. Si soltaba otra broma, la sacaría del coche a mordiscos.

Morgan soltó una carcajada, echó la cabeza hacia atrás y dijo:

–Jesse se va a enfadar un montón.

Capítulo 15

Jesse

Jueves

Por segunda noche aquella semana, Jesse se despertó con una llamada del trabajo. No había dormido mucho, apenas un par de horas, cuando el móvil vibró sobre la mesilla. Jesse entreabrió los ojos a regañadientes y vio que el reloj en la pared de enfrente marcaba las 5:32 h. Lo habían apartado del caso, así que ¿qué podría querer alguien de la comisaría a esas horas de la mañana? Soltó un gemido y se llevó el teléfono a la oreja.

—Shaw —gruñó, mientras se frotaba los ojos para desprenderse del sueño.

Había dormido sin soñar nada, algo que casi nunca le ocurría. Durante mucho tiempo, los fantasmas de la guerra lo habían acechado: disparos de ametralladoras y explosiones horrorosas. Otras veces, como aquella noche, tenía suerte.

Hasta que dejaba de tenerla.

Cuando respondió, Angie sonaba estresada.

—Eh... Creo que será mejor que vengas lo antes posible, Jay.

Él se incorporó de inmediato en la cama.

—¿Qué ocurre?

«Si es tan importante, ¿por qué no me han llamado Prescott o Raines?».

Angie suspiró.

—Esta noche han arrestado a Nia Bennett. Ella y Morgan

Taylor aparecen en el registro de una de las celdas. Iba a llamar a su contacto de emergencia, un tal Bryant Greens, pero ella ha insistido en que te llamase a ti...

Jesse no necesitó oír más. Ya se había levantado de la cama y se estaba vistiendo. Rebuscó con torpeza bajo la luz del amanecer y se puso un par de vaqueros y la primera camisa que encontró. Metió los pies en unos zapatos cualquiera y bajó las escaleras corriendo. Estaba a punto de salir por la puerta cuando se dio cuenta de que aquella sería la segunda vez que no le prepararía el desayuno a su padre. Aquel trabajo estaba cambiando su rutina y eso le provocaba ansiedad. Hacía las cosas siguiendo un orden por un motivo principal: necesitaba estabilidad.

Garabateó una nota para su padre y la pegó con un imán en la nevera. Sus padres tenían comida suficiente, pero Jesse disfrutaba cocinando para ellos. Eso lo mantenía con los pies en el suelo. En aquel momento, su mente iba a toda velocidad y necesitaba desesperadamente que el tiempo se detuviera para recuperar el aliento y reorganizarse.

Llegó a la comisaría en un tiempo récord. A aquellas horas tan tempranas, el lugar, que normalmente era puro ajetreo, permanecía en silencio. Angie se encontraba en el mostrador de recepción y atendía al mismo tiempo la centralita y la línea de colaboración ciudadana. Sin duda, se merecía un aumento.

Mientras esperaba a que salieran Nia y Morgan, el sonido de las luces fluorescentes le hizo compañía. En las profundidades de la comisaría, oyó el zumbido de la puerta de una celda al abrirse.

Lo primero que vio fueron sus piernas. Conforme se acercaba, las caderas de Nia se movían de un lado a otro con un vaivén hipnótico. Llevaba los vaqueros rasgados a la altura de las rodillas; Jesse estaba seguro de que no estaban así cuando se habían visto en la ceremonia en memoria de Rosie. ¿Se habría caído? La rabia le recorrió al pensar en la posibilidad de que alguien le hubiese hecho daño. La blusa blanca e impecable que le había visto estaba ahora arrugada y manchada. Cuando al fin pudo verla por completo, se dio cuenta de que estaba empapada. Volvía a tener el pelo rizado y tenía el maquillaje corrido por toda la cara y la sudadera. Se abrazaba el cuerpo y se frotaba las muñecas en el punto en el que le habían puesto las esposas.

Jesse se prometió destrozar miembro a miembro al agente que la hubiese arrestado.

Al fin, Nia alzó la vista hacia él. Frunció los labios, pero Jesse no supo si era porque estaba avergonzada o a punto de echarse a reír. Quería abrazarla, besar cada rincón de su cuerpo y hacer que aquella noche infernal desapareciera de su vida. También quería saber por qué lo habían despertado a las cinco y media de la madrugada, y esperaba que ella tuviera una buena explicación.

—Que te arresten el tercer día que pasas aquí tiene que ser un nuevo récord.

Nia abrió la boca para decir algo justo cuando la puerta volvió a emitir un zumbido. Morgan salió de la celda dando saltitos. Sonreía como si acabara de volver de un parque de atracciones. Jesse se percató de que su aspecto era mucho menos desaliñado que el de Nia.

—¿Qué deberíamos hacer para que nos arresten la próxima vez? ¿Evasión de impuestos? ¿Blanqueo de dinero? —le preguntó Morgan a su amiga.

Siguió parloteando y sugiriendo todo tipo de delitos. Nia, por el contrario, permaneció en silencio. Tenía la mirada perdida, como si en su mente estuviera contando ovejas.

Jesse firmó el papeleo para ponerlas en libertad y Angie le entregó las dos bolsas que contenían los objetos personales de ambas mujeres. Morgan contó todas las monedas del monedero para asegurarse de que tenía la misma cantidad que cuando había llegado allí.

Fuera, el sol estaba empezando a despuntar. Jesse respiró profundamente el fresco de otoño. Necesitaba despejarse. Condujo por Main Street antes de tomar la carretera en dirección a casa de Morgan. El pueblo parecía haber sufrido las consecuencias de una película de terror. Sin los diligentes cuidados de Maggie Shilling, las decoraciones que solían brindarles tanta alegría parecían dejadas y sombrías a la luz de la mañana.

El trayecto por Cinnamon Falls resultó sorprendentemente silencioso. Jesse pensó que Morgan había captado la indirecta de que no estaba para bromas, pero lo cierto era que se había quedado dormida en el asiento trasero.

Nia sacudió a su amiga para que se despertara.

—Llámame luego —le dijo Morgan con los ojos entrecerrados. Tras bajar del vehículo, añadió en voz baja—: Jay, no seas demasiado duro con ella.

—Buenas noches, Morgan —respondió él mientras agarraba con fuerza el volante.

Odiaba ser tan predecible. Se había pasado todo el trayecto ensayando lo que quería decir. Sobre todo, necesitaba saber si Nia estaba bien. En cuanto Morgan llegó a la puerta principal y entró en casa, sana y salva, Jesse se alejó de la acera.

—Adelante —dijo Nia, rindiéndose.

—¿Qué ha ocurrido? —le preguntó con tono neutro.

Ella le mostró las muñecas en carne viva.

—Que me han arrestado —contestó con tono sarcástico.

Jesse detuvo el coche. No podía mantener una conversación con ella sin mirarla. Necesitaba que viera que hablaba en serio; no estaba para bromas. Tanto su trabajo como su carrera estaban en juego. Nia tenía que empezar a hablar. Y rápido.

—Sé más concreta —le pidió.

—Fuimos a casa de Harvey Briggs. —Hizo una pausa y, entonces, añadió—: También hablé con Edward Rutherford, el repostero de Rosie.

Nia dijo todo aquello tan rápido que Jesse tuvo que

sacudir la cabeza para asegurarse de que la había oído bien.

–¿En qué estabas pensando?

Ella suspiró y empezó a arrancarse pielecillas de los dedos.

–Pensé que tal vez ellos tuvieran algunas respuestas. –Jesse comenzó a replicar, pero Nia lo interrumpió–. Fueron las últimas personas a las que Rosie llamó por teléfono. –Con el teléfono, le mostró lo que parecía un identificador de llamadas–. Creí que alguno de ellos podría contarme algo, lo que fuera, sobre los últimos momentos de Rosie...

Jesse se frotó la cara con ambas manos.

–¿Y qué has descubierto? –preguntó con los dientes apretados.

–Nada. –Aun así, Nia se negaba a mirarlo–. Eddie no sabía nada y Briggs se echó a llorar cuando le dije que Rosie estaba muerta. Parecía conmocionado. No dejaba de pedirle perdón a Dios. Fue lo más triste que he presenciado nunca. Los sonidos que emitía... –Se tapó los oídos como si todavía pudiera escucharlos.

Jesse sabía demasiado bien cómo se sentía.

–Nia, todo esto se ha acabado, ¿entendido?

Ella resopló.

–No puedes decirme lo que tengo que hacer.

Jesse la miró de frente. Le puso un dedo bajo la barbilla y la obligó a devolverle la mirada.

–No pienso quedarme de brazos cruzados mientras veo cómo te pones en peligro. –Bajó la voz, tratando de contener su ira–. Tienes que dejar que nosotros nos ocupemos del caso.

Un destello de culpabilidad le atravesó el rostro.

–No puedes esperar que me quede sentada, Jay. Alguien ha asesinado a Rosie, ¡nuestra Rosie! ¿Es que no lo entiendes? –lloriqueó ella.

–Claro que lo entiendo, pero ¡podrías meterte en un problema muy serio, Nia!

–¡Ella habría hecho lo mismo por mí! –gritó.

Las lágrimas le inundaron los ojos y el dolor que tenía

su voz hizo que Jesse se sintiera como si le estuvieran atenazando el corazón.

Entonces, se dio cuenta de que no importaba lo mucho que le advirtiese sobre las consecuencias que sus actos podrían tener: ella no iba a dejar de buscar respuestas. Y él, tampoco.

Suspiró y colocó la mano con la palma hacia arriba en el salpicadero, entre ambos. Era algo que solían hacer en el instituto tras haber tenido una discusión fuerte; una tregua para dejar atrás el pasado y pasar página. Jesse no sabía si ella lo recordaría, pero en lo más profundo de su corazón esperaba que sí.

Nia colocó la mano sobre la suya con la palma hacia abajo y, después, entrelazaron los dedos. Trato hecho.

–Me debes un desayuno por arrastrarme contigo en tus malas decisiones.

Nia soltó una suave carcajada y, al oírla, el corazón de Jesse dio un saltito de alegría.

–Está bien. Pero el sitio lo elijo yo.

Después de Rosie's Diner, The Toasted Pecan servía el mejor desayuno de Cinnamon Falls a cualquier hora del día. Lo que solía ser una monísima panadería familiar se había expandido a principios de los noventa hasta convertirse en una cafetería, dado que varias familias se habían quejado de que aquellos bollos pegajosos de nueces no estuvieran disponibles todo el año. A Jesse le apetecía una comida casera y los gofres de nueces pecanas con mantequilla de canela de Clarissa Hargrove resolverían el problema.

Nia y él fueron los primeros clientes de la mañana. Cuando entraron, la señora Hargrove acababa de encender la chimenea. Las paredes de ladrillo visto y las vigas de madera le daban al local un toque atemporal y rústico que hacía que Jesse se sintiera como en casa. Se acomodaron en uno de los reservados cerca del fuego. Nia se quitó la sudadera mojada y la colgó del respaldo de una silla cercana para que las llamas la secara. Sin pensarlo dos veces, Jesse le ofreció la suya. Se alegró de haber pensado en llevársela antes de salir de casa.

Nia fue al baño y regresó enseguida con ella puesta. La prenda le quedaba enorme: a Jesse estaba empezando a quedarle demasiado estrecha en la zona de los pectorales, pero a ella le llegaba a la altura de los muslos. En el fondo, él sabía que ya no iba a recuperarla.

Parecía como si llevase puesto un pijama. Se miraron. Claramente, ambos estaban pensando lo mismo y soltaron una carcajada tan fuerte que les dolió la tripa.

Eran los momentos como aquel en los que más la echaba de menos. Jesse no había encontrado a ninguna otra mujer que le hiciera reír con la misma facilidad que ella y, si era sincero, tampoco la estaba buscando. Había habido otras chicas; una, dos o tres citas, pero nada tan sustancial como la amistad que habían compartido ellos. Dejando a un lado el aspecto físico, lo que más anhelaba era conectar con alguien. La belleza se desvanecía y los cuerpos cambiaban; lo que le atraía de Nia era su bondad. Por muy seria y correcta que fuera, también era espontánea y divertida. Era magnética y Jesse ansiaba estar cerca de ella. Los seis años que habían pasado separados habían sido insoportables.

Nia se calentó las manos junto al fuego.

–He supuesto que, a estas horas de la mañana, necesitaríais un poco de energía líquida –dijo la señora Hargrove mientras depositaba con delicadeza dos tazas de café humeante sobre la mesa–. Volveré enseguida para tomar nota de lo que queréis.

Nia rasgó tres sobres de azúcar y los vertió en el café caliente.

–Así que sigues arruinando las tazas de café, ¿eh? –bromeó Jesse.

181

En muchos sentidos, Jesse se parecía a su padre. Le gustaba el café solo y le añadía crema o azúcar en raras ocasiones, cuando necesitaba un chute de dulce. Pero estar sentado en una mesa frente a Nia era la única dulzura que necesitaba.

–¿Y tú todavía me juzgas por ello? –respondió ella con un brillo en los ojos–. Crecí tomando helado para desayunar, comer y cenar, ¿de acuerdo? Necesito ponerle un poco de azúcar a todo.

Hubo un instante de silencio entre ellos mientras disfrutaban en compañía de las bebidas. Jesse no tenía ni idea de en qué estaría pensando ella, pero se contentaba con guardar silencio. Había estado anhelando su presencia desde que ella se había ido de su vida seis años atrás. No pensaba arruinar aquel momento con palabras. Dejaría que se tomara todo el tiempo que necesitase.

–Siento haberme marchado –dijo Nia tras un buen rato.

Jesse se recostó en su asiento, asimilando aquellas palabras que dolían como un puñetazo en el pecho.

–No solo te marchaste, Nia. Desapareciste.

Ella tragó saliva con fuerza.

–Y, si me hubiera quedado, jamás me habría marchado de casa.

Jesse pestañeó desconcertado.

–¿Qué quieres decir? Estabas bastante decidida. No podría haber dicho o hecho nada para detenerte. Créeme; lo intenté.

–Te quería, Jesse. –Sintió una presión en el pecho. De pronto, el reservado le provocó claustrofobia–. Y sabía que, si no me iba, te haría daño.

–Demasiado tarde para eso –masculló él.

–No me estás escuchando –dijo Nia con énfasis–. Tras la muerte de Sienna, estaba perdida; no sabía cómo procesar aquellos sentimientos. Te esforzaste por mostrarme tu amor en medio de todo aquel dolor y siempre recordaré que estuviste a mi lado y fuiste muy amable conmigo en mis peores momentos. Pero necesitaba marcharme.

Estaba obsesionada con empezar de cero y olvidarme de este sitio.

–Solo hablabas de dejarme. Nos peleábamos a todas horas –le recordó él–. Ni siquiera parecías tú misma.

–Es que no lo era –replicó Nia–. Ya no soy la misma, Jesse. Ahora, todo es diferente. –Jesse decidió quedarse en silencio y dejar que se explicara–. Nunca tuvo nada que ver contigo. Marcharme no hizo que te olvidara o dejara de echarte de menos. Nunca dejé de quererte.

Jesse exhaló y negó con la cabeza.

–Necesitaría haber escuchado eso hace seis años –respondió.

Nia le ofreció la mano con la palma hacia arriba. Ahora, entre ellos las cosas se habían suavizado y reinaba una sensación mullida que hacía que Jesse se sintiera más ligero con cada segundo que pasaba. Estiró el brazo por encima de la mesa y le rozó los dedos hasta que sus palmas se tocaron. Entonces, entrelazó la mano con la suya.

–Ahora, has regresado y, tanto si decides quedarte como si no, no pienso dejar que vuelvas a desaparecer.

Horas más tarde, cuando Jesse regresó a la comisaría para su turno, se dirigió directamente al escritorio de Chambers. En el papeleo que había rellenado para que soltaran a Nia y a Morgan, había comprobado que Chambers había sido el agente que las había arrestado. Era él quien había hecho que Nia se pasara la mañana masajeándose las muñecas en el punto en el que le habían apretado demasiado las esposas. Jesse ya le había advertido en una ocasión que no se metiera con la gente a la que quería, pero no tenía problema en recordárselo de nuevo.

Descubrió que la mesa estaba vacía, lo que fue como un jarro de agua fría. Había esperado con ansias analizar el rostro del detective cuando este viera a Jesse mirándolo.

–¿Dónde está Beetlejuice? –Lanzó aquella pregunta al resto de los agentes que merodeaban por allí.

–En la conferencia de prensa –le contestó Bud Wade mientras giraba la muñeca para mirar el reloj–. Debería empezar en breve. –Con la cabeza, señaló la sala de descanso, en la que un puñado de agentes había empezado a reunirse. Jesse se unió a ellos y ocupó un asiento cerca de la puerta trasera.

En la pantalla, se veía la bandera color crema y marrón de Cinnamon Falls junto con la del estado de Georgia, que flanqueaban ambos lados del podio. El ayuntamiento estaba abarrotado. Jesse oyó los murmullos de las conversaciones. El alcalde fue el primero en aparecer en pantalla y la cámara le enfocó el rostro sonriente. El jefe Prescott entró tras él, seguido por la sargento Raines y, por último, el detective Chambers. La sargento, tan arisca como siempre, no mostraba ningún tipo de emoción. Chambers la imitó y procuró mantener también una expresión neutral.

El jefe de policía se acercó al micrófono. Jesse no lo había visto sonreír en cuarenta y ocho horas, pero, en aquel momento, no podía dejar de mostrar los dientes. Se traía algo entre manos.

–Antes de nada, quiero dar las gracias a los increíbles y trabajadores policías de Cinnamon Falls. –Unos pocos aplausos estallaron en la habitación. El hombre se dio la vuelta y aplaudió también a los agentes que se encontraban tras él. Chambers tuvo las agallas de saludar a la multitud con la mano–. Nos complace anunciar que hemos detenido al asesino de Rosslyn Rose.

«¿Habrá confesado Harvey Briggs entre anoche y esta mañana?», se preguntó Jesse.

Entonces, recordó la conversación que había mantenido con Nia apenas unas horas atrás. «No dejaba de pedirle perdón a Dios». Eso no era una confesión. Si Prescott había convocado una rueda de prensa, debían de tener evidencias claras. Tan solo habían pasado dos días desde el asesinato de Rosie. ¿Tan buenos eran Raines y Chambers? ¿Qué era lo que a él se le había pasado por alto?

Los vecinos, preocupados, levantaron la mano y Jesse supo de inmediato lo que iban a preguntar.

Prescott prosiguió:

–Esta ha sido una trágica pérdida para nuestra comunidad, pero estamos volcados en mantener la paz y lograr que se haga justicia con rapidez. Nuestros agentes son los mejores que podríamos tener. Gracias a ellos, Cinnamon Falls será segura esta noche.

El alcalde Lyons se acercó al micrófono y lo recolocó a su altura para que todos pudieran oírlo con claridad.

–Dado que el caso está oficialmente cerrado, ¡nos alegra anunciar que el Fall Fest se celebrará según lo previsto!

La multitud estalló en vítores y Jesse comenzó a cuestionarse su propia realidad. Sabía que la gente de Cinnamon Falls se aferraría a cualquier cosa que el alcalde dijera con tal de sentir paz y normalidad en sus hogares. La verdad ya no importaba. Lo único que querían era un arresto para poder dormir tranquilos por la noche; no les importaba qué o quién tuviera que pagar por ello.

Capítulo 16

Nia

Para su sorpresa, después de que Jesse la dejase en casa tras desayunar, Nia durmió profundamente. Pensó que tendría pesadillas durante semanas por haber pasado la noche tumbada sobre el hormigón frío.

Sobre la confesión de Harvey.

Sobre el estallido ensordecedor cuando habían derribado de una patada su puerta.

Sobre una pistola apuntándole a la cara.

Sobre los gritos.

Sin embargo, cuando se despertó, todos los recuerdos del día anterior estaban esperándola como un recordatorio. Le dolían las caderas y la espalda por haberse tirado al suelo. Las muñecas le ardían justo donde las esposas le habían hecho rozaduras en la piel y, cada vez que se movía, sentía una punzada de dolor en los hombros.

La niebla de aquella tarde de otoño tampoco era de ayuda. Lo único que deseaba era regresar al reino de los sueños de su subconsciente. Sin embargo, tenía asuntos sin resolver. Tras haber visto la pésima rueda de prensa, Nia sabía que la policía había arrestado a la persona equivocada.

Había estado en presencia del hombre durante menos de una hora, pero sentía en las entrañas que Harvey Briggs era inocente. Había visto en sus ojos que estaba enamorado de Rosie. No solo se había mostrado conmocionado por la noticia de su muerte, sino también asustado. ¿De qué? No lo sabía.

Había algo más detrás de aquella historia y, de algún modo, ella se lo había planteado de la forma equivocada. Necesitaba empezar por el principio y, en el fondo, sentía que Harvey Briggs era ese principio.

Cuando se dio la vuelta, descubrió que Midnight estaba tumbada a su lado, roncando. Miró por encima del hombro y vio que la puerta de su dormitorio estaba entreabierta. No sabía cómo era posible que la gata abriera una puerta cerrada. Era una *ninja* de manual. Y tal vez, solo tal vez, Nia estuviera empezando a convertirse en su persona favorita de la casa.

En cuanto aquella idea se le pasó por la cabeza, el animal se despertó y se desperezó. Clavó ambas patas a su lado, se echó hacia atrás y sacudió su resplandeciente pelaje negro. Saltó encima de ella y comenzó a ronronear mientras le frotaba la cabeza contra la mano para robarle algunas caricias detrás de las orejas. Nia aceptó de buen grado aquellas muestras de afecto.

–A veces, eres simpática –dijo. Entonces, se percató del motivo por el que la gata era tan sospechosamente adorable–. Bocaditos de atún –refunfuñó al recordar el juramento de sangre que había hecho por error.

Tomó a Midnight en brazos, la llevó a la despensa del piso de abajo y, entonces, se dio cuenta del otro grave error que había cometido: en medio del caos, había olvidado ir a comprar más chucherías, tal como le había pedido su padre.

Nia dejó al animal en el suelo, que comenzó a dar vueltas en torno a sus pies de inmediato.

–Verás –comenzó a explicarle a la despiadada gata–, la cuestión es que he estado en la cárcel, ¿de acuerdo? Y...

–¡¿Has estado en la cárcel?!

El corazón se le subió a la garganta y, cuando cerró de golpe la puerta de la despensa, encontró a Niles justo detrás de ella. Cargaba con dos bolsas de plástico repletas de bocaditos de atún. En silencio, dio las gracias a cualesquiera que fueran los dioses que la estaban escuchando de que se tratara de su hermano y no de sus padres.

—¡Shhh! —le advirtió ella mientras le arrebataba las bolsas de las manos. Abrió un paquete y dejó en el suelo algunos bocaditos para Midnight, que los empujó con las patas, rechazándolos.

—¿Qué pensabas, que es una plebeya que come directamente del suelo? —le preguntó Niles, que volvió a quitarle las bolsas—. Échaselos en su cuenco, bicho raro. ¿Acaso tú comes del suelo?

La gata lo siguió de forma obediente. Entonces, Nia oyó el distintivo repiqueteo de la comida cayendo en el cuenco, seguido de inmediato por unos suaves crujidos de satisfacción.

—Esa es mi chica —dijo su hermano como si le hablara a un bebé.

Nia puso los ojos en blanco, pero supuso que lo mínimo era ser amable con Niles ya que la había salvado de tener que enfrentarse a su propia mortalidad.

—Eres consciente de que abusa de todos vosotros, ¿verdad? —preguntó mientras guardaba la comida de la gata en la despensa.

—Hace un momento, le estabas explicando a una gata que has estado en la cárcel. Me muero por escuchar esa historia —le recordó Niles.

—Baja la voz —le advirtió Nia.

Lo último que necesitaba era que su madre se enterara de que había pasado la noche en comisaría. O, peor aún, su padre. Por norma general, era un hombre de trato fácil que casi nunca se enfadaba. Sin embargo, Nia estaba bastante segura de que ser arrestada por invadir una propiedad privada sería motivo suficiente para que no volviese a ver la luz del día.

—Son las cinco y media de la tarde de un jueves. —Niles señaló el reloj del microondas que se encontraba detrás de él—. Mamá y papá están en la heladería.

—En tal caso, ¿tú por qué no estás entrenando? —le preguntó ella.

Su hermano dio un paso atrás para dejar a la vista la ropa que llevaba puesta: una camisa de cuello blanco y pantalones de vestir negros.

–Hoy tenía prácticas.

En el instituto, a Nia le encantaban los días de prácticas. Había trabajado como investigadora en un despacho de abogados de Asheville. Dos veces a la semana, salía antes de clase, tomaba el autobús hasta el pueblo de al lado y, a petición del abogado, se pasaba la tarde revisando ficheros antiguos. Era un trabajo tranquilo y significativo que le había brindado la experiencia necesaria para conseguir el puesto de asistente de investigación en Gildman & Sons.

Aquello le recordó que habían pasado cuatro días desde que se había marchado de Atlanta y todavía no había llamado al trabajo. Aunque no volviera a la ciudad, no quería cerrarse las puertas del bufete más grande del estado. Todavía tenía que pensar en su futuro, por muy incierto que fuera.

–¿Que a qué me dedico? Ah, gracias por preguntar.

Niles pasó a su lado y terminó de reponer la despensa de Midnight, lo que la sacó de golpe de sus pensamientos. Después, su hermano se quitó la chapa y la arrojó sobre la encimera de la cocina, por lo que acabó deslizándose hasta Nia, que sonrió al ver su primera identificación laboral.

–Soy el digitalizador de la oficina del secretario del condado. Bueno, la mayor parte del tiempo me dedico a ayudar a personas mayores con los ordenadores, así que, básicamente, soy un mostrador de información con pretensiones. Siempre tienen problemas con las contraseñas. Me paso el día pidiéndoles que se las apunten. Hay una mujer, la señora Eloise, a la que tengo que cambiarle la contraseña casi todos los días. Es triste ver los problemas que tienen con la tecnología. La brecha digital es real y tenemos que hacer algo al respecto...

–Estoy muy orgullosa de ti.

Nia odiaba ponerse sentimental en presencia de su hermano, pero el orgullo que sentía era abrumador. Lo que peor le hacía sentirse era haberlo abandonado a él, más que a cualquier otra persona, y haberse perdido aquellos años en los que había crecido tanto. Cuando se marchó, él todavía era más bajito que ella, mucho más irritante e incapaz de comprender el concepto de espacio personal. Ahora, tenía su propio trabajo y conducía. Se había perdido muchas cosas en muy poco tiempo.

–No empieces, por favor –dijo él, alejándose–. Te marchaste, pero has vuelto. Lo entiendo. No hace falta llorar por eso.

–Sí que hace falta –replicó ella.

Abrió los brazos y Niles dio un par de pasos hacia ella, reticente. Encorvó los hombros e hizo un mohín con el labio inferior.

–Has estado fuera una eternidad, Ni-Ni –susurró.

En cuanto oyó que le temblaba la voz, Nia lo atrajo hacia sí. El niño al que había dejado atrás se estaba convirtiendo en un hombre y, por supuesto, era necesario llorar al respecto.

Niles tamborileó los dedos sobre el volante con nerviosismo.

–¿En serio vas a volver ahí dentro después de lo que pasó anoche?

Habían aparcado en la carretera, frente a Harvey's Used Cars. La llovizna se estaba convirtiendo rápidamente en un aguacero y estaba transformando el camino de tierra en un lodazal. Si Niles no entraba ya, el sedán de su padre se quedaría atascado al pie de la colina.

–Necesito recuperar mi coche –dijo Morgan desde el asiento trasero mientras se apartaba el flequillo morado de la cara–. Esta mañana, he tenido que ir a la escuela en autobús. Esa chica ha estado a punto de matarme. No...

Nia estiró el brazo y le dio un pellizco en la pierna para interrumpir su monólogo.

–Tengo el presentimiento de que en este sitio hay algo más –comentó ella.

Bajó del vehículo, cruzó la calle corriendo para abrir la verja y Niles maniobró para entrar con el coche. Poco a poco, subieron la colina y, como era de esperar, la camioneta de Morgan seguía exactamente donde la habían dejado el día anterior.

–Me alegra saber que no vale lo suficiente como para que se lo lleven al depósito –masculló Morgan.

Las dos amigas le dieron las gracias a Niles por el viaje y se bajaron del vehículo. Morgan se subió al asiento del conductor de la camioneta y Nia hizo lo mismo por el lado del acompañante.

Su hermano se detuvo junto a la ventanilla de Nia.

–No te metas en problemas, Ni. Lo digo en serio. De lo contrario, me veré obligado a contárselo a nuestros padres... o a Midnight.

Morgan se inclinó hacia delante.

–Venga ya... Nada malo ocurre a plena luz del día –razonó.

Niles les lanzó una mirada seria, pero poco convencida, sacudió la cabeza y se alejó. El teléfono de Nia vibró cuando recibió un mensaje. Se trataba de un vídeo de la gata persiguiendo a un pájaro inocente en el patio trasero de su casa. El pájaro iba perdiendo. Entonces, recibió otro mensaje que rezaba:

Esa podrías ser tú.

–Larguémonos de aquí.

Morgan puso el vehículo en marcha y dibujó un círculo amplio para girar hacia la entrada. Nia volvió la vista hacia la casa móvil de Briggs. La puerta interior estaba destrozada y colgaba de la entrada. Estaba segura de que la lluvia se estaba colando dentro. Se imaginó el agua empapando la moqueta, anegando el lugar por completo.

El ángulo del vehículo le dio la oportunidad de ver lo que se encontraba detrás de la casa. Había un pequeño claro de árboles que no eran tan altos como los demás, que se alzaban hacia el cielo. Entonces, se percató de que, al otro lado de la arboleda, había lo que parecía un edificio anexo.

—Morgan, detén la camioneta —le pidió mientras señalaba en dirección a los árboles—. Da marcha atrás.

—Recuérdame por qué estamos husmeando la casa de un presunto asesino —le pidió su amiga mientras conducía hacia la parte trasera de la casa.

Llegaron al claro y, al verlo de cerca, Nia confirmó que el anexo era un cobertizo. Un cobertizo muy grande.

—Porque hay algo en todo este asunto que no encaja. Harvey sabe algo sobre lo que le ocurrió a Rosie. Ya lo viste: lloraba como un bebé. Eso no era remordimiento, era miedo.

Nia se subió la cremallera de la sudadera hasta arriba, se puso la capucha y se la abrochó con fuerza.

—Aquí es donde pongo mis límites —dijo su amiga mientras se cruzaba de brazos—. Me niego a salir bajo la lluvia.

Señaló su pelo: llevaba una coleta bien peinada hacia atrás y el flequillo con reflejos morados.

—Está bien...

Nia puso los ojos en blanco. De todos modos, sería más rápido si fuera ella sola.

Salió del vehículo y se dirigió hacia la estructura, haciendo crujir las hojas y las ramas mojadas. El cobertizo era viejo. Las lamas de madera, gruesas y desgastadas, estaban pintadas de un tono verde bosque oscuro para que no desencajaran con el entorno. Si no hubiera sido por el claro, Nia jamás se habría fijado en él.

La única ventana, que estaba demasiado alta para que ella pudiera echar un vistazo, estaba muy empañada. De la manilla de la puerta colgaba un candado oxidado. Nia probó suerte, pero, cuando tiró de él, no cedió. La lluvia se le estaba filtrando por dentro de la capucha y sintió un escalofrío en la espalda. Ojalá se hubiera puesto las botas en lugar de las zapatillas deportivas. Tenía los pies empapados.

–¿Sabes lo que suele guardar la gente en cobertizos cerrados con llave? –le gritó Morgan desde la camioneta. Su voz resonó por todo el campo–. ¡Cosas ilegales! ¡Y, probablemente, serpientes!

Nia se juró que volvería cuando dejara de llover. Iría más preparada y no tendría que oír los comentarios que le llegaban desde las gradas. Se dio la vuelta para regresar con Morgan y, entonces, vio una camioneta negra aparcada detrás de la casa móvil de Harvey.

El logo descolorido mostraba la silueta de un hombre musculoso, que supuso que sería Harvey, presumiendo de unos bíceps enormes. Debajo, aparecían las palabras HARVEY'S USED CARS y un número de teléfono.

Antes de darse cuenta de lo que estaba haciendo, se dirigió hacia la puerta trasera. No pensó ni en el chapoteo de sus calcetines ni en el hecho de que le castañeteaban los dientes. Siguió adelante; aquel presentimiento cobraba, con cada paso, más fuerza.

La puerta corredera se abrió con facilidad y accedió directamente al dormitorio del hombre. Junto a la entrada, había un pequeño trozo de baldosas, pero el resto de la habitación estaba enmoquetada en un exuberante tono burdeos que la pilló por sorpresa. Había huellas de zapatos que iban de un lado para otro, como si alguien ya hubiese registrado la estancia. Habían volcado el colchón: uno de los lados colgaba a duras penas del somier y el otro se había desplomado sobre la moqueta.

Una luz roja parpadeó dentro de su campo de visión. Parpadeó de nuevo y, después, una vez más, siguiendo un ritmo. Sin moverse del sitio, Nia se agachó para echar un vistazo bajo la cama de Briggs. Se trataba de un teléfono inalámbrico.

Atravesó la habitación con cuidado, asegurándose de que sus pisadas encajaran con las de aquellos que la habían precedido. Recogió el teléfono, la luz indicaba que tenía un mensaje de voz nuevo. Cuando presionó el botón de reproducción, el corazón le latía con fuerza dentro del pecho.

Con un crepitar, la voz de Rosie sonó a través del auricular.

Harvey, soy yo. –Se produjo un silencio, como si estuviera ordenando sus pensamientos. Entonces, oyó un susurro–. *Pásate por aquí mañana.*

Nia jamás olvidaría que aquellas eran las últimas palabras que Rosie le había dicho a ella también. Mentalmente, se vio a sí misma saliendo de Rosie's Diner y lanzándole un beso. Ojalá hubiera sabido que aquella sería la última vez que la vería.

El mensaje continuó:

Odio cómo dejamos las cosas. –Rosie exhaló con fuerza–. *No quiero que sigamos discutiendo, ¿de acuerdo? Sé que me he comportado como una idiota y me he dado cuenta de que tenías razón. He estado demasiado centrada en el pasado cuando debería haber prestado atención a lo que tenía justo delante... A ti. Tan solo quiero arreglar las cosas.* –Se produjo un breve silencio–. *Dejaré de meter las narices donde no me llaman... Para volver a escuchar el mensaje, pulse uno. Para guardarlo, pulse siete.*

Nia presionó el uno, sacó su móvil y grabó el mensaje. Pensó en volver a dejar el teléfono de Harvey debajo de la cama, pero al final optó por guardárselo en el bolsillo.

Se dio la vuelta y corrió más rápido de lo que había corrido jamás. La lluvia le golpeaba el rostro mientras bajaba los peldaños a toda velocidad y atravesaba el campo.

Morgan se apresuró a abrir la puerta de la camioneta y Nia se abalanzó al interior.

—¡Arranca, arranca! —gritó mientras tamborileaba con los dedos sobre el salpicadero.

A toda velocidad, se alejaron de casa de Harvey.

Capítulo 17

Jesse

Por primera vez en días, Jesse sentía que volvía a ser él mismo. La deprimente tarde había dado paso a esa clase de llovizna que se te pegaba a la piel y hacía que todo oliera a tierra húmeda y nostalgia.

Después de todo lo que había ocurrido –el asesinato, la investigación y las noches en vela–, le gustaba estar de vuelta en su ruta de patrulla habitual. Una parte de él sentía alivio de que el caso se hubiera resuelto. Ahora que el Fall Fest iba a celebrarse oficialmente, Jesse podía concentrarse en seguir adelante y, quizá, arreglar las cosas con Nia. No era lo bastante ingenuo para pensar que habían vuelto, pero tal vez, solo tal vez, pudiera llevarla a Barkwood Bridge como solían hacer cuando estaban en el instituto. Puede que eso les ayudara a pasar página. Tal vez pudieran empezar de cero y hacer las cosas de un modo diferente.

Sin embargo, en cuanto llegó al cruce entre Main Street y Nutmeg Avenue, todos esos pensamientos se esfumaron. Pasó frente a Rosie's Diner y observó el interior, sumido en la oscuridad. En todos los años que llevaba viviendo en Cinnamon Falls, jamás había visto la cafetería vacía o cerrada. Se preguntó qué haría la familia con el local. ¿Lo liquidarían y el pueblo haría hueco para un negocio nuevo? ¿Acaso algo que no fuera Rosie's Diner podría llenar aquel vacío? Sin ese local, Cinnamon Falls sería un lugar del todo extraño.

«De ahí la lluvia», pensó. Incluso el universo estaba de luto.

Harvest Square, sede del Fall Fest, se encontraba en el centro de todo. Los árboles hacían todo lo posible por escudar de la lluvia al grupo encargado de los preparativos mientras los trabajadores, cubiertos con capotas de plástico, se movían con rapidez para montar las carpas y los puestos. Sus impermeables amarillos destacaban en medio del paisaje descolorido.

Jesse se imaginó a Maggie Shilling dando órdenes a gritos con la ropa empapada. Escudriñó la multitud buscándola; le debía una visita después de lo del día anterior. Ahora que el festival estaba oficialmente en marcha, estaría eufórica. Quería asegurarse de que estuviera bien.

Condujo alrededor de la plaza, con la vista puesta en los trabajadores que bajaban pesadas bolsas de lona de las camionetas para montar lo que pronto sería el corazón del festival. Algunos las abrían y sacaban piezas metálicas que parecían la estructura de una carpa enorme. Las levantaron e izaron hasta que, al fin, uno de los lados quedó bien anclado al suelo.

Dos mujeres arrastraron hacia allí otra bolsa, mucho más pesada. Jesse aparcó el coche y buscó su chaqueta en el asiento trasero. No podía quedarse de brazos cruzados mientras un puñado de personas empapadas se encontraban en dificultad.

Se subió la cremallera de la chaqueta y, entonces, oyó el grito.

Fue un sonido espeluznante y desgarrador que atravesó la llovizna gris como una cuchilla. Jesse se quedó petrificado un milisegundo; tiempo suficiente para que se le disparara el pulso.

Sin pensarlo dos veces, salió corriendo en dirección al lugar del que había procedido el sonido. Apoyándose en una sola mano, saltó por encima del único banco de madera del parque y apenas se percató del dolor que sintió en las rodillas cuando aterrizó. Entonces, se abalanzó hacia delante. Una mujer se había derrumbado y, en el suelo, se tiraba de los pelos. Sus gritos desgarradores rasgaban el aire como si fueran sirenas. Jesse la reconoció de inmediato: Alexis Chambers.

La mujer retrocedió a trompicones con los ojos desorbitados por el miedo. Las manos le temblaban mientras señalaba la bolsa de lona abierta a su lado.

–¡Ayuda! ¡Está ahí dentro!

Los trabajadores del festival permanecieron de pie, paralizados y con el rostro pálido mientras se cubrían la boca con las manos, horrorizados. Jesse se acercó hasta la bolsa con el corazón en la garganta y un nudo en el estómago.

Todos los gritos a su alrededor se desvanecieron conforme se concentraba únicamente en el latido de su propio corazón, que retumbaba en sus oídos. Obligó a sus piernas a moverse, desenfundó el arma reglamentaria y la mantuvo apuntando a la bolsa, que permanecía inmóvil.

Con cautela, dio un paso.

Después, otro.

Y después, otro. Hasta que llegó junto a ella.

Se encontró cara a cara con los ojos sin vida de Maggie Shilling.

Sus rodillas cedieron. No se dio cuenta de que se había caído hasta que notó que los pantalones se le empapaban a causa del suelo mojado. Respiraba con jadeos entrecortados.

La mujer a la que había consolado el día anterior se había marchado y, en su lugar, tan solo quedaba un cadáver fantasmal y pálido. Tenía los labios teñidos de un tono azulado enfermizo y sus ojos, antes llenos de vida, estaban vidriosos y vacíos. La habían metido dentro de la bolsa como si fuera basura. Jesse sintió como si algo se desmoronara en su interior. Mientras bajaba la cremallera de la bolsa todavía más, las manos le temblaban. Dentro, prendido en el abrigo mojado de Maggie, encontró un trozo de papel arrugado:

¿Y ahora, quién?

Se pinzó la nariz con los dedos e intentó detener el ardor que sentía en la garganta. La llovizna fría se había transformado en una lluvia constante y cada una de las gotas le repiqueteaba sobre la piel conforme iba asimilando la realidad.

Habían arrestado al hombre equivocado.

Y, ahora, Maggie estaba muerta.

Se giró para sentarse y, entonces, se encontró frente a docenas de trabajadores aterrorizados. La lluvia resbalaba por sus capuchas.

—No se acerquen —dijo con voz débil.

Se obligó a moverse. Apretó los dientes ante el dolor que sentía y agarró el teléfono.

—Centralita, aquí Shaw. —Se tragó la bilis que tenía en la garganta—. Necesito refuerzos inmediatos en Harvest Square. Tenemos un homicidio.

La sargento Raines y Chambers llegaron minutos después y empezaron a dar órdenes a gritos para despejar la escena del crimen y cortar el tráfico alrededor de la plaza.

El detective se acercó a toda velocidad a su esposa y la acunó entre los brazos. Compartieron un sentido beso antes de que a ella la sacaran de allí en un vehículo policial. Jesse, sin embargo, se quedó junto a Maggie. La lluvia le estaba empapando el uniforme, pero estaba demasiado furioso y no tenía la fuerza necesaria para abandonarla.

Se habían equivocado. Raines había arrestado a Harvey por el asesinato de Rosie y, ahora, había otra víctima. Otra persona importante para él; otra persona a la que quería. Prescott se había presentado ante todo el pueblo y les había dicho que estaban seguros, que sus detectives habían atrapado al asesino. Ahora, Maggie estaba muerta a causa de la confianza ciega que habían mostrado.

Cerró las manos en puños contra la hierba húmeda. Apretó los dientes mientras la rabia que sentía se desbordaba. Raines fue la primera en acercarse a él.

–Shaw.

–Dijo que había atrapado al culpable –gruñó antes de ponerse en pie de golpe–. Usted y él... –dijo, señalando a Chambers, que se mantenía un poco alejado–. ¡Se pusieron frente a todas esas personas y les dijeron que estaban a salvo!

A Jesse le daba igual estar gritándole a una oficial superior y que todos aquellos que se encontraban a apenas unos metros de distancia pudieran oírlos. Estaba furioso, pero, sobre todo, estaba destrozado. Otra vecina de Cinnamon Falls había fallecido a causa de su negligencia y su ridículo complejo de superioridad.

Con mucho cuidado, Raines controló la expresión de su rostro y exhaló.

–Shaw, respira hondo.

Jesse soltó una risa amarga.

–¿Que respire? –Alzó la voz–. ¡¿Me está diciendo que respire?! –Con el dedo índice, señaló el cadáver de Maggie mientras las gotas caían de las yemas de sus dedos–. ¡Maggie está muerta porque han sido demasiado arrogantes para escucharme!

Chambers se llevó una mano a la cadera.

–Un momento; era imposible que supiéramos que...

–¿Que habíais arrestado al tipo equivocado? –replicó Jesse con voz grave y letal–. ¡Os lo dije desde el principio!

–Esto no significa que Briggs no sea el culpable –replicó Raines con un tono de voz calmado y comedido–. Podría haber movido el cuerpo antes de...

–¡Basta! Tenemos que despejar la escena antes de que Elaine se nos adelante –les susurró Chambers a ambos–. La gente está empezando a entrar en pánico.

Jesse se colocó junto a Raines con la mandíbula tan tensa que sintió como si se le fuera a partir. Se acercó a su oído para que ninguno de los presentes pudiera escucharlo:

–Haz lo que tengas que hacer para justificar esto en tu cabeza, pero yo voy a ponerle fin al asunto. Ahora mismo.

Cuando Jesse comenzó a alejarse a grandes zancadas, a la sargento se le ensancharon las fosas nasales. Después, se giró de golpe hacia él.

–¡Shaw, vuelve aquí!

Jesse no se detuvo.

–¡Es una orden, novato! –le gritó Chambers.

Con paso pesado y el corazón retumbando en sus oídos, Jesse se dirigió hacia el coche. Maggie merecía justicia. Y se iba a asegurar de una maldita vez de que la tuviera.

Unos minutos más tarde, Jesse irrumpió furioso en el Departamento de Policía de Cinnamon Falls. Angie intentó llamarle la atención, pero él fue directo al vestuario. Llevaba la chaqueta, los vaqueros, los zapatos y la ropa interior empapados. Se quitó toda la ropa y la sustituyó por el conjunto que había dejado colgado en la taquilla. No tenía ganas de hablar con nadie. Tenía demasiadas cosas en la cabeza y necesitaba ponerlas en orden.

Rebuscó la lista en el bolsillo de los pantalones. La tinta se había emborronado a causa de la lluvia, pero recordaba todos los nombres que había escrito en ella. Sacó un bolígrafo y tachó el nombre de Briggs. No le quedaba nadie más.

Algo se le había pasado por alto y estaba cansado de estar a la defensiva, contemplando cómo las personas a las que quería desaparecían de una en una. Comenzó por lo básico: todo lo que sabía sobre las víctimas. Alguien las había escogido por algún motivo. ¿Quién podría tener algo en contra de Maggie y de Rosie? ¿Alguien que formase parte del equipo que trabajaba en el festival? ¿Qué ganarían matando a cualquiera de las dos?

La cafetería era el orgullo y la alegría de Rosie. A Maggie

le encantaba coordinar el Fall Fest y lo dirigía todo a la perfección. Ninguna de aquellas mujeres tenía tanto dinero como para que alguien quisiera asesinarlas por ello.

Cuando llegó a su escritorio, vio que Angie lo estaba esperando con gesto preocupado.

—El jefe está enfadado —le dijo—. Quiere verte en su despacho. Ahora mismo.

—Gracias, Ang —contestó él mientras le daba un apretón amistoso en el brazo. De golpe, como si alguien hubiese arrojado una moneda a un pozo de los deseos, tuvo una idea. Antes de que Angie se alejara demasiado, le preguntó—: ¿Podrías recopilar una lista con todos los soplos que hayas recibido sobre el asesinato de Rosie?

—¿Todos?

Los ojos de Angie se abrieron como platos. Desde que habían anunciado el asesinato de la empresaria, la línea de colaboración ciudadana no había dejado de sonar. Jesse no podía imaginar la cantidad de tonterías que Angie había tenido que descartar para encontrar hechos verídicos en medio de todos los cotilleos propios de un pueblo pequeño.

—Los más creíbles —aclaró Jesse—. Aquellos a los que creas que deberíamos haber hecho seguimiento.

—Por supuesto —contestó—. Dame una hora.

—Tómate tu tiempo —le dijo él.

Angie le estaba haciendo un favor enorme a pesar de que sabía que lo habían apartado del caso.

Jesse esperaba que lo despidieran pronto. Había desobedecido una orden directa de un superior y, siendo honestos, había mandado a la mierda a todos los presentes en la escena del crimen. Los habitantes de Cinnamon Falls merecían un cuerpo de policía competente y riguroso, y si el jefe Prescott no era capaz de comprender su postura, entonces, en cualquier caso, era mejor que cada uno siguiera su propio camino. Estaba dispuesto a defender sus actos y perder el empleo, pero antes tenía que esclarecer los hechos. Estaba claro que Chambers y Raines no sabían más que él sobre cómo resolver un caso de asesinato. Tal vez tuviesen la experiencia, pero él tenía la ventaja de jugar en casa y conocer el terreno como nadie.

Así que empezó por el principio.

Una vez en su escritorio, Jesse abrió el registro interno de la policía, que contenía el pasado y el presente criminal de todos y cada uno de los ciudadanos de Cinnamon Falls que habían cruzado las puertas de la comisaría. Tecleó el nombre de Harvey Briggs y leyó el informe de arresto. Lo habían detenido como sospechoso de asesinato, pero el archivo correspondiente estaba vacío. En el registro posterior, Raines había anotado que Briggs había confesado, pero no mencionaba nada sobre Maggie Shilling.

Empezó a abrir las entradas antiguas del historial de Briggs que habían recopilado a lo largo de los años. Harvey Briggs, de sesenta y un años, había llevado una vida bastante interesante. Había pasado sus años formativos en Atlanta pasando de una casa de acogida a otra. De joven, había acumulado bastantes cargos: atraco, hurto e incluso latrocinio.

Sus delitos no habían terminado en la adolescencia. Jesse descubrió que, veinte años atrás, lo habían arrestado por dos cargos: uno por robo y otro por fraude.

Sin embargo, desde entonces, parecía que había enderezado su vida. Su historial criminal terminaba a principios de la década de los 2000, cuando se había mudado a Cinnamon Falls. Descubrió que había abierto Harvey's Used Cars en el año 1999. Al parecer, Harvey había encontrado un buen negocio y había cambiado su vida para bien.

Harvey Briggs ya tenía dos antecedentes penales. Si lo mandaban a la cárcel por un doble homicidio, no volvería a ver la luz del sol durante mucho tiempo. Tal vez, nunca más. ¿Qué clase de hombre que sabía de primera mano lo cruel que podía ser la cárcel pondría en peligro su libertad asesinando a su supuesta pareja?

Para Jesse, aquello no tenía ningún sentido. A menos que se le estuviera escapando algo. Tenía que revisar los registros financieros de Briggs. No le había costado demasiado encontrar su pasado criminal, pero ¿y si alguien más lo sabía? En Cinnamon Falls, los rumores corrían más rápido que la verdad. ¿Y si Briggs estaba encubriendo a alguien? Se deshizo de aquel pensamiento y se levantó del escritorio.

Mientras se dirigía hacia el despacho del jefe, se sintió como si tuviera bloques de hormigón en los pies. Recordaba lo orgulloso que se había mostrado su padre cuando consiguió un puesto en el cuerpo de policía. «¿Estaría orgulloso de mí ahora?», se preguntó Jesse.

Sentado detrás de su caótico escritorio, el jefe Prescott parecía un toro embravecido. De las carpetas de papel manila apiladas sobresalían muchos papeles. Jesse estaba seguro de que, si respiraba más de la cuenta, alguna de esas torres se derrumbaría.

—¿Qué es eso de que sacaste a Nia Bennett del calabozo en plena madrugada? —le preguntó Prescott.

Jesse se sentó frente a él. Supuso que todavía no le habían informado de lo que había hecho en la escena del crimen. Chasqueó la lengua.

—No iba a permitir que estuviera encerrada hasta que Raines decidiera lo que quería hacer con ella.

—La descubrieron en la residencia de nuestro principal sospechoso en el momento de su arresto —dijo Prescott como si Jesse no conociera los detalles de la situación—. ¿No pensaste en consultarlo conmigo o...?

Sin previo aviso, Raines irrumpió en la sala.

—¡Te he dado una orden directa, novato!

Entró en el despacho a grandes zancadas y se colocó junto a la silla del jefe, que miró a uno y a otro, confundido y desconcertado.

—¡Ahora hay otra víctima! —replicó él—. ¡Le dije a Chambers desde el principio que Briggs no era el culpable!

Prescott lo fulminó con la mirada.

—No tenías derecho a sacar a Nia Bennett del calabozo sin nuestro permiso.

–¡Y tampoco tenías derecho a abandonar la escena del crimen como un crío! –añadió la sargento.

Así no iban a llegar a ninguna parte. Jesse no era un niño al que pudieran regañar; comprendía las consecuencias de sus actos, pero eso no significaba que se arrepintiera ni fuera a pedir disculpas. Nunca había estado tan convencido de algo como lo estaba de la inocencia de Briggs. Sobre todo, tras haber visto el cuerpo frío de Maggie. Se cruzó de brazos con indiferencia, esperando calmar sus emociones.

–Jefe –dijo con un tono de voz neutral–, no creía que Nia mereciera pasar la noche en una celda por una simple coincidencia.

–¿Por una simple coincidencia? –replicó Raines con un bufido.

–Fue algo más que una simple coincidencia, Shaw. La pillaron interfiriendo con una investigación en curso –añadió Prescott.

–¿De verdad cree que Nia Bennett tuvo algo que ver con la muerte de Rosie? –preguntó Jesse, perplejo.

El jefe de policía bajó la vista hacia el escritorio.

–Creo que es bastante sospechoso que dos personas hayan sido asesinadas justo cuando ella ha regresado al pueblo –dijo Raines.

La rabia le recorrió por todo el cuerpo y apretó los puños para no volcar todos los muebles del despacho.

–¡Nia no mató a Rosie y, por supuesto, tampoco ha matado a Maggie Shilling! ¿Es que no ven que están perdiendo el tiempo persiguiendo a la gente equivocada?

–Tal vez no sea tan inocente como crees –añadió la sargento con una sonrisa de suficiencia.

–¿De qué está hablando?

–Tras encontrar a tu novia en casa de Briggs, decidimos investigarla. ¿No te habló de su aventura romántica en Atlanta? –le preguntó Raines. Se inclinó hacia delante y le lanzó el expediente que se encontraba sobre el escritorio del jefe. Al abrirse, la foto policial que le habían tomado

a Nia la noche anterior quedó a la vista–. Un tal Bryant...
Resulta que está casado.

Jesse oyó su propio pulso retumbar en sus oídos con la
cadencia de un tambor.

–¿Qué tiene eso que ver con el caso? –preguntó, al borde
de sufrir un colapso interno.

–Solo digo que tal vez no la conoces tan bien como crees,
Shaw.

Capítulo 18
Nia

Morgan pisó a fondo el acelerador de la camioneta hasta que llegaron a Redfern Tavern, un garito rústico que se encontraba entre Cinnamon Falls y Asheville. El ambiente era tranquilo, por lo que era el lugar perfecto para hablar sin que los clientes habituales o los fisgones se fijaran en ti.

Cuando se subieron a dos taburetes vacíos que había frente a la barra, ambas se sentían como si llevaran todo el trayecto conteniendo la respiración. Por los asientos de cuero remendado y las patas tambaleantes, Nia supo que aquel lugar había presenciado varias noches de borrachera. El olor rancio de la comida frita, el *whisky* y la colonia barata impregnaba el aire. Cada vez que se abría y cerraba la puerta principal, el humo de los cigarros que la gente fumaba fuera entraba flotando en el local. Frente a ellas, en los expositores de cristal, había varias botellas cubiertas por una gruesa capa de polvo.

Desde detrás de la barra, una chica delgada y con *piercings* en los hoyuelos se acercó a ellas. La sombra de ojos, el delineado y las pestañas voluminosas le daban un aire misterioso y exótico. La camiseta de la taberna que llevaba puesta, cortada de forma irregular por encima de la cintura, dejaba a la vista un *piercing* en el ombligo. El escote de la camiseta dejaba a la vista un sujetador estilo *push-up* rosa chillón y de él colgaba una placa con su nombre. Se llamaba Amber.

—¿Qué os pongo, chicas? —les preguntó mientras colocaba dos servilletas de cóctel frente a ellas. Llevaba las uñas decoradas con deslumbrantes diamantes falsos y sus pulseras metálicas repiqueteaban unas contra otras de forma melodiosa–. La noche de los jueves es noche de chicas, así que habéis llegado justo a tiempo.

Les tendió una carta tan pegajosa que Nia decidió dejarla sobre la mesa y se limpió la mano en los vaqueros.

–Dos *whisky sours* –pidió Morgan sin mirar la lista de las bebidas.

–Una chica que sabe lo que quiere –dijo Amber, guiñándoles un ojo–. Vuelvo enseguida.

–¿Tomas *whisky*? –preguntó Nia.

Se quitó la chaqueta mojada y la colgó en el respaldo del taburete a su lado. Había pensado en pedir algo más suave, como un margarita o una copa de vino, para calmar los nervios.

Nia echó un vistazo al local. No había estado en aquella taberna en lo que le parecía un siglo. Cuando iban al instituto, Sienna y ella se habían colado allí en un par de ocasiones solo para ver si podían hacerlo, pero no había vuelto desde entonces.

A su derecha, había dos hombres sentados muy juntos mientras veían un partido en la pantalla plana situada detrás de la barra. Al fondo, un hombre un poco sobón pensaba que estaba a punto de tener suerte con la mujer que tenía al lado; estaba demasiado borracho para percatarse de que ella no dejaba de fruncir el ceño cada vez que se le acercaba. En una esquina, un grupo de universitarias se bebían un chupito detrás de otro. Nadie prestaba la más mínima atención ni a Nia ni a Morgan, y les gustaba que fuera así.

–No, pero es lo que beben en todas las películas de mafiosos, ¿no?

Nia suspiró. Deseaba apoyar la cabeza sobre la barra, pero no lo hizo por miedo a quedarse pegada a ella. Se sacó el desinfectante de manos y roció la zona donde se habían sentado.

–Somos criminales, Nia. ¡Tenemos que empezar a vivir

como tales! –comentó su amiga mientras levantaba el puño en el aire.

–Ha sido una noche en el calabozo, no una condena perpetua –respondió ella mientras le bajaba los brazos con un golpe.

–Aun así, eso te convierte en la mala influencia de la que siempre me advirtió mi madre –replicó Morgan mientras la apuntaba con un dedo.

Amber colocó los cócteles frente a ellas y Nia se percató de que titubeaba antes de marcharse. Miró su copa con suspicacia mientras Morgan tiraba la pajita y daba un trago largo.

–Mmm –masculló después de tomarse un tercio del vaso–. No está mal.

–Vamos a centrarnos en lo verdaderamente importante. –Con un gesto, Nia señaló el teléfono que se había metido en el bolsillo–. He encontrado el teléfono de casa de Harvey y he grabado el último mensaje que le dejó Rosie.

Morgan sufrió un cortocircuito.

–¿Te has llevado el teléfono?

–¡Tenía que hacerlo! ¿Y si desaparecía?

–¡Claro que ha desaparecido! ¡Te lo has llevado tú! ¿Y si lo están rastreando?

–Hablamos de la policía de Cinnamon Falls, no del FBI –dijo Nia con sarcasmo.

Desdeñó las quejas de su amiga con un gesto de la mano y le reprodujo el último mensaje de voz de Rosie. Volver a oírlo le estrujó el corazón.

Cuando terminó, Morgan empezó a girar la pajita entre los dedos, pensativa.

–Suena asustada de verdad. Como si estuviera aterrorizada.

–¡Eso mismo he pensado yo! –contestó Nia–. Pero ¿por qué llamar a Harvey y decirle eso en ese momento, justo cuando nosotros estábamos saliendo por la puerta del local?

–Parecía arrepentida por algo. Tal vez hubiese estado husmeando en el cobertizo de Harvey, como tú.

Nia se inclinó hacia delante, apoyó los codos en la barra y sacudió la cabeza.

–Rosie iba tras la pista de algo. Algo gordo...

Morgan se bebió de un trago lo que le quedaba de la copa.

–Algo por lo que acabó muerta.

Al fin, Nia dio un sorbo a su bebida y dejó que el peso de aquellas palabras y del licor se asentara en su interior.

–Vale: ¿y si descubrió secretos relacionados con los alienígenas?

Morgan se había bebido dos *whisky sours* seguidos y había comenzado a soltar ideas disparatadas.

–Morgan, por favor –replicó Nia–. Primero una red ilegal de peleas de perros...

–Sigo pensando que es posible, Nia –intervino su amiga.

–Y, ahora, secretos relacionados con los alienígenas...

–¿Se ha involucrado la CIA? No lo sabemos. Ahora que volvéis a hablar, vamos a llamar a Jesse y salir de dudas.

Nia intentó quitarle el teléfono.

Amber se acercó a ellas e hizo que dejaran a un lado las teorías ridículas. Les sirvió dos vasos de agua y se inclinó sobre la barra mientras miraba a Nia con atención.

–No pretendo interrumpiros, pero os he oído hablar.

–¿Qué es lo que has oído? –le preguntó Morgan, devolviéndole la mirada.

–He oído que te llamas Nia. Esto va a parecer una locura, pero ¿sois de Falls?

Que alguien se refiriera a Cinnamon Falls como «Falls» era la forma más fácil de detectar a los forasteros. Mientras la camarera hablaba, Nia la estudiaba.

–¿Quién lo pregunta? –dijo Morgan, ensayando su voz de poli mala.

–Soy Amber Delacroix. Era amiga de Sienna antes de

que... Bueno, ya sabéis. –Pasó por la barra un trapo húmedo que pedía gritos ser lavado o incinerado–. Tengo buena memoria para las caras de la gente –explicó–, y recuerdo haber visto la tuya en las fotos que subía en redes.

–Un placer conocerte. Supongo.

Nia no quería ser grosera, pero Amber, la del sujetador rosa, no era la primera persona que se proclamaba amiga de Sienna. Tras su muerte, bastante gente había asegurado tener una relación más estrecha con Sienna que la que había tenido la propia Nia.

La camarera ladeó la cabeza.

–Me sorprende que nunca te hablara de mí. Solíamos salir juntas de fiesta todo el tiempo.

–Sienna... ¿de fiesta? –preguntó Morgan–. ¿Contigo? –Amber la miró de arriba abajo y añadió–: Sin ofender.

–Al principio solo venían Darius y ella, pero entonces él empezó a traer a otras chicas al local, así que tuve que decirle a mi amiga que ese tipo no valía la pena.

A Nia nunca le habían dado una patada, pero supuso que el dolor que sentía en aquel momento se le parecía: insoportable, como si le hubieran arrebatado el aliento. Era incapaz de pronunciar las palabras que se estaban formando en su cabeza. ¿Sienna... y Darius?

Por suerte, Morgan se hizo cargo de la situación.

–Un momento. ¿Me estás diciendo que Sienna venía aquí con Darius Lyons? ¿Salían juntos?

Morgan y Nia se miraron. ¿Lo que estaban viviendo era real? Era imposible que Sienna hubiese salido con Darius. Lo odiaba con todo su ser, sobre todo cuando descubrió que lo iban a coronar Rey de Cinnamon. Sienna se había quejado durante semanas, temiendo que llegara el día del Fall Fest, porque detestaba la idea de vivir ese momento único con él. No tenía ningún sentido. Pero, desde que Nia había regresado al pueblo, nada lo tenía.

–Por supuesto. Y él la engañaba. Llegó un momento en el que pensé que se lo estaba restregando en la cara. Sentía que lo hacía a propósito, como si dijera: «¿Quién será la siguiente?». Le dije a Sienna que tenía que mandarlo a la mierda.

—Sienna odiaba a Darius.

Nia había recuperado el aliento al fin. Recordó el día antes de que su amiga y Darius fueran coronados como Reyes de Cinnamon. Sienna estaba molesta por tener que compartir con él su momento de gloria y Nia la había convencido para que siguiera adelante con la ceremonia. Sienna se esforzó en fingir, pero la irritación era evidente en su gesto. ¿Todo había sido mentira? ¿Cómo había podido ocultarle algo así?

Amber se encogió de hombros.

—Tal vez eso sea lo que os contó a vosotras, pero estaba loca por él. Lo único que sé es que pasaron de venir los dos juntos a que Si-Si y yo estuviésemos aquí solas.

Morgan soltó una carcajada.

—Perdona, pero me cuesta imaginar que Sienna te permitiera llamarla así por voluntad propia.

—Nunca me dijo nada de esto —admitió Nia—. ¿Cuándo fue la última vez que la viste?

—El día antes de que muriera. Una amiga mía vino a peinarla a mi casa porque iba a recibir un premio o algo así. Fue entonces cuando le conté lo que estaba haciendo su chico. Me dijo que lo dejaría esa misma noche.

Amber se sacó el teléfono del bolsillo trasero de los pantalones y buscó entre sus fotos. Después, giró la pantalla para mostrarles un vídeo en el que aparecía Sienna con los ojos brillantes y una sonrisa que habría dejado al sol a la altura del betún. Tenía la cabeza pegada a la de Amber y ambas ponían morritos y lanzaban besos a la cámara. Nia quería escuchar lo que Amber decía, pero lo único en lo que podía pensar era en que Sienna le había mentido. Y al parecer, durante mucho tiempo.

Le temblaba todo el cuerpo; la indignación le calaba hasta los huesos. Se había pasado toda la semana arriesgando su propia libertad para descubrir qué le había ocurrido a Rosie. Pero jamás había esperado descubrir en esa búsqueda de la verdad que su mejor amiga, a la que le había contado las cosas más íntimas e inconfesables, le había estado mintiendo.

¿En qué más le habría mentido? ¿De verdad habían sido mejores amigas siquiera? Y ¿por qué tenía que enterarse por Amber, la del sujetador rosa, de que su mejor amiga había estado enamorada del tipo al que decía detestar? Nia quería llamarla y gritarle, pero aquello era lo peor de todo: jamás llegaría al fondo de aquel asunto; jamás podría escuchar la versión de Sienna.

Su teléfono vibró sobre la mesa. Era Jesse. Contestó enseguida, necesitaba algo que la mantuviese anclada a la realidad.

—Morgan dice que estáis en Redfern Tavern. ¿Es cierto? —preguntó él con voz tensa.

—Sí —contestó ella.

Jesse sonaba enfadado, así que Nia se preguntó si ya habrían descubierto lo del teléfono de Harvey. Tal vez el Departamento de Policía de Cinnamon Falls sí era el FBI.

—Sal fuera —dijo él antes de colgar.

Nia recogió su chaqueta y les dijo a Morgan y a Amber que iba a salir un momento. Ambas prosiguieron la conversación, aunque Morgan enseguida pasó a preguntarle a la camarera cómo podía conseguir una cita para que su amiga le arreglara el pelo.

Nia se cubrió la cabeza con la capucha y salió corriendo hacia el lado del acompañante de la camioneta oscura, que se encontraba frente a la taberna. Cuando entró, él subió la calefacción.

—Hola —dijo ella inclinándose sobre el reposabrazos para abrazarlo.

Pero Jesse no se movió y mantuvo la vista fija al frente. Los músculos de la mandíbula se le marcaban por la tensión. Estaba más enfadado de lo que Nia lo había visto jamás. Algo iba mal.

—¿Por qué no me lo dijiste? —le preguntó.

215

Nia se recostó en el asiento y pensó. Había muchas cosas que no le había contado, así que no sabía por dónde empezar. Quería hablarle del mensaje de voz de Rosie, pero sabía que la regañaría por volver a involucrarse en la investigación. Sobre todo, teniendo en cuenta que acababa de sacarla del calabozo. Aquello arruinaría la chispa de confianza que habían avivado, así que tenía que guardárselo para sí misma.

–¿A qué te refieres?

Tembló al recordar que tenía el teléfono de Briggs en el bolsillo. Se pegó la chaqueta más al cuerpo con la esperanza de que Jesse no viera la luz roja parpadeante.

–¿Por qué no me hablaste de Bryant? Por favor, no te hagas la tonta...

De todas las cosas que Nia le estaba ocultando, jamás se le habría ocurrido pensar en Bryant. Pensaba que, cuando llegara el momento, hablarían del motivo por el que había regresado a casa. Sería una conversación difícil; una que había planeado mantener cuando estuviera preparada, pero los cotilleos se le habían adelantado.

«¿Cómo se ha enterado?», se preguntó. ¿Por Morgan? ¿Por su madre? ¿De verdad habrían hablado con él sobre Bryant a sus espaldas? Todavía estaba conmocionada por el descubrimiento de que Sienna había tenido una doble vida. ¿Hasta dónde llegaba la traición?

–No era asunto tuyo –respondió Nia.

Jesse se rio, aunque era evidente que no le hacía gracia.

–¿Que no era asunto mío? ¿No te parece que merecía saber por quién me dejaste? Un hombre casado... ¿De verdad, Nia?

–No sabía... –comenzó a decir–. ¿Y cómo has...?

–¡Lo sabe media comisaría!

Las copas que había tomado se le subieron a la cabeza de golpe, así que replicó:

–Me importa una mier...

–¿Te importan una mierda mis sentimientos? –la interrumpió él–. Por supuesto. Me dejaste para buscar algo mejor que este pueblo, algo mejor que yo, ¿y te conformaste con eso? ¿Con ser la otra?

El mundo de Nia estaba dando vueltas demasiado rápido y no quería pasar otra noche encerrada por agredir a un agente. Respiró hondo y cerró los ojos. Vació los pulmones poco a poco y se tranquilizó.

—No sabía que estaba casado —le explicó—. Lo conocí en el trabajo. Pensaba que estaba soltero y más tarde me enteré de que no era así. —Él se giró hacia ella, pero sus ojos todavía desconfiaban—. Lo dejé en cuanto lo supe.

Jesse la miró de frente y le escudriñó el rostro. Un silencio prolongado se extendió entre ellos; solo el zumbido del motor y el siseo de la calefacción saliendo por las rejillas llenaban el espacio. Cada pocos segundos, los limpiaparabrisas apartaban la lluvia del cristal.

Tras un instante, la postura de él se relajó, aunque solo un poco.

—Estaba avergonzada, Jesse —comenzó a decir Nia—. No te lo dije porque no quería que fuera cierto y, desde luego, no quería que me miraras como lo estás haciendo ahora mismo.

—¿Y cómo te estoy mirando? —le preguntó.

«Como si me odiaras», quiso decir.

—No he regresado a Cinnamon Falls para que me juzguen, ¿de acuerdo?

Con voz queda, Jesse le preguntó:

—Entonces, ¿para qué has regresado, Nia?

Capítulo 19
Jesse

No contestó.

Una vez más, Jesse había puesto en juego su corazón y ella lo había dejado con las manos vacías. Sintió que empezaba a sumirse en un vacío oscuro de locura, pero no podía seguir dejando que Nia controlara sus sentimientos. Seis años atrás, se había ido de su vida por voluntad propia y él había tenido que lidiar con las secuelas emocionales. Ella hizo borrón y cuenta nueva y se buscó un novio rico –o marido; todavía no tenía muy claros los detalles–, mientras que él se lanzó de cabeza a una carrera en la que podría haber muerto solo para poder sentir algo que no fuera el dolor del abandono y la traición.

Nia le había destrozado el corazón, pero ahí estaba él, enamorado de ella y esperando a que lo hiciera de nuevo.

«No le des la oportunidad», pensó, avergonzado de sí mismo. La quería mucho, pero había algunas cosas de ella que no podía cambiar. Por mucho que lo intentara, no podía obligarla a elegirlo.

La observó hasta que volvió a estar sana y salva en el interior de la taberna y, entonces, Jesse se marchó de allí. Se sentía como si se hubiera dejado el corazón en la acera.

De hecho, él tampoco era la misma persona a la que ella había dejado. Ahora, era alguien diferente. Sobre todo, tras haber sido víctima del dardo del amor.

En el fondo, había albergado la esperanza de poder avisar a Nia de la muerte de Maggie Shilling, pero la bomba que Raines le soltó sobre su ex hizo que sus pensamientos se descarrilaran del todo. Necesitaba oírlo de sus propios labios y, ahora, desearía no haberlo hecho. La conversación no había valido la pena, ni el trayecto hasta allí ni un segundo de su atención. Especialmente teniendo en cuenta los asuntos que tenía que resolver.

Condujo de regreso hacia Cinnamon Falls, rememorando los últimos días. Tan solo había una persona en la que confiaba para que le ayudara a aclarar sus pensamientos.

Dos horas más tarde, Grace Whitfield entró en The Griddle House. Sin dudar y sin hacerle preguntas indiscretas, había accedido a reunirse con él en aquella cafetería, que se encontraba en la otra punta del pueblo y abría hasta tarde. Después de la hora del desayuno, la comida que ofrecían era cuestionable, pero tenían buen café y, por norma general, los jueves por la noche estaba vacío.

Sobre su cabeza, un fluorescente parpadeaba sin control, pero a los tres hombres que estaban apiñados al fondo de la barra no parecía importarles. Jesse se acomodó en el asiento de cuero desgastado de uno de los reservados, escondido en una esquina, y Grace se sentó frente a él.

Todavía iba vestida con el uniforme de trabajo: ropa quirúrgica lila con pequeñas margaritas blancas bordadas y una sonrisa cansada en el rostro.

–¿Es un encuentro amistoso o profesional? –le preguntó ella mientras le echaba un vistazo a la carta que había en un soporte de metal.

Jesse se recostó en el asiento y exhaló.

–Un poco de ambas –respondió con sinceridad.

Necesitaba su consejo como profesional, pero también como amiga. Jesse bajó la vista hacia su taza casi vacía de infusión de hierbas y la removió de forma vaga. Era lo único que se atrevía a pedir.

Grace suspiró, descontenta con la respuesta.

—Dime que estás así de taciturno por el caso y no por la mujer.

La fulminó con la mirada.

—No estoy taciturno —replicó.

Ella soltó un bufido de burla.

—¿Ah, no? Entonces, explícame por qué parece que hayas perdido una pelea en la que ni siquiera sabías que participabas.

Así se sentía exactamente: pillado por sorpresa. De golpe, Nia había vuelto a su vida como un tornado, arrasando con todo lo que tan diligentemente él había construido en su ausencia. Esa misma mañana, ella le había asegurado que jamás había dejado de quererle, pero se negaba a darle una respuesta directa a por qué había regresado a Cinnamon Falls.

—No ha sido una pelea —clarificó—. Solo...

No sabía cómo explicar lo que había ocurrido entre ellos. Por mucho que quisiera confiar en Grace, era consciente de que sentían debilidad el uno por el otro y que contarle aquello sería del todo inapropiado. No quería arruinar su amistad. Sobre todo, teniendo en cuenta que todavía estaba muy sensible por lo de Nia.

Grace siempre había sido una buena amiga. Cuando le dieron de baja con honores de la policía militar, necesitó un trabajo estable que pudiera sustentar el cambio drástico de vida: tenía que cuidar de sus padres. Tras haber vivido en alerta máxima de forma constante, necesitaba algo tranquilo y seguro. Debido a su experiencia, Grace le había sugerido el Departamento de Policía de Cinnamon Falls y, desde entonces, Jesse formaba parte del cuerpo.

Siempre había creído que Grace había intervenido para que lo contrataran, pero no tenía manera de demostrarlo. En cualquier caso, le estaba muy agradecido.

Su amistad se había convertido en una conexión más profunda e íntima, pero, incluso después de varias citas, la chispa del amor nunca había florecido. Aun así, entre ellos había una tensión latente. Por mucho que le atrajese la personalidad dulce de Grace y su naturaleza amable y servicial, Jesse nunca había dado un paso más. Compartir con ella los detalles de por qué Nia y él habían discutido desdibujaría las líneas de su relación y la respetaba mucho más que eso. Eran amigos, y a él eso le bastaba.

–No ha sido una pelea –repitió, aunque ni siquiera sonó convincente.

–Entonces, esta es una reunión profesional. –Grace se enderezó, llamó a un camarero con un gesto de la mano y pidió un refresco y una ración de patatas fritas–. Vamos al grano.

–Estoy seguro de que, a estas alturas, ya te has enterado de lo de Maggie Shilling, ¿verdad? –preguntó Jesse, a pesar de que ya sabía la respuesta a esa pregunta.

Ella frunció los labios.

–Llevo todo el día lidiando con Vernon. No dejo de repetirle que no puedo dar prioridad a todos y cada uno de los cadáveres que me lleguen a la morgue.

–¿Y qué puedes contarme? –imploró.

Grace sacudió la cabeza.

–Misma causa que en el caso de Rosie: traumatismo por objeto contundente. En esta ocasión, fue brutal.

A Jesse le dio un vuelco el estómago. Maggie era una mujer dulce, de carácter amable. No se merecía lo que le había ocurrido. Y Rosie tampoco. Dudaba sobre si pedirle más detalles, pero ella prosiguió, hablando con tono aséptico:

–El golpe en la cabeza la dejó inconsciente de inmediato.

–Tenía los labios azules. –Jesse intentó sacarse aquel recuerdo de la cabeza. Tendría el rostro de la mujer grabado en el cerebro durante años–. ¿Alguien la dejó a la intemperie toda la noche?

–Es posible –respondió Grace–. Podría significar varias cosas. Tenía hemorragias petequiales en los ojos, lo que sugiere falta de oxígeno...

–En cristiano, por favor –le pidió él.

–Estuvo expuesta al aire libre, así que su temperatura

corporal debió de bajar significativamente. Podría ser cianosis, que es lo que ocurre cuando el cuerpo no recibe suficiente oxígeno antes de morir, o *livor mortis* por el golpe en la cabeza.

En ese momento, llegaron las patatas fritas, que estaban cubiertas de escamas de sal gorda. Grace las bañó en kétchup de inmediato. Jesse le robó una de las que estaban en el borde del plato y le dio vueltas en la boca hasta que pudo tragársela sin abrasarse la garganta. Grace le ofreció una pajita y él le dio un trago a su refresco. La combinación de la patata ardiente y la bebida fría y burbujeante satisfizo lo más profundo de su cerebro.

—Está bueno, ¿eh? —Grace sonrió y se metió una patata bañada en kétchup en la boca—. Cuando era pequeña, mi padre y yo solíamos venir aquí después de los funerales. Preparan las mejores patatas fritas del mundo.

Saboreó otra, perdida en las profundidades de un recuerdo al que Jesse no podía acceder.

—¿Puedes decirme algo más sobre Maggie? —le preguntó.

Ella negó con la cabeza.

—Creo que la aturdieron. Le dieron un golpe en la cabeza y, después, perdió el conocimiento. La metieron en la bolsa de lona, inconsciente, y dejaron que muriera. Mi conclusión es que fue un homicidio.

Jesse agachó la cabeza. Si no hubieran estado en una cafetería, habría volcado la mesa. ¿Quién estaba cometiendo aquellos actos atroces contra sus seres queridos? ¿Y por qué? Necesitaba encontrar al responsable, y pronto.

—No dejo de pensarlo… ¿Por qué Rosie? —preguntó Grace como si pudiera oír sus pensamientos—. ¿Por qué Maggie?

Jesse se dio un golpecito en la sien.

—Eso es lo que intento averiguar: ¿qué hicieron para merecer esto?

—¿Y si no hicieron nada? —comentó su amiga—. ¿Y si tan solo se interpusieron en el camino de alguien?

—Pero ¿de quién? —preguntó, sorprendido.

—Esa es la pregunta del millón –respondió ella.

Grace apartó las patatas fritas y las dejó al borde de la mesa. Se levantó y se sentó a su lado, tomó una servilleta y la desdobló sobre la mesa. Rebuscó en su bolso hasta que encontró un bolígrafo y, entonces, empezó a dibujar. Comenzó a llenarla de garabatos, recuadros y formas extrañas: estaba trazando un mapa de Cinnamon Falls.

Observó cómo dibujaba con cuidado. Estaba muy concentrada, con la punta de la lengua asomando entre los labios. Cuando terminó, aquello parecía un mapa del tesoro mal dibujado con dos «X» gigantes: una sobre Rosie's Diner y, la otra, en Harvest Square.

—Me va mejor trabajar de forma visual –dijo ella mientras lo miraba–. Necesito verlo todo en conjunto para poder encontrarle el sentido. Así que, empecemos por el principio.

Juntos, repasaron paso por paso el asesinato de Rosie: desde que ambos recibieron la llamada hasta que el cadáver llegó a Whitefield Family Mortuary.

—Cuando recibí la llamada, acababan de dar las doce y media –le contó ella.Posó el dedo sobre un cuadrado que estaba etiquetado como «AL». Jesse se percató de que su negocio se encontraba en la otra punta de la servilleta.

—¿Qué es esto? –preguntó, dando un golpecito allí donde ella había apoyado el dedo.

—La casa del alcalde Lyons. Celebró una fiesta de bienvenida para Darius.

Jesse la miró con una ceja enarcada.

—No sabía que te interesase la política.

—Hay que dejarse ver –respondió ella con frialdad–. Mi padre era muy estricto con respecto a mantener los contactos, ir de copas, mantener conversaciones intrascendentes y forzadas... Ya sabes cómo son ese tipo de cosas.

Jesse se alegraba de poder decir que, en realidad, no tenía ni idea.

—No me lo habías mencionado antes...

—No pensé que mi paradero fuese relevante para el caso,

señor agente –replicó ella mientras alzaba la vista para mirarlo–. En cualquier caso, la velada fue una locura. Darius no apareció hasta tarde y... ¡Ah! Estuve a punto de tener un accidente de camino a Rosie's Diner.

–Llegó tarde porque estaba cenando con nosotros y... Espera, ¿qué?

Grace asintió.

–¡Un coche apareció de la nada a toda velocidad! –Señaló la calle en la que se encontraba la casa del alcalde–. Llevaba las luces delanteras apagadas. No chocó conmigo por los pelos –añadió mientras juntaba los dedos hasta que casi se tocaron.

Jesse sintió algo en el pecho.

–¿Viste quién conducía?

Grace negó con la cabeza.

–Estaba demasiado oscuro. Además, yo iba rápida para llegar a la cafetería.

La cabeza le iba demasiado rápido para poder procesar todos los pensamientos.

–¿Eso te dice algo? –le dijo su amiga.

A Jesse le vibró el teléfono. Era un mensaje nuevo de Angie.

Te he dejado el archivo en la mesa.

–¿Puedo? –preguntó mientras señalaba la servilleta que había sobre la mesa.

–Adelante –afirmó ella.

Con cuidado, Jesse la dobló y se la guardó en el bolsillo.

–Gracias, Grace.

Extendió los brazos hacia ella y se abrazaron. La atrajo hacia su cuerpo y puso la barbilla sobre su cabeza. Grace pasó los brazos por debajo de los suyos y le acarició la espalda. Le acarició la piel y él la estrechó un poco más fuerte.

–¿Así que a esto es a lo que se dedica la policía en lugar de a detener a los criminales?

225

Jesse se quedó helado. La voz de otra persona lo arrancó de aquel abrazo reconfortante. Cuando levantó la cabeza, se encontró con Niles y la sobrina nieta de la señora Pearline. No recordaba cómo se llamaba. Tenían las manos entrelazadas. Por su cara, Niles estaba esperando una explicación. Pasaba la vista entre Grace y él, frunciendo el ceño cada vez más. Grace se apartó y agarró el bolso.

–Debería marcharme –dijo, avergonzada, con las mejillas sonrojadas–. Buena suerte con la investigación, agente Shaw.

Con paso ligero, salió de la cafetería sin mirar atrás.

–No sabía que tenías novia –dijo Niles, siguiendo con la mirada a Grace mientras se dirigía hacia la salida.

Después, ambos se sentaron frente a él.

–En realidad, hablábamos de cadáveres –le aclaró.

No era mentira.

Los adolescentes intercambiaron una mirada.

–¿Ahora lo llaman así? –le preguntó Niles con tono cómplice.

Solo era cuestión de tiempo que Nia se enterara; si es que su hermano no le había mandado ya un mensaje.

Jesse gruñó, molesto.

–¿Qué hacéis aquí vosotros dos? Mañana tenéis clase.

Miró el reloj de pulsera. Eran casi las once de la noche.

–A Shawna le apetecían unas tortitas –contestó Niles con tono neutro–. ¿Qué probabilidades había de que me encontrara a mi poli favorito teniendo una cita?

–No era una cita. Grace y yo solo somos amigos.

El joven sacó su teléfono móvil y le mostró una foto de Grace entre sus brazos. Jesse tenía los ojos cerrados y una sonrisa de auténtica felicidad dibujada en el rostro. Ni siquiera recordaba haber cerrado los ojos. La imagen no podía ser más incriminatoria.

–Bórrala o te arrestaré. –Estaba bromeando, pero lo dijo con un tono de voz serio. No podía permitir que Nia viera aquella foto.

Niles puso los ojos en blanco e hizo ademán de borrarla.

—Esto es mucho mejor que las tortitas —comentó la novia de Niles antes de llevarse una patata frita en la boca.

Antes de volver a casa, Jesse pasó por la comisaría para recoger el expediente que le había dejado Angie. Sabiendo que la respuesta a todas sus preguntas podría encontrarse dentro, no iba a ser capaz de dormir.

Cuando llegó, la comisaría estaba vacía; ni siquiera Angie estaba en la recepción. Una única luz iluminaba uno de los escritorios que se encontraban justo enfrente del despacho del jefe Prescott. El resto de los cubículos estaban sumidos en la oscuridad. Por precaución, Jesse encendió la linterna y avanzó sigilosamente hacia la luz.

Allí, encontró a Bud Wade con la cabeza entre las manos. El hombre que le devolvió la mirada no mostraba su habitual carácter alegre. Los ojos enrojecidos y las mejillas inflamadas le indicaban que llevaba allí bastante tiempo.

Sin mediar palabra, Jesse le puso una mano en el hombro y Wade colocó la suya encima de la de él.

—Era una buena amiga —dijo Wade con voz ronca. Se sorbió la nariz y se llevó una mano a los ojos para enjugarse las lágrimas—. Y la han matado como a un perro. ¡La han metido en una bolsa cualquiera como si fuera ropa vieja! ¡Y el jefe no está haciendo nada al respecto!

El hombre dio un golpe sobre la mesa que resonó por toda la oficina vacía.

Jesse no necesitaba explicaciones. Los últimos días habían sido duros para todos. Se sentía como si estuviera atrapado dentro de una bola de nieve y lo estuvieran sacudiendo en contra de su voluntad. Sabía demasiado bien cómo se sentía Wade: como si lo hubieran aplastado de pies a cabeza. Él llevaba días sintiéndose igual.

—Alguien tiene que pagar por esto —masculló el hombre, conteniendo las lágrimas.

—Averiguaremos quién ha sido, Bud —le aseguró él—. No pienso permitir que el culpable se vaya de rositas.

—¡Pero ellos sí! —Por encima del hombro, su compañero señaló con el pulgar el despacho de Prescott—. No dejan de hablar sobre mantenerlo en secreto. No tengo nada contra Raines y Chambers. Tal vez fuesen buenos detectives en Atlanta, pero no son de aquí... No conocen a nuestra gente.

—Sé lo que quieres decir —concordó Jesse. Wade estaba diciendo exactamente lo mismo que pensaba él desde que el jefe lo había emparejado con Chambers. Bajó la voz a pesar de que eran los dos únicos agentes presentes en la comisaría—. ¿Estás pensando lo mismo que yo?

Bud Wade se quedó en silencio un momento. Se miraron sin mediar palabra mientras se evaluaban para decidir si podían confiar el uno en el otro.

—¡A la mierda! De todos modos, voy a jubilarme —gruñó el hombre. Entonces, le hizo un gesto para que se acercara. Jesse se inclinó hacia delante y aguzó el oído para poder oír el susurro de su compañero—. No creo que lo hiciera Briggs.

«Claro que no lo hizo él», quiso decirle, pero decidió no hacerlo. Tenía que haber algún motivo para que Wade estuviese allí solo y tan tarde. Y, por mucho que quisiera creer que se trataba de una coincidencia, no olvidaba que había un topo entre ellos. Alguien había ido contra el cuerpo policial y le había pasado a Elaine Matthias información que solo el Departamento de Policía de Cinnamon Falls conocía. También estaba dispuesto a apostar a que ese mismo alguien haría todo lo posible para borrar sus huellas.

Jesse suponía que podía acudir directamente a Matthias y preguntarle, pero sabía que aquella mujer que le había dado clases de Periodismo no había cambiado: jamás le revelaría su fuente. Tendría que descubrirlo por su cuenta.

Fingió sorpresa.

—Si no fue Briggs, ¿quién crees que fue?

Wade puso los ojos en blanco.

—No te hagas el tonto conmigo, novato. Sabes tan bien como yo que alguien se la tiene jurada a Briggs.

La revelación cayó sobre él como un jarro de agua fría. Lo había estado planteando mal. Se había concentrado en Rosie y Maggie como víctimas, pero ¿y si tan solo eran daños colaterales? ¿Y si el verdadero objetivo había sido Briggs desde el principio?

—¿Y esa cara, chico? Dime en qué estás pensando —le preguntó Wade, emocionado.

—Creo que eres el mejor detective que tenemos —contestó.

A lo largo de la siguiente hora, se dedicaron a revisar ambos casos. Se trasladaron del escritorio de Bud a la sala de reuniones para poder ver todas y cada una de las pruebas juntos. Tenía que darle las gracias a Grace por aquel consejo.

Jesse pegó en la pizarra el mapa que había trazado la forense, la lista de sospechosos que él mismo había escrito a mano y el caótico dibujo de Rosie's Diner que había hecho el martes por la mañana. Wade extrajo los informes preliminares sobre Rosie y Maggie de la intranet de la policía y robó café del bueno del despacho del jefe Prescott; tan solo lo justo para ambos. Jesse leyó con detenimiento la información que Angie le había recopilado. La lista contenía diez soplos, pero la mayoría eran inservibles.

Stanley Wheeler, que regentaba la gasolinera, decía que, la noche que Rosie murió, vio a tres mujeres encendiendo velas en el bosque. Sospechaba que se trataba de una secta y quería que alguien lo investigara. Otro decía que, en torno a las once y media, un coche azul pasó a toda velocidad por Cinnamon Way y casi atropelló a un peatón. Angie le había puesto una estrella al lado y Jesse tomó nota para seguir tirando de ese hilo.

—En la última reunión, mencionaste la nota que encontramos.

Jesse rebuscó entre los papeles que habían esparcido frente a ellos y sacó la fotografía que Grace había tomado de la nota encontrada junto al cuerpo de Rosie. En un garabato apresurado, decía: «¿Y ahora, quién?».

–Ajá –asintió Bud mientras saboreaba un trago de café. Cuando terminó hasta la última gota, chasqueó los labios con satisfacción–. Es verdad que se guarda las cosas buenas para él.

Jesse colocó la nota que había encontrado en el abrigo de Maggie Shilling al lado de la de Rosie. Wade se encorvó sobre la mesa y pasó la vista entre ambos papeles, estudiándolos.

–¿Alguna vez has visto a alguien copiar su propia letra a la perfección? –preguntó el hombre.

Jesse frunció el ceño.

–¿Qué quieres decir?

Wade depositó una nota sobre la otra y las sostuvo frente a la luz. Se acercó corriendo a su escritorio antes de regresar a la sala de reuniones con unas tijeras.

–Lo que quiero decir es... –pasó las tijeras en torno a aquella letra redondeada. Recortó la palabra «quién» del papel y volvió a dejarla sobre la otra. Encajaban a la perfección–. No escribieron el mismo mensaje dos veces. Hicieron una copia de la nota.

Jesse miró los papeles y se percató de lo idénticas que eran todas y cada una de las letras.

–Esto ha sido deliberado –dijo Jesse con la voz apenas audible. Se sentía como si todas las sinapsis de su cerebro se estuvieran activando a la vez–. Alguien necesitaba quitar de en medio a Rosie y a Maggie...

–¿Para encubrir algo? –caviló Wade.

–¿El qué? –le preguntó Jesse, desconcertado–. Debía de ser algo terrible; algo tan atroz que...

El otro hombre se llevó el pulgar a los labios.

–¿Qué es lo peor que había ocurrido aquí antes de lo de Rosie?

Jesse sintió que el calor le inundaba el cuerpo y le salía humo por las orejas cuando susurró:

–Sienna.

Wade le clavó la mirada y ambos compartieron un instante de comprensión silenciosa y apremiante: tenían que salir de allí. Se habían topado con algo mucho más grande de lo que esperaban. Jesse todavía no sabía con exactitud lo que significaba todo aquello, pero era el mayor descubrimiento que había hecho desde el martes por la mañana. Y también el que más sentido tenía.

Se le erizó la piel y, mentalmente, pudo oír la voz de Chambers: «En la vida real, resulta bastante evidente».

En silencio y con rapidez, recogieron la sala de reuniones. Jesse se bebió de un trago lo que le quedaba de café, arrugó ambas tazas de cartón y se las metió en el bolsillo. No quería dejar ninguna prueba de que Wade y él habían estado allí, hablando de un caso que, en teoría, se había cerrado.

Las cosas estaban a punto de ponerse feas y quería asegurarse de salir de aquello ileso. Tenía que hacerse con la carpeta que Nia había encontrado a principios de semana en el despacho de Rosie. Quería golpearse a sí mismo por haberla desdeñado.

Y lo que era más importante: tenía que hablar con Nia antes que Niles.

Capítulo 20
Nia

Viernes

Nia se despertó con un dolor de cabeza punzante y, en aquella ocasión, no era porque Midnight estuviese usando su frente como cama. La presión que sentía detrás de los ojos tenía un latido propio y se juró a sí misma que no volvería a salir con Morgan nunca más. Era una muy mala influencia.

El día anterior, tras salir a toda prisa de la camioneta de Jesse, esperó hasta estar dentro de la taberna para al fin romper a llorar. En todos los años que habían pasado desde que conocía a Jesse, jamás lo había visto mirarla con desprecio en los ojos. Incluso en el peor momento de su vida, siempre la había tratado con amabilidad. Pero el día anterior no había sido así. No sabía qué le había ocurrido en los años que había estado fuera, pero las consecuencias de su ausencia parecían más profundas de lo que había imaginado.

Nia creyó que superaría la ruptura enseguida; que pasaría página y se olvidaría por completo de ella. ¿Había estado resentido en silencio durante todos aquellos años? ¿Había cometido el peor error de su vida al volver a casa? Siempre pensó que en Atlanta estaba sanando y creciendo, pero en realidad se había limitado a evitar la realidad. Empezaba a darse cuenta de que gran parte de su vida en la ciudad había girado en torno a Bryant para no tener que enfrentarse a lo que le había ocurrido a Sienna. Todo había sido una gran distracción; una vida a medida que se había obligado a disfrutar a base de engaños.

Desde que conoció a Bryant, Nia no había vuelto a arreglar la manilla de una puerta ni había pagado una factura. Todo lo que pedía, lo tenía. Bryant era generoso simplemente porque quería serlo. No podía llevar la cuenta de todas las veces que había aparecido por casa con rosas o con un vestido nuevo para salir a cenar.

El gesto más romántico que Jesse había tenido con ella durante su relación había sido comprarle un perrito de maíz con forma de corazón durante el Fall Fest. Bryant, por el contrario, siempre le compraba todo lo que deseaba. Era un hombre proveedor en todos los sentidos de la palabra, pero, a la hora de la verdad, había sido nefasto protegiendo su corazón. Se percató de que la había mantenido bien atada a propósito. No podía permitirse que Nia indagara sobre la vida que tenía al margen de ella, y ella había sido demasiado ilusa para darse cuenta.

En resumidas cuentas: le había mentido. Y la mentira no había sido pequeña. Había sido una mentira capaz de hacer añicos su mundo; algo que la había despertado de golpe del sueño de aquella vida.

Ahora, Nia estaba totalmente despierta.

Su padre se asomó al dormitorio. Midnight usó su cara como trampolín para bajar de la cama de un salto e ir a saludarlo. «Si alguna vez tengo la oportunidad, despellejaré a esa gata», pensó mientras se frotaba el arañazo horizontal que el animal le había dejado en la frente.

Por mucho que quisiera volver a esconderse bajo las sábanas, necesitaba hacer algo que le mantuviese la mente ocupada. Antes odiaba pasar las tardes en la heladería, sirviendo tarrinas a niños y clientes desagradecidos. Sin embargo, al día siguiente se celebraba el Fall Fest, lo que significaba que había bollos de canela que preparar y helado que batir. Su padre se pasaría la noche en vela para preparar suficientes cucuruchos para satisfacer los niveles de azúcar de un pequeño ejército y Nia sabía que le vendría bien un poco de ayuda.

Ya había pasado tiempo más que suficiente deambulando por Cinnamon Falls en busca de respuestas sobre la muerte de Rosie. Después de que Amber le soltara la bomba de que Sienna le había mentido sobre su relación con Darius, Nia se había cansado de jugar a los detectives.

Tenía la esperanza de encontrar respuestas, pero tan solo había conseguido sentirse decepcionada una vez tras otra. Pensó que tal vez fuese hora de dejar que la policía hiciera su trabajo. Ahora, debía concentrarse en su propia vida y, para eso, tenía que empezar por su familia.

–Papá... –susurró justo antes de que saliera de la habitación–. ¿A qué hora vas a ir hoy a la heladería?

–Tienes unos diez minutos antes de que me vaya.

Nia apartó las sábanas y salió de la cama de un salto.

Habían pasado tres horas desde la última vez que se había sentado. Nada más llegar, le habían asignado las labores de limpieza. Por norma general, su madre limpiaba de arriba abajo el local tanto después de cerrar como antes de abrir. Ahora, era el turno de Nia.

Marjorie estaba sospechosamente cerca de ella, observando cómo rociaba las mesas, los reservados y las sillas con desinfectante. Después, Nia repasó todo el mobiliario con un trapo limpio mojado, el cual se aseguró de pasar con el mismo movimiento que le había visto hacer a su madre, y se tomó su tiempo para cerciorarse de haber limpiado cada recoveco.

En cuanto su madre estuvo satisfecha con el nivel de limpieza del local, se dedicó a la reposición. Mientras Marjorie cortaba la fruta fresca, Nia organizó y separó los diferentes *toppings*: chocolate, frutas y, por último, frutos secos. Había comenzado con las virutas cuando oyó el sonido de la campanilla de la puerta.

–Está cerrado –anunció sin levantar la vista–. Abriremos dentro de una hora más o menos.

–Ponme un *sundae*, mujer –le exigió una voz áspera.

Tendría que haber sabido que se trataría de Niles.

–¿Por qué nunca estás en clase? –le preguntó a su hermano con una ceja arqueada. Él se encogió de hombros y Nia se giró hacia su madre–. ¿Por qué nunca está en clase?

–¿Qué quieres que te diga? Es un buen estudiante –respondió Marjorie.

–¿Y yo no lo era? –replicó, atónita.

Siempre había destacado en la escuela. Había sacado buenas notas y su asistencia había sido perfecta. Al menos hasta el último curso, en el que su horario le había permitido un poco de libertad. De pronto, comprendió por qué su hermano nunca estaba en clase.

–Va, ponme un *sundae*, mujer –dijo Niles con tono juguetón mientras golpeaba el cristal con los puños.

–Es demasiado pronto –le advirtió su madre–. ¿Qué te parece un *smoothie* de plátano, cielo?

Niles le dedicó una sonrisa tan amplia que sus ojos desaparecieron tras las mejillas.

–Gracias, mami.

Nia puso los ojos en blanco para no tener que presenciar cómo su madre trataba a su hermano como si fuera un niño pequeño. Marjorie se dirigió hacia la cocina detrás del mostrador. A continuación, oyó la licuadora.

Ella empezó a apilar los cucuruchos recién hechos.

–Ni siquiera te gusta comer helado tan temprano. ¿Qué es lo que quieres?

Niles se inclinó sobre el mostrador para admirar sus labores de organización.

–Nada; solo he venido a ver cómo estabas. Quería asegurarme de que mi hermanita querida se encontraba bien tras haber pasado la noche encerrada.

—Solo fueron cuatro horas —aclaró ella, hablando en voz baja.

—Eso es tiempo de sobra, Ted Bundy. Escucha: he venido para contarte algo que pasó anoche. —Bajó la voz y se inclinó hacia ella. Nia hizo lo mismo y acabó casi recostada sobre el mostrador para asegurarse de que lo oía bien—. Resulta que, casualmente, estaba dando una vuelta más tarde de lo normal... —comenzó a decir.

—Casualmente, ¿eh? —le preguntó, incrédula.

Era increíble que pudiera hacer lo que quisiera cuando Nia no había sido capaz de alejarse dos pasos sin que su madre estuviera encima de ella. De pequeña, solía odiar lo estricta que era Marjorie, pero, de adulta, agradecía que la hubiese protegido del mundo el mayor tiempo posible.

Su hermano desdeñó su comentario con un gesto de la mano.

—Shawna quería comer tortitas, así que la llevé a The Griddle House.

Nia sacudió la cabeza. Pobre chica... Pasadas las diez de la noche, lo que servían en aquella cafetería era incomible. Todos los habitantes de Cinnamon Falls lo sabían. Niles iba a conseguir que Shawna acabase con una intoxicación alimentaria.

—Hubiera sido mejor que hubieseis ido a Rosie's Diner a... —Se detuvo a mitad de la frase y negó con la cabeza mientras la asaltaba una nueva oleada de dolor. Iba a llevarle un tiempo acostumbrarse al hecho de que Rosie ya no estuviera.

—Como iba diciendo... —prosiguió su hermano—. Entramos y ¿a qué no adivinas a quién nos encontramos?

Sus ojos marrones brillaban como si estuviesen custodiando un secreto.

—¿A quién? —le preguntó ella, irritada.

—A Jesse y Grace abrazados, a altas horas de la noche... Una situación muy íntima. —Niles le dio la espalda y fingió estar besándose a sí mismo—. Mira —añadió.

Sacó el móvil y le enseñó una foto de la forense entre los brazos de Jesse. No podía ver el rostro de ella, tan solo el de él, pero parecía estar sumido en un sueño maravilloso, con los ojos cerrados y una sonrisa bobalicona pintada en la cara.

Nia sentía las manos entumecidas.

—Están trabajando juntos en un caso —dijo. No sabía si intentaba convencerse a sí misma o a su hermano—. No me importa con quién salga.

Niles la miró fijamente con gesto cómplice.

—Claro. Por eso acabas de aplastar tres cucuruchos.

Nia se miró las manos cerradas en torno a aquellos cucuruchos que su padre se había pasado toda la mañana preparando y que ahora formaban un amasijo de migajas a sus pies.

—¡Aquí tienes! —anunció su madre mientras le entregaba a Niles su bebida.

De algún modo, el *smoothie* de plátano se había convertido en uno con yogur griego, semillas de chía y una espiral de fresa encima para añadirle un poco de dulzor.

—Esto sí que es amor —dijo su hermano mientras rodeaba el mostrador y le plantaba un beso a Marjorie en la mejilla.

Antes de que Nia pudiera quejarse, la mujer le tendió otro *smoothie*.

—Para mis dos niños.

Ella soltó un gritito y le dio un sorbo.

—Mamá, es muy amable por tu parte que te preocupes tanto por el personal —comentó Niles.

Nia lo fulminó con la mirada.

—¡Lárgate!

Su hermano agarró la mochila del instituto y salió por la puerta, despidiéndose de ellas con una mano.

A su lado, el teléfono que colgaba de la pared empezó a sonar. Se trataba de la línea del local. Su padre había pintado el aparato para que pareciera un cucurucho de helado. Nia contestó:

—The Cinnamon Scoop. Soy Nia, ¿en qué puedo ayudarle?

—¡Nia! —exclamó Rosie—. ¡Justo la persona con la que quería hablar!

Se quedó sin aire y el corazón le dio un vuelco en el pecho.

—Soy Rubina, la tía de Sienna —aclaró la mujer.

«Tiene la misma voz que su hermana», pensó ella. Por un breve instante, Rosie había dejado de estar muerta y todo había sido una broma cruel. Se la imaginó en alguna isla tropical con una bebida de frutas en la mano y los pies enterrados en la arena mientras se reía a pleno pulmón de sus disparates.

—Ah, hola, señora Rubina —contestó—. ¿Va todo bien? —Se apartó el teléfono de los labios y le susurró a su madre—: Es la hermana de Rosie; la tía de Sienna.

—Sí, sí. Por supuesto, querida —respondió la mujer—. Te llamaba porque estamos limpiando la casa de Rosslyn y hay algunos recuerdos de mi sobrina que he pensado que tal vez quisieras tener. ¿Quieres pasarte por aquí y echarles un vistazo?

—Ahora mismo estoy trabajando —contestó, sorprendida.

No sabía cómo sentirse respecto al hecho de que unos parientes de cuya existencia ni siquiera había sido consciente hasta el día anterior se estuvieran llevando las cosas de Rosie y Sienna. ¿Solo había pasado una semana y ya estaban limpiando la casa?

Nia se apresuró a añadir:

—Veré si alguien puede acercarme un poco más tarde.

—¡Aquí estaremos! —replicó Rubina—. ¿Necesitas la dirección?

La pregunta tenía buena intención, pero estaban en Cinnamon Falls: allí, todos sabían dónde vivía todo el mundo.

—Me acuerdo de cómo llegar —le aseguró ella.

—¡Nos vemos pronto!

Capítulo 21

Jesse

El viernes por la mañana, Shadrach, Meshach y Abednego se dedicaron a lo de los gallos y, tras un entrenamiento extenuante, Jesse llegó a la cocina antes que su padre para preparar el desayuno. En los pocos días que llevaba sin estar demasiado por casa, Robert se había hecho cargo de los desayunos. Sin embargo, aquel día, cuando bajara al piso de abajo, se lo encontraría ya preparado.

Antes de salir hacia el trabajo, Jesse recogió el periódico que le lanzó Mini Charlie y separó las partes que les interesarían a sus padres. Entonces, les garabateó una nota indicando que los vería a la hora de la cena y salió por la puerta en tiempo récord.

Había pasado la mayor parte de la noche intentando sacarse de la cabeza la imagen de Maggie Shilling. Entonces, cuando al fin se había deshecho de aquel pensamiento angustiante, su cerebro le recordó que había quedado en evidencia delante de Niles y que solo era cuestión de tiempo que Nia lo llamara para pedirle explicaciones. Quería asegurarse de hablar con ella antes de que su hermano hiciera que aquel abrazo inocente entre amigos pareciera algo más.

No tuvo que rebuscar en la lista de contactos para encontrar el teléfono porque se lo sabía de memoria. No esperaba que contestara porque todavía era demasiado temprano, pero llamó de todos modos. Habría sido una grata sorpresa que lo hiciera. La línea sonó y, después, saltó el buzón de voz. Jesse suspiró, volvió a dejar el móvil dentro del portavasos de la camioneta y fingió no estar mirándolo cada pocos segundos para ver si ella le había devuelto la llamada.

Lo intentó de nuevo, pero no hubo respuesta y saltó el buzón de voz.

Y una vez más, el buzón.

Jesse se dio por vencido y llamó a la única otra persona que sabía que podría darle respuestas: Morgan. Aceptó quedar con él en The Toasted Pecan para tomar un café.

Aquel día, llevaba el pelo largo y escalado con reflejos morados. En cuanto estuvo lo suficientemente cerca como para abrazarlo, Morgan giró sobre sí misma y le lanzó el bolso a la cabeza.

–Esto es por hacer llorar a mi amiga.

Jesse se agachó demasiado tarde y el bolso morado le dio en un lado de la cabeza. Se llevó la mano a la oreja y se cubrió la zona donde justo le había dado.

–¿Qué haces? –exclamó, alejándose de ella.

–¿Quién te crees que eres para criticarla por dejar al impresentable de su ex? –le preguntó Morgan, que se metió en uno de los reservados.

Jesse la siguió.

–No me contó que estaba casado, Morg –le explicó él.

Se sentó al otro lado de la mesa y se miró los dedos para ver si tenía sangre.

–Tendría que haberte dado más fuerte –le advirtió ella. Clarissa Hargrove se rio disimuladamente mientras les dejaba dos tazas humeantes sobre la mesa–. He pedido un café solo para ti y un chocolate caliente para mí. Por cierto, vas a pagar tú, así que haz el favor de darle tu tarjeta a esta encantadora señora.

Sin titubear, Jesse le tendió la tarjeta a la señora Hargrove y prosiguió la conversación.

–¿Te parece bien que me dejara por un tipo casado?

–Jay, te dejó y, después, conoció a un tipo que le mintió –le aclaró ella–. Además, ¿por qué le das tanta importancia? ¡Tú también pasaste página!

–No...

–¡Has tenido citas! –Morgan lo miró con fuego en los ojos–. ¿O no es así?

–En realidad, no... –Jesse quería explicarse, pero ella no estaba dispuesta a escucharlo.

–Todo el mundo sabe que, desde que empezaste a salir con Nia, Grace Whitfield ha estado esperando a tener una oportunidad contigo –dijo, poniendo los ojos en blanco–, así que no vayas por ahí.

–¿Y qué se supone que tengo que hacer? –preguntó él, frustrado–. ¿Olvidarme del hecho de que me abandonó?

–Quería empezar de cero, Jay. No tenía nada que ver ni contigo, ni conmigo ni con cualquier otra persona. –Morgan suspiró–. Ni siquiera debería contarte todo esto... –Se llevó los dedos a los labios e hizo una pausa–. Pero lo cierto es que está pasando por un momento muy duro ahora mismo. Como todos nosotros. –Entonces, empezó a enumerar con los dedos–. Primero, le dicen que su novio está casado. Vuelve a casa y tiene que hacer las paces con todo el mundo. Después, Rosie muere. Y, entonces, como guinda del pastel, descubrimos que Sienna nos mintió. Así que ten un poco de compasión.

Jesse nunca lo había pensado de ese modo. Cuando Nia se marchó, no solo lo había abandonado a él, sino que había dejado atrás toda su vida: a su familia, a sus amigos y todo aquello que conocía. Él tan solo había contemplado la decisión de Nia desde su propia experiencia, por lo que no se había percatado del peso con el que ella había cargado durante todos aquellos años. Las mejillas le ardían por la vergüenza.

–Puede que la haya cagado –admitió.

Morgan volvió a tomar el bolso.

–Debería golpearte otra vez –lo amenazó.

–Estaba enfadado porque, tras haberme jugado el cuello

por ella, tuve que enterarme a través de mi jefe. Le dije muy claramente que no se entrometiera en la investigación –le explicó él.

–Ella está arriesgando mucho más que eso por ti –masculló Morgan mientras jugueteaba con los sobres de azúcar que había en la mesa.

–¿Qué quieres decir?

–Esa chica está cada vez más cerca de descubrir quién le hizo esto a Rosie. Da igual la cantidad de veces que le digas que no lo haga: no va a parar, Jesse.

–Por favor, dime que no seguís embarcadas en una misión imposible.

Morgan se giró para salir del reservado.

–Tienes que hablar con Nia, ¿de acuerdo? Yo ya he hablado de más. –Le hizo un gesto a Clarissa para que se acercara y pidió otro chocolate caliente para llevar–. Añádalo a su cuenta.

–Dime –le imploró él–. ¿Qué ocurre?

–Nia está obsesionada con esto, Jay. Me asusta que se esté involucrando demasiado. Estuvo husmeando en la casa móvil de Briggs y encontró su teléfono inalámbrico. Había un mensaje de voz de Rosie; algunas de las últimas palabras que dijo... y sonaba aterrorizada. –A Morgan se le nublaron los ojos a causa de las lágrimas–. Algo está ocurriendo en este pueblo, Jay. Algo que Rosie sabía. Y creo que tiene que ver con Sienna.

Jesse había llegado a la misma conclusión con Wade la noche anterior. Sin embargo, enterarse de que Nia y Morgan opinaban lo mismo le hizo pensar que tal vez su exnovia tuviese alguna prueba que demostrara que Briggs era inocente. Como mínimo, tal vez pudieran demostrar que habían asesinado a Rosie como represalia; para silenciarla. Con el corazón en un puño, Jesse esperó a que su amiga continuara.

–La camarera de Redfern Tavern, Amber, nos dijo que conocía a Sienna; que solían salir juntas de fiesta y que Darius le estaba poniendo los cuernos.

–¿«Poniendo los cuernos»? Un momento... ¿Darius y Sienna eran pareja?

Jesse no podía creer lo que estaba oyendo. ¿Desde cuándo? ¿Qué se había perdido en todos aquellos años? Por lo que recordaba, Victoria había cazado a Darius antes de que él accediera a la liga profesional. ¿Cuándo habían tenido tiempo Sienna y Darius para estar juntos?

Morgan asintió.

–¡Eso mismo dijimos nosotras! Ni siquiera soy capaz de visualizarlos juntos. ¡Sienna lo odiaba! ¡No soportaba estar cerca de él más de un segundo! Sin embargo, la tal Amber nos juró que estaban enamoradísimos.

–Así que «enamoradísimos», ¿eh? –Conocía a otra persona que aseguraba estar hasta las trancas y que se encontraba entre rejas–. ¿Y cómo se lo ha tomado Nia?

–Se siente traicionada, por supuesto. Sienna y yo estábamos unidas, pero no puedo competir con una amistad como la de ellas. No sé cómo es capaz de arreglárselas tras haberse enterado de que su mejor amiga muerta estaba viviendo una vida totalmente diferente sin ella. ¿Acaso la llegamos a conocer en algún momento?

Jesse negó con la cabeza. De haber podido, habría querido golpearse a sí mismo por haber acrecentado el sufrimiento de Nia. Tenía que disculparse con ella de inmediato. Tenía que arreglar la situación.

–Está pasándolo mal, Jay –añadió Morgan.

Por mucho que Jesse estuviese preocupado por ella, tenía un montón de nuevas posibilidades en la cabeza. El jefe de policía y la fecha y la hora en la que Will había tomado la fotografía de Darius corroboraban la coartada del deportista, pero ¿y si...?

–¿Os dijo cuánto tiempo habían estado juntos? –le preguntó Jesse.

Morgan se encogió de hombros.

–No pudo ser demasiado. Amber dijo que Sienna se había enterado de las infidelidades de Darius la noche antes del Fall Fest y que había roto con él...

–Y dos días después...

Encontraron el cadáver de Sienna la mañana después del festival.

Jesse alzó la vista hacia Morgan, que tenía el rostro pálido.

–¿Crees que...? –tartamudeó ella–. ¿Crees que la mató ese hijo de puta?

Capítulo 22
Nia

Nia había memorizado el camino a casa de Sienna cuando estaba en segundo curso. Las calles flanqueadas de árboles tenían exactamente el mismo aspecto que años atrás, solo que, de pequeña, a ella le habían parecido mucho más grandes. Marjorie detuvo el coche en la entrada y aparcó. Agarraba con fuerza el volante.

—Creo que no soy capaz de entrar ahí, Ni-Ni —susurró con la mirada agachada—. No puedo creer que Rosie ya no esté.

Nia le masajeó la espalda con un movimiento circular y lento.

—No tardaré; te lo prometo.

Mientras se dirigía a la casa, se dio cuenta de que esta no había cambiado. El edificio unifamiliar de una sola planta estaba aislado de la calle gracias a un toldo. Dos maceteros de cerámica gigantes contenían pequeñas flores blancas que se estiraban hacia el sol. La puerta principal estaba ligeramente entreabierta, así que desde fuera Nia podía ver el pasillo. Desde algún lugar de las profundidades le llegaba el retumbar de la música *rock* de los años ochenta.

—¿Señora Rubina? —preguntó mientras abría la puerta.

El olor a flores recién cortadas le abofeteó el rostro. El suelo estaba cubierto de rosas de todas las formas, tamaños y colores. Algunas estaban colocadas en intrincados jarrones o tarros de cerámica. Otras estaban metidas en cubos con finas capas de agua. Mientras se alejaba de la puerta, Nia se aseguró de mirar dónde ponía los pies para no pisotear ninguno de los pétalos que habían caído al suelo. Bajo aquel olor floral, todavía podía detectar el dulce abrazo de la canela.

A la derecha, encontró a Rubina y Rebecca que, con los ojos acuosos, estaban sentadas en el sofá de Rosie, ojeando un álbum de fotos. Rupert las observaba desde su puesto junto a la chimenea. A sus pies había cajas de cartón abiertas y a medio llenar con etiquetas que rezaban: PARA GUARDAR.

El hombre fue el primero en percatarse de su presencia. Carraspeó para llamar la atención de sus hermanas e inmediatamente Rubina se levantó de un salto.

–¡Nia! ¡Muchas gracias por venir!

Saludó a la familia con educación.

–Están muy atareados, ¿verdad?

Se metió las manos en los bolsillos y evitó mirar las fotografías de Sienna que había repartidas por toda la sala. Todavía estaba molesta por los comentarios de Amber. ¿Qué otras cosas le había ocultado Sienna a lo largo de todos aquellos años de amistad? ¿En qué momento exacto había dejado de confiar en ella? ¿Y qué demonios había visto en Darius Lyons?

Rubina señaló el caos que los rodeaba y puso los brazos en jarras.

–Estamos intentando organizarlo todo. Ven conmigo, las cosas de Sienna están por aquí.

Antes de que Nia pudiera protestar, se encontró en el dormitorio de su amiga, justo al lado de la cocina. Las paredes de un color rosa palo la llenaron de nostalgia al recordarle el pacto que hicieron cuando estaban en cuarto curso: tendrían dormitorios a juego. Nia escogió un rosa chicle nauseabundo del que todavía se arrepentía y, por el contrario, Sienna se decantó por un rosa crema mucho más agradable que había resistido al paso del tiempo. Seguía resultando femenino, pero también maduro.

Habían vaciado la habitación. Los pósteres de *boy bands* habían dejado marcas sobre las paredes. Las fotografías del corcho también habían desaparecido y tan solo quedaban los agujeros negros en los que las chinchetas habían residido durante décadas. Nia pasó los dedos por uno que se encontraba en la esquina izquierda. Ahí era donde había estado su foto con Sienna.

Rubina le entregó una caja de cartón cerrada. El contenido se movía de un lado para otro, haciendo ruido, y Nia se preguntó qué podría haber dentro.

–Sé que Sienna y tú erais como uña y carne. Hemos encontrado algunas cosas en su dormitorio que pensamos que te gustaría guardar.

Nia dudó.

–¿Está segura? Después de todo, se trata de su familia... No...

La mujer la interrumpió.

–También era la tuya. Se refleja en tus ojos lo mucho que la echas de menos. –El dolor que sentía en el pecho se aguzó–. Si tener algunas de estas cosas te brinda algo de paz, por favor, quédatelas.

Alzó la vista hacia Rubina y se percató una vez más de lo mucho que se parecía a su hermana pequeña. Tenían los mismos ojos serios pero cariñosos que parecían capaces de leer todos los pensamientos que le cruzaban la cabeza. Incluso llevaba el mismo corte de pelo: una melena corta que le llegaba a la altura de los hombros. Aunque Rubina no tenía aquel mechón gris en la parte delantera.

Sacudió la caja frente a ella.

–Gracias –consiguió decir Nia–. Era una persona muy importante para mí.

Se dio cuenta de que aquello era lo único que le quedaba de Sienna y de Rosie: una caja llena de cosas. Ahora, no eran más que recuerdos que vivían en su cabeza. Todo lo que se estaba guardando estalló y, antes de ser consciente de lo que ocurría, Nia empezó a sollozar. Rubina la abrazó y se quedaron así un buen rato, juntas.

Capítulo 23

Jesse

Jesse pisó a fondo el acelerador de la camioneta mientras recorría las estrechas calles del centro. Utilizó la placa para poder pasar por aquellas que estaban cortadas por los preparativos de la inevitable celebración.

El alcalde Lyons había dejado claro que nada, ni siquiera un desastre natural, impediría que se celebrara el festival. Jesse se preguntó si, en caso de que su propio hijo hubiese sido acusado de asesinato, también habría mantenido el programa. Giró a la derecha para salir a Main Street y vio que había aparcamiento justo enfrente de The Cinnamon Scoop.

Había pasado la mañana terminando sus rutas de patrulla en tiempo récord. También le había mandado un breve mensaje a Wade:

He descubierto algo. Tenemos que vernos.

Ya era mediodía y Nia todavía no le había devuelto la llamada. Tenía que hablar con ella. Si Morgan estaba en lo cierto, Nia poseía pruebas que podrían limpiar el nombre de Briggs y hacer que se investigara a una de las familias más poderosas de Cinnamon Falls. Gracias a la experiencia de Wade, podrían presentar un caso contra Darius Lyons tan condenatorio que el jefe de policía tendría que tenerlo en cuenta. Sin embargo, Jesse sabía que, si se presentaba él solo, Prescott no lo escucharía.

Reunirse con Wade la noche anterior y con Morgan aquella mañana le había puesto las pilas. Tenía que hacer lo correcto.

Cuando entró en la heladería, Jesse vio al padre de Nia, Walter Bennett, detrás del mostrador con un portapapeles en la mano y una torre de cucuruchos junto a él.

–Agente Shaw –dijo el hombre mientras se encorvaba para tenderle la mano–. ¿Qué puedo hacer por ti, jovencito?

–Si fuera posible, me gustaría hablar con Nia, señor.

El hombre soltó una carcajada.

–Me lo imaginaba. Ha salido a hacer un recado con mi esposa. –Jesse se desanimó. Era urgente; tenía que hablar con ella ya–. ¿Sabes qué es lo más gracioso? Durante los últimos seis años, nunca conseguí que te dejaras caer por aquí, y, ahora, mírate, aquí estás.

Jesse sintió que le ardían las mejillas. A pesar de la relación que había mantenido con Nia, el señor Bennett siempre había sido como un padre para él. Había pasado tanto tiempo en su casa que conocía a la perfección a la familia y Walter había sido un claro ejemplo de lo que era ser un buen marido, padre y hombre de negocios. Se consideraba un privilegiado por tener otros ejemplos de hombres fuertes y estables más allá de su propio padre.

–Ha sido duro –admitió.

El señor Bennett asintió. Le sirvió una bebida y le puso dos bolas de helado de vainilla dentro. Metió una pajita en aquel caos rezumante y lo deslizó hacia él. Desde pequeño, la zarzaparrilla con helado había sido una de sus cosas favoritas.

–Te he visto crecer al mismo tiempo que lo hacía mi Ni-Ni. Te considero parte de la familia. Deja que te dé un consejo sobre mi hija: dale un poco de tiempo. Está intentando recomponer su vida. –Jesse tomó un trago y la tensión que había sentido hasta ese momento se desvaneció sola–. Es el helado de vainilla clásico de Ma-Clara –dijo el señor Bennett con una sonrisa cómplice–. Una sola cucharada podría curar cualquier cosa.

–¿Cuántas necesitaría para el estrés? –bromeó.

–En los últimos dos días, yo me he comido dos botes, así que tú dirás...

Ambos soltaron una breve carcajada.

Justo en ese momento, sonó la campanilla de la puerta. Jesse esperaba ver a Nia y a la señora Bennett, pero el que entró fue William Reed justo terminando una conversación por el móvil. Se inclinó sobre el mostrador y chocó el puño con el propietario.

–¿Podría ponerme un Shirley Temple de vainilla para la pequeña? –le pidió.

Jesse se fijó en el cupé oscuro del barbero, que estaba aparcado en la esquina. Probablemente, Angel estuviera en el asiento trasero, contando los segundos que faltaban para que su padre regresara con su dulce. Jesse se acercó a él mientras esperaba a que le sirvieran el pedido.

–Marchando –respondió el señor Bennett.

–¿Son para el Fall Fest de mañana? –preguntó Will, señalando la torre de cucuruchos que había en el escaparate.

El hombre asintió mientras se limpiaba las manos con un trapo y se lo colgaba del hombro.

–Ya sabéis... El alcalde está decidido a llevarlo a cabo pase lo que pase, así que quiero estar preparado.

–Hombre listo –contestó el barbero–. Con todo lo que ha ocurrido, hay que estar preparado para cualquier cosa.

–Odio decir esto... –comenzó el señor Bennett–. No sé si es apropiado que lo diga, pero, eh... Yo no creo que Harvey Briggs haya matado a nadie.

Jesse lo miró con una ceja arqueada.

–No eres el único que lo piensa.

El heladero se acercó más a ellos.

–¿Esperan que nos creamos que al hombre más rico de Cinnamon Falls le dio un arrebato y mató a dos mujeres? Hay algo que no me cuadra.

Jesse estuvo a punto de escupir la bebida, pero Will intervino antes:

–¿Harvey Briggs es el hombre más rico del pueblo?

El señor Bennett asintió con rotundidad.

–Hubo un tiempo en el que vender coches clásicos era prácticamente una mina de oro.

–¿Y qué cambió? –preguntó Jesse.

Por el aspecto que tenía el solar de Harvey en aquel momento, hacía tiempo que el dinero había salido por la puerta de atrás.

–Lo dejó de golpe justo después de que la amiga de Nia se lanzara del puente. Fui a casa de Briggs y le pregunté por un Barracuda de los setenta. Mi tío tenía uno y siempre me había parecido un coche espectacular; además, iba siendo hora de jubilar la vieja ranchera. Había ahorrado un poco, pero cuando llegué Briggs me dijo que ya no vendía coches. Así, sin más. –El hombre chasqueó los dedos y le entregó el pedido a Will.

El barbero frunció el ceño y le dio un sorbo a la bebida de su hija.

–No puede ser cierto. El alcalde me dijo en la fiesta que ha estado coleccionando coches que conseguía a través de Harvey Briggs. Debió de pensar que usted no tenía dinero suficiente, señor Bennett –bromeó.

El heladero lo señaló con una sonrisa de suficiencia.

–Entonces, es que no era consciente de con quién estaba tratando.

Ambos chocaron la mano y Jesse se sintió tan ligero como si estuviera a punto de salir flotando como una pluma.

Cuando se despidieron, el heladero le prometió que informaría a Nia de que la estaba buscando. Jesse esperaba que así fuera porque, al parecer, la única persona capaz de demostrar la inocencia de Briggs era ella.

Capítulo 24
Nia

Habían pasado seis años desde la última vez que Nia se había sentado a cenar con su familia. Tuvo que quitar el cojín elevador de Midnight de la silla que solía ocupar en la mesa de la cocina. Esperaba no amanecer muerta al día siguiente.

–¿Le habéis cedido mi asiento a la gata? –preguntó.

–¡Vive aquí! –contestó Niles con una sonrisa traviesa en los labios–. No podíamos dejar el sitio vacío todo este tiempo.

Su padre se dirigió al salón. Tomó una de las sillas, colocó encima el asiento de la gata y Midnight se subió al cojín. El hombre arrimó la silla a la mesa circular de cristal. Satisfecha, la gata se acomodó y se hizo un ovillo. Nia juraría haber visto que le dirigía una sonrisa de suficiencia.

Notó que el teléfono le vibraba en el bolsillo. Se trataba de Morgan. Desde que descubrieron lo de las mentiras de Sienna, se aferraban un poco más la una a la otra y habían comenzado a analizar cada uno de los momentos de su amistad para determinar si la información proporcionada por Amber tenía fundamento. Ninguna de las dos podía decidir si lo que les había dicho era verdad. Lo único que sabían eran las cosas que Sienna les había contado años atrás, y Nia deseaba desesperadamente creer a la amiga que había tenido desde primero. Sin embargo, su instinto le decía que Amber, la del sujetador rosa, podría haber estado más unida a Sienna de lo que ella lo había estado jamás.

—Nada de teléfonos en la mesa —le advirtió su padre tras dar un bocado al jugoso pollo asado de su madre—. Este es un momento en familia.

—Pero ¿qué pasa si es Jesse, cariño? —dijo Marjorie con el ceño fruncido por la preocupación.

Con un gesto de la mano, Walter cedió y dejó que Nia contestara al móvil. Toda la familia la observó con atención.

—Hola, Morg —contestó ella.

Los demás comensales perdieron interés y se centraron en sus platos.

—¿Has visto las noticias? —le preguntó su amiga.

Nia se puso en pie de un salto.

—¿Qué ha ocurrido?

Salió corriendo de la cocina y se dirigió al salón. Frenéticamente, rebuscó el mando a distancia entre los cojines del sofá.

—¡Es Maggie! —exclamó Morgan—. ¡La han encontrado en Harvest Square!

Niles entró en la estancia, encontró el mando a distancia y puso el canal de las noticias en el televisor. La familia al completo se apelotonó en el salón. Su padre se había negado a abandonar el plato de comida, así que entró en la sala mientras seguía comiendo arroz.

Elaine Matthias informaba en directo desde la plaza del pueblo. Detrás de ella, docenas de agentes uniformados iban de un lado para otro, desplegando la cinta amarilla fluorescente y obligando a los trabajadores del festival a permanecer fuera del perímetro.

—Si acaban de sintonizar el canal, deben saber que es otro día triste para Cinnamon Falls. Maggie Shilling, presidenta del Comité de Festejos y la fuerza impulsora que se escondía tras el Fall Fest, ha sido encontrada sin vida. —La reportera salió del encuadre de la cámara y regresó unos instantes después con un pañuelo arrugado en la mano. Se subió las gafas con montura estilo *cat-eye* y se enjugó las lágrimas. Respiró hondo y prosiguió—. Las autoridades todavía no han hecho ningún comunicado oficial, pero es inevitable preguntarse si, entre nosotros, no se esconderá un asesino en serie...

–¡¿Un asesino en serie?! ¿De verdad? –preguntó Niles a nadie en particular.

–¡No puedo soportarlo ni un minuto más! –exclamó Marjorie.

En la pantalla, Elaine masculló:

–¿Qué ha sido de nuestro querido Cinnamon Falls?

Tras la cena, Nia se tumbó en la cama y se quedó mirando las aspas del ventilador de techo jugar una triste partida al pillapilla.

Su padre había cerrado todas las puertas con llave y les había prohibido salir tras la puesta de sol. Después, les había dicho que no se atrevieran a poner a prueba su férrea determinación. Nia nunca lo había visto tan serio.

En el fondo, estaba conmocionada. El lugar que tanto había amado de niña se estaba convirtiendo en algo que no reconocía. ¿Quién estaba haciendo aquello? ¿Quién estaba destrozando la comunidad de Cinnamon Falls?

«¿Y ahora, quién?», se preguntó.

Aquel pensamiento hizo que se incorporara en la cama. La caja con las cosas de Sienna la había estado observando desde que llegó a casa. Tal vez en ella encontrara respuesta a las preguntas que le rondaban la cabeza desde que Amber hizo añicos su mundo.

Encontró unas tijeras sobre el escritorio y abrió la caja de cartón. Las solapas se abrieron y dejaron a la vista lo que contenía en su interior.

Lo primero que vio fue su propio rostro. Sacó dos montones de polaroids. Eran todas las fotografías que habían poblado el corcho de Sienna. En ellas, aparecía gente del instituto a la que hacía años que no veía e incluso encontró varias instantáneas vergonzosas de Jesse y de ella. Morgan aparecía en medio del grupo, vestida de morado, como siempre. Nia admiraba su devoción por aquel color.

También había unas pulseras de la amistad y un ramillete del baile de graduación del penúltimo curso. Recordaba claramente el vestido negro que había llevado Sienna. Había discutido con Rosie por querer pintarse los labios de color rojo, pero su madre consideraba que la hacía parecer demasiado mayor. Echando la vista atrás, Nia podía comprender a Rosie, pero, en la foto de aquella noche, Sienna estaba despampanante. Parecía una de esas chicas *pin-up*.

También encontró un diario cerrado con un candado endeble. Tanto la parte delantera como la trasera estaban cubiertas por un *collage* de recortes de la época en la que todavía existían las revistas físicas. Sienna había cortado y pegado en la portada un puñado de letras de diferentes estilos que parecían una nota de chantaje. Rezaba: «Si estás leyendo esto, métete en tus propios asuntos».

Le dio la vuelta al cuaderno y pasó los dedos por las páginas escritas a las que no tenía acceso, debatiéndose entre la curiosidad y la culpabilidad. ¿Habría querido Sienna que lo leyera? Si lo hiciera, estaría invadiendo la privacidad de su mejor amiga, leyendo sus pensamientos y sentimientos íntimos sobre sí misma y sobre el mundo que la rodeaba. Si hubiese sido ella la que había muerto, ¿querría que Sienna leyera su diario?

Sostuvo el cuaderno con ambas manos. Todas las respuestas sobre la vida privada de su mejor amiga se encontraban en esas páginas. ¿Lo habría leído Rosie? El candado parecía intacto. Nia era consciente de que, con tan solo un giro de una horquilla, accedería a las respuestas que había estado buscando.

Se toqueteó el pelo en busca de una horquilla, se quitó una del moño que se había hecho esa misma mañana y la sujetó entre los dientes. Estaba a punto de desentrañar los secretos de Sienna cuando su móvil vibró sobre la mesilla junto a ella.

Estiró el brazo para agarrarlo, esperando que se tratara

de Jesse. La había llamado en un par de ocasiones, pero no tenía la energía necesaria para escuchar lo que tuviera que decirle. Tenía puesto el dedo sobre el botón de rechazar cuando se percató de que se trataba de Bryant. En el último segundo, decidió contestar. Había dejado demasiadas cosas sin cerrar en su vida. Ya era hora de que se enfrentara a las consecuencias para poder pasar página de verdad.

–Hola –dijo.

Al otro lado de la línea, Bryant se quedó en silencio.

–¿Nia? –preguntó al fin. Hacía casi una semana que no oía su voz. Había borrado de inmediato todos los mensajes que le había dejado–. ¿Estás ahí?

–Sí –contestó–. Estoy aquí.

–Dios, llevo días intentando ponerme en contacto contigo –sollozó. Sonaba preocupado y desesperado.

–Lo sé –dijo Nia.

En eso consistía ignorar a alguien: en que esa persona no pudiera contactarte.

–Por favor, galletita, déjame explicártelo –le suplicó.

Nia siempre había odiado aquel apodo. La primera vez que se vieron en Gildman & Sons, cuando se presentaron, a él le pareció oír que se llamaba «Nilla», como aquellas galletas estilo oblea, y, a modo de broma, empezó a llamarla «galletita» cada vez que la veía por la oficina. Cuando la relación se volvió estable, él convirtió aquel nombre en un apelativo cariñoso. Se preguntó cómo llamaría a su esposa.

–¿Explicarme el qué? ¿Que estás casado?

En aquel momento, se estaba arrepintiendo de haber contestado. Bryant tendría que haber empezado por postrarse a sus pies.

Él suspiró. Sonaba como si estuviera en el coche. Nia miró en el móvil qué hora era: casi las ocho de la noche. ¿Un hombre casado no debería estar de camino a casa? Si todavía estuviera en Atlanta, ella estaría recogiendo la cena y fregando los platos, mientras Bryant preparaba las cosas para el día siguiente. ¿Dónde podría estar? Se deshizo de aquel pensamiento. Ya no era asunto suyo.

—No es eso, galletita. Es complicado.

—Ah. «Complicado» —respondió ella con sarcasmo—. Debe de ser la nueva forma de decir: «Te mentí y soy una persona horrible».

—Cometí un error —admitió él—, pero nunca te mentí con respecto a mis sentimientos por ti.

Un fuego se apoderó de Nia.

—Ni se te ocurra... —le advirtió mientras sentía que el calor le recorría el cuerpo.

Estaba enfadándose de nuevo. Volvía a sentir aquella ira tangible y feroz que sintió después de que su esposa la dejara boquiabierta en el porche de su propia casa.

Tenía las emociones a flor de piel. Después de lo de Rosie, Sienna, Jesse y, ahora, Maggie, empezaba a perder fuerza.

—Solo dime dónde estás, por favor —le rogó Bryant—. Necesito verte cara a cara. Tenemos que hablar de esto.

Nia cerró los dedos con fuerza en torno al teléfono.

—No quiero verte —dijo con los dientes apretados—. No me debes nada.

—Galletita, por favor —suplicó él.

Tenía varias opciones. Podía ceder, escucharlo y dejar que se explicara. Y, si su corazón estuviera listo para ello, incluso podría intentar perdonarlo. Podía cerrar al fin aquel capítulo de su vida de una vez por todas y pasar página. Respiró hondo. Bryant no era la respuesta.

—Bryant, no puedo.

Antes de que pudiera pensárselo dos veces, colgó. Atravesó la habitación a grandes zancadas y abrió de golpe la ventana de su dormitorio. La luna estaba baja en el cielo y una neblina cubría las calles. En su mano, el móvil volvió a vibrar. Era Bryant de nuevo. Ahora que le había contestado, lo más probable era que hubiese supuesto que tan solo era cuestión de tiempo que volviera a hacerlo.

Con toda la fuerza que tenía dentro, Nia lanzó el teléfono hacia la luna. Le daba igual dónde aterrizara. Tras oír cómo golpeaba el patio delantero, cerró la ventana.

Capítulo 25
Jesse

Aquella noche, Jesse regresó al trabajo para presentar el informe de la patrulla y se topó con la señora Guy, que quería denunciar que alguien había volcado sus cubos de basura que estaban en el callejón, detrás de la tienda. No dejó que Jesse se marchara hasta que no hubo tomado fotografías de los daños, que eran unos pocos rasguños en el lateral de los contenedores. A pesar de la molestia, él cumplió con su obligación y lo incluyó entre sus hallazgos.

Angie le informó de que Chambers y Raines ya se habían ido y que regresarían a tiempo para el servicio conmemorativo de Maggie Shilling que se celebraría por la noche. Le dijo que tampoco había visto a Wade, pero Jesse sabía que no se perdería la ceremonia de Maggie ni su turno de patrulla nocturna. Estaba ansioso por contarle lo que había descubierto sobre la relación de Darius y Sienna y los negocios de Harvey. Tenían que planificar los pasos que iban a dar para presentárselo al jefe de policía. Era arriesgado, pero si eso significaba sacar de la cárcel a un hombre inocente, entonces, merecería la pena. Además, de ser así, estarían más cerca de encontrar al verdadero asesino de Rosie.

–¿Qué tal te fue mi informe? –le preguntó la recepcionista en apenas un susurro–. Sé que muchos de ellos eran tonterías, pero ¿te han servido de algo los soplos?

–La verdad es que sí. –Jesse se alegraba de que se lo hubiera recordado. Se sacó del bolsillo la lista y la dejó sobre el escritorio. Señaló el que tenía una estrella y hablaba sobre un coche azul–. ¿Podrías decirme cuánta gente de Cinnamon Falls tiene coches compactos de color azul?

–Por supuesto –contestó ella, encogiéndose de hombros–. Aunque será una lista enorme, Shaw –le advirtió.

Él abrió los brazos de par en par, abarcando con ellos su cubículo desierto.

–Tengo toda la noche.

Ella dudó en marcharse. Entonces, se inclinó para acercarse más a él y susurró:

–¿Sabe Prescott que estás haciendo esto? –Alzó la vista hacia la puerta del despacho del jefe, preocupada.

Jesse agachó la cabeza. Ella ya sabía la respuesta a esa pregunta.

–¿Puede quedar entre tú y yo?

Angie se mordió el labio inferior y pasó la mirada entre él y el despacho.

–Necesito este trabajo, Jesse.

–Lo entiendo –respondió él. Angie tenía tres niños pequeños en casa. No quería que se involucrara más de lo que ya lo había hecho. Le había hecho un favor al llamarlo para que sacara a Nia del calabozo, pero no quería ponerla en un compromiso aún mayor–. En tal caso, enséñame cómo hacerlo.

La mujer se inclinó sobre su hombro mientras él abría la intranet de la comisaría. Entonces, le mostró un complicado sistema de búsqueda y filtros para encontrar la información de registro de los ciento cuarenta y un vehículos compactos azules que había en Cinnamon Falls.

Jesse descartó todos los que pertenecían a residentes que no eran originariamente del pueblo. Si a Grace no le fallaba la memoria, el coche había recorrido el pueblo con los faros apagados. Solo un vecino familiarizado con las calles estrechas y empedradas del centro podría hacer algo así.

Aquello redujo la lista a cincuenta y siete personas. Por último descartó a cualquiera que tuviera más de sesenta años. Las doce y media de la noche era una hora demasiado tardía como para que personas mayores estuvieran deambulando por ahí. Especialmente, sin luces. Sería imposible que Evelyn y Robert estuvieran fuera de casa pasadas las cinco de la tarde durante los meses oscuros de otoño e invierno. Aquello reducía la lista a veintidós personas; mucho más manejable. Imprimió el listado de nombres y direcciones y se puso manos a la obra.

Debía descubrir si alguna de aquellas veintidós personas tenía algún tipo de conexión con Darius Lyons. Era una posibilidad muy remota, pero era a la que más sentido le encontraba. Tanto Grace como Will le habían mencionado que Darius había llegado tarde a la fiesta de bienvenida. ¿Y si había llegado tarde porque había tomado el coche azul de otra persona, había conducido hasta Rosie's Diner y, después, había vuelto a casa con tiempo suficiente para dejarse ver y tener una coartada?

«¿Y qué hay de Maggie?», se preguntó.

Maggie debía de haber visto a Darius. Jesse recordaba su gesto de espanto durante la vigilia a la luz de las velas que habían celebrado en recuerdo de Rosie. ¿Acaso había estado ocultando algo? ¿Sabía quién había matado a la mujer? Dado que ambas habían quedado en reunirse a última hora de la noche del lunes, Maggie podría haber visto a Darius regresar a la cafetería. Podría haberla matado para silenciarla. Jesse sacudió la cabeza. Le faltaban demasiados detalles y su prioridad era determinar qué había ocurrido durante ese lapso de tiempo entre el momento en el que había visto a Darius salir de la cafetería y el día siguiente.

Hizo uso del último recurso que le quedaba: las redes sociales. Tecleó el nombre de cada persona y revisó con detenimiento sus listas de seguidores y seguidos en busca de cualquier relación con Darius o cualquier pista de que hubieran estado en su fiesta de bienvenida. Sin embargo, no sirvió de nada.

Entonces, llegó a la persona número catorce de la lista: Tammy Nathan.

Leyó y releyó el nombre mientras recordaba el hecho de que Harold Bones había elogiado el aspecto de la madre de Victoria apenas unos días atrás. También recordaba que Victoria le había contado que todas sus amistades y todos los miembros de su familia estuvieron en casa del alcalde Lyons para celebrar la vuelta a casa de Darius. ¿Era posible que él hubiera tomado su coche para volver a la cafetería, matar a Rosie y regresar a la fiesta a tiempo para sacarse fotos y saludar a los invitados?

Jesse no sabía si se había topado con otra pista o con otro callejón sin salida, pero, en cualquiera de los dos casos, estaba dispuesto a arriesgarse. Detestaba el hecho de que Darius hubiera involucrado en sus crímenes a su posible suegra, pero Tammy Nathan había pasado a ser oficialmente una presunta implicada.

Capítulo 26
Nia

Aquella noche, la casa de Nia estaba sumida en un silencio siniestro. No se oía el retumbar profundo de los ronquidos de su padre desde el sofá del salón, con Midnight acurrucada sobre su pecho, mientras en la televisión, con el volumen demasiado alto, daban una película de acción. No se oía el murmullo de los tarareos de su madre mientras recogía la casa antes de irse a dormir. Tampoco oía las patas de la gata sobre el suelo de madera mientras iba de una habitación a otra en su habitual patrulla nocturna. Era el tipo de silencio que la envolvía y hacía que fuera demasiado consciente de su propia respiración y sus pensamientos inquietos.

De pequeña, solía encantarle aquel coro nocturno: las ocasionales ráfagas de viento que sacudían los árboles, el ulular distante de los búhos o el rugido del motor de un coche que recorría el barrio rumbo a otro destino. Le sorprendía lo rápido que se había acostumbrado de nuevo a las noches tranquilas. Tras años viviendo en Atlanta, solía dormir con tapones para los oídos y una máquina de ruido blanco para poder bloquear el murmullo constante de la ciudad: el claxon de los coches, el tráfico, las sirenas de los servicios de emergencia o los gritos molestos de los universitarios borrachos. Bryant solía reírse de ella cuando se colocaba los tapones en las orejas.

–No puedes silenciar el mundo para siempre –le decía–. Tendrás que aprender a vivir con ello.

Solo que él también había sido parte de ese ruido. Allí, al fin podía escucharse a sí misma pensar.

Con un suspiro, agarró el mando a distancia y encendió el televisor para tener algo de ruido de fondo. En la pantalla apareció una repetición del segmento informativo de Elaine Matthias en el que cubría el servicio conmemorativo de Maggie Shilling. Las imágenes mostraban a una escasa multitud frente al ayuntamiento.

En circunstancias normales, la vigilia de Maggie habría estado atestada de amigos y familiares compartiendo historias entre platos caseros preparados con cariño y muchas risas mezcladas con lágrimas. Sin embargo, saber que había un posible asesino en serie suelto había hecho que la mayoría de la gente del pueblo se quedara en casa. Aquella noche, los habitantes de Cinnamon Falls se habían encerrado a cal y canto. Nia tenía cosas más importantes en las que pensar, como en qué iba a hacer con su propia vida.

Sin el teléfono móvil, podía concentrarse sin distracciones y trabajar en todas aquellas cosas que había estado evitando. Escribió dos cartas. Una para Bryant en la que le explicaba que habían terminado. No quería escuchar ninguna de sus excusas ni hacerle hueco en su vida. La otra iba dirigida a Gildman & Sons: era una carta de renuncia. No había esperado que escribirla le resultara tan satisfactorio. En cuanto cerró el sobre, supo que no volvería jamás.

Tan solo había una cosa de su lista con la que aún tenía que hacer las paces: las pertenencias de Sienna. Restos de una vida interrumpida demasiado pronto. Nia dirigió la vista a la caja que se encontraba al borde de la cama.

Pasó los dedos por la solapa de cartón. Fotografías, joyas... Todo lo que alguna vez habían compartido; cosas que, en algún momento, lo habían significado todo. Entre ellas, destacaba el diario, que le susurraba.

Sin pensárselo dos veces, Nia sacó otra horquilla del pelo y la metió en la pequeña cerradura. Tras un leve giro de la muñeca, oyó un suave chasquido y el candado se abrió con facilidad. Por algún motivo, cuando lo sostuvo entre las manos, el diario le pareció más pesado que antes. Pasó los dedos por los bordes del papel manchado de tinta; sabía que lo que se escondía dentro lo cambiaría todo. Nia pasó las páginas hasta llegar a la última entrada del diario: el día que Sienna descubrió que Darius la había engañado, y la noche anterior a su muerte.

Aferró el diario con las manos y contuvo el aliento mientras leía:

Hoy, todo ha cambiado. Amber me ha dicho que, anoche, volvió a ver a Darius con otra chica. Otra. Como si la primera vez no hubiera tenido importancia. Como si las promesas que me hizo fueran solo aire. Como si yo no le importara.

Le he estado mintiendo a todo el mundo: a Nia, a Morgan... Incluso a mí misma. Cuando descubran lo nuestro, van a odiarme.

Todo el mundo me dijo que no era bueno; que era un mujeriego, un tipo con labia, músculos y el encanto justo para hacer que te sientas especial antes de pasar a la siguiente chica. Piensan que es tonto y superficial; un cliché con patas y camiseta de fútbol americano. Yo me lo tomaba a risa y fingía estar de acuerdo, pero quería que se equivocaran. Aunque, en el fondo, sabía que no era así.

Lo supe cuando empezó a distanciarse, cuando sus mensajes empezaron a ser más cortos y, de pronto, comenzó a tener entrenamiento a horas extrañas. No les conté nada a mis amigas porque no quería oír un «ya te lo dije». No quería admitir que el chico del que he estado enamorada en secreto desde tercero, el chico al que pensaba que al fin había conquistado, en realidad, nunca ha sido mío.

Dios, qué estúpida soy...

Se lo he dado todo. Lo he defendido, he mentido por él y he pasado por alto todas las señales de alarma diciendo que en eso consistía el amor. ¿Y para qué? ¿Para que pudiera desecharme como a todas las demás?

Shelly. Victoria. Denise. Amber me ha dicho que hay más. Puede que dos. Puede que cinco... ¿Quién sabe? Todas ellas me han sonreído a la cara mientras me traicionaban por la espalda. Me entran ganas de vomitar solo de pensarlo.

Esta mañana, lo he visto caminando hacia mí con esa estúpida sonrisa, como si no pasara nada, como si yo no lo supiera. Ni siquiera he sido capaz de mirarlo a los ojos. Me he dado la vuelta y me he marchado en dirección contraria antes de hacer algo de lo que me arrepintiera.

En su lugar, le he escrito una nota, se la he metido en la taquilla y me he alejado de allí sin mirar atrás: «¿Y ahora, quién?».

Espero que la lea una y otra vez y se pregunte si voy a contárselo a alguien; si voy a hacer que todo salte por los aires. Espero que entre en pánico tanto como yo he llorado. Espero que sienta aunque solo sea una parte de la traición que él ha cometido conmigo con tanta facilidad.

Estoy harta. Se acabó. He malgastado mucho tiempo en él cuando tendría que haber hecho caso a las personas que de verdad me quieren. A partir de mañana, no volveré a saber nada más de él. Se acabó lo de fingir. Se acabaron las mentiras. Me he cansado de tener roto el corazón.

A Nia se le llenaron los ojos de lágrimas mientras terminaba de leer. Sienna se había quedado devastada por la traición de Darius. Si hubiera sabido que su amiga estaba pasando por todo aquello, ella misma lo habría matado.

En la televisión, Elaine Matthias seguía con su perorata. Hablaba sobre la posibilidad de que hubiese un asesino en serie en Cinnamon Falls y lo que eso podría significar para los vecinos. Entonces, la imagen mostró una fotografía de un trozo de papel. Con letra apresurada se leían las palabras: «¿Y ahora, quién?».

A Nia se le atascó el aliento en la garganta. Pausó la televisión y bajó la vista hacia el diario de Sienna.

—No —se oyó decir a sí misma.

Con manos temblorosas, colocó el diario junto a la pantalla y pasó la vista a toda velocidad entre las páginas y la nota del asesino. El corazón se disparó cuando se dio cuenta de que la letra no solo era similar: era idéntica.

Sienna había escrito esa nota.

«Pero Sienna no está viva», se recordó a sí misma.

¿Cómo era posible que la nota de un fantasma hubiese aparecido en la escena del crimen de Rosie seis años después?

Se levantó de la cama de un salto, deseando no haber lanzado el teléfono móvil por la ventana.

El dormitorio de Niles estaba sumido en una oscuridad absoluta salvo por los tres monitores de ordenador que proyectaban un resplandor azul sobre el resto del cuarto. Por suerte, su habitación ya no olía a huevos, pero su hermanito seguía siendo muy desordenado. El suelo estaba repleto de bolsas de *snacks*, botellas de agua vacías y pañuelos usados. Por los rincones había ropa tirada en diferentes estados de limpieza y la cama sin hacer estaba cubierta de papeles desparramados y libros de texto.

Niles se encontraba sentado frente al ordenador. Tenía el teléfono apoyado de tal modo que pudiera mantener una videollamada mientras, en la pantalla, jugaba a un videojuego con muchos disparos y sangre. Cuando llamó a la puerta con insistencia y no contestó, Nia le quitó los auriculares de la cabeza con un manotazo. Después, estiró el brazo y silenció la videollamada.

—Dime que tienes acceso sin conexión a la base de datos del condado.

Su hermano suspiró y bajó la vista hacia el teléfono silenciado.

—Ni-Ni, por favor, ¿puedes dejar de cometer delitos? Estoy empezando a preocuparme de verdad...

Nia agarró el ratón, abrió una pestaña y buscó el informativo de aquella noche. Adelantó el vídeo hasta encontrar la parte en la que Elaine Matthias mostraba la nota que habían encontrado en ambas escenas del crimen. Después, colocó el diario de Sienna junto a la pantalla.

—Vale... Eso da repelús —admitió su hermano mientras se encogía de hombros de forma desenfadada.

Nia puso los ojos en blanco.

—¿Puedes acceder a la oficina del registro o no? —le preguntó.

—Claro que puedo, pero eso no significa que vaya a hacerlo. Lo rastrean todo. En cuanto meto el nombre de usuario y la contraseña, empiezan a monitorizar cada uno de los clics que hago. Sabrán todo lo que he consultado antes siquiera de que llegue al trabajo mañana por la tarde.

—Entonces, usa las credenciles de otra persona —apuntó ella—. Tú mismo dijiste que la gente se olvida de las contraseñas a todas horas. Conéctate usando otras y, después, el lunes las cambias todas de nuevo.

Su hermano la miró con los ojos entrecerrados.

—¿Existe la rehabilitación para delincuentes? Porque creo que tú la necesitas.

Niles se conectó a la página web del registro.

—Busca el informe de la autopsia de Sienna —le indicó ella con un tono de voz más cortante de lo que pretendía.

Su hermano titubeó y se removió en el asiento. Mientras esperaba a que se cargara la página, tamborileaba con los dedos sobre el escritorio.

—Espera... No creerás que Sienna escribió esa nota, ¿no? —le preguntó mientras la miraba con una tristeza en los ojos oscuros que hizo que se le cerrara la garganta—. Sé que los últimos días han sido duros, Ni-Ni, pero Sienna ya no está. Está...

Nia gruñó mientras se frotaba los ojos con las palmas de las manos. Sabía que su hermano solo intentaba protegerla, pero no estaba persiguiendo fantasmas. Aquello era real. Lo que buscaba era la verdad. Solo le faltaba una última pieza del puzle y, después, podría contárselo todo a Jesse. En esta ocasión, no podría negar las pruebas que tenía.

Se tragó la frustración y le respondió con una sonrisa tensa:

—Eso ya lo sé, ¿de acuerdo? No se trata de que no acepte su muerte. Solo necesito saber qué fue lo que pasó realmente.

Con el corazón acelerado, comenzó a dar vueltas de un lado para otro en el pequeño espacio que quedaba entre la silla y el mar de ropa sucia. Estaba cerca; lo sentía.

—Si puedo demostrar que Darius encontró la nota de Sienna, eso significaría que sabía que iba a romper con él el día antes de que los coronaran en el Fall Fest.

—¿Y cuál es el problema? —preguntó Niles mientras se pasaba la mano por el pelo—. Fingieron durante el estúpido recorrido en coche por Main Street y, después, se fueron cada uno por su lado.

Nia se quedó muy quieta mientras una sensación fría y enfermiza se le retorcía en las entrañas.

—Solo que Sienna no se fue por su lado. Murió aquella noche. —Mientras asimilaba esas palabras, Niles palideció—. ¿Y si...? ¿Y si no saltó del puente? ¿Y si...? —No se veía capaz de decirlo.

Su hermano pestañeó; estaba empezando a comprenderla.

—¿Y si Darius la empujó?

Nia asintió. Tenía la garganta demasiado cerrada para hablar.

Niles volvió a girarse hacia el ordenador y sus dedos volaron sobre el teclado. El repiqueteo de las teclas inundó el silencio mientras las pulsaba y rebuscaba en la página web. La pantalla parpadeó mientras los documentos se cargaban. Tecleó varias veces más antes de dar un último clic.

—Lo tengo —anunció Niles.

Eran los registros de la muerte de Sienna. Su hermano abrió el primer documento adjunto: el informe de la autopsia.

—«Causa de la muerte: suicidio por ahogamiento» —leyó en voz alta. Mientras leía, pasaba los ojos por la pantalla a toda velocidad. Señaló el final del documento—. Está firmado por el jefe de policía Vernon Prescott.

El estómago le dio un vuelco y el corazón le latió con más

fuerza mientras salía corriendo de la habitación. Sabía que, en la carpeta de Rosie, había visto una versión diferente del informe de la autopsia de Sienna. Lo había guardado. Sacó de debajo de la cama la bolsa de plástico llena de documentos y rebuscó entre los contenidos, tanteando las páginas con los dedos. Las hojas se esparcieron por el suelo, pero apenas se percató de que se habían caído. El pulso le rugía en los oídos. Al fin, encontró la copia de Rosie. Se apretó el papel contra el pecho, volvió corriendo junto a su hermano y, con las manos temblorosas, dejó la página sobre el escritorio con un golpe.

Pasó la vista por ambas versiones del documento: el que se encontraba en la base de datos del condado y el que Rosie había escondido. Leyó en voz alta y vacilante.

—«Causa de la muerte: no concluyente. Lesiones compatibles con ahogamiento». —Se le cortó la respiración mientras pasaba los dedos por la firma que se encontraba en el pie de página—. Firmado por Genesis Whitfield.

Niles se enderezó sobre la silla. Pasó la vista entre ambos informes y, después, la miró a ella.

—Alguien borró este —susurró.

La oscuridad se cerró en torno a ellos. Sus respiraciones entrecortadas y el zumbido del ordenador de su hermano eran lo único que llenaba el silencio.

Nia apretó los puños.

—Cuando el jefe Prescott firmó esto, no tenía ni idea de que no era el original.

Niles habló en un tono de voz que era poco más que un susurro.

—Y adivina para el padre de quién trabaja...

A Nia se le hizo un nudo en el estómago. La verdad la golpeó como un tren de mercancías.

—El de Darius Lyons.

Capítulo 27

Jesse

Sábado

Jesse acababa de quedarse dormido cuando le sonó el teléfono, que vibró con fuerza sobre la mesilla de noche. Gimió mientras se frotaba la cara con las manos. A ciegas, tanteó en busca del móvil y estuvo a punto de derribar la lámpara. Después, se lo llevó a la oreja.

—Shaw —contestó con voz ronca mientras comenzaba a salir de la cama.

Era la tercera vez aquella semana, y estaba acostumbrándose a la falta de sueño.

El tono de Wade era cortante y serio.

—Estoy en Main Street, patrullando. Será mejor que vengas a The Cinnamon Scoop. Esto es un desastre.

Jesse se quedó petrificado en mitad de un movimiento.

—¿Qué?

—Sí, has oído bien —dijo Wade con un suspiro—. El escaparate está hecho añicos y han destrozado el local, Shaw. Tienes que venir ya.

Jesse ya se había puesto en pie y se estaba subiendo los pantalones a base de tirones. Se puso una sudadera, agarró el arma y la placa y se abalanzó por las escaleras en dirección al garaje.

Volvió a llevarse el móvil a la oreja.

—¿Hay algún herido?

Metió los pies en unas deportivas que estaban junto a la puerta y tomó la chaqueta y las llaves. Salió por la puerta en apenas unos minutos.

–No. Al parecer, no había nadie dentro. Pero hay algo extraño.

Jesse salió marcha atrás del garaje y giró para tomar la calle. Pisó el acelerador a fondo. Mientras se alejaba a toda velocidad, el rugido del motor atravesó el silencio del vecindario.

–Llegaré en diez minutos –dijo antes de colgar.

En cuanto salió de la carretera y entró en Main Street, pudo ver los daños causados en The Cinnamon Scoop. Los cristales brillaban como el hielo sobre el asfalto y reflejaban el resplandor de los coches de policía aparcados frente a la heladería. El escaparate estaba totalmente destrozado, como si alguien le hubiera arrojado un objeto de gran tamaño. La puerta colgaba de un ángulo antinatural, como si la hubieran abierto de una patada.

Wade se encontraba junto al umbral con los brazos cruzados y la mandíbula tensa. Chambers y Raines discutían acaloradamente. Jesse bajó de la camioneta y se quedó mirando el panorama con el corazón encogido. Los Bennett iban a quedarse destrozados. En una sola noche, alguien había destruido todo aquello por lo que habían trabajado durante generaciones. The Cinnamon Scoop era la piedra angular de los negocios de Cinnamon Falls. ¿Cómo podía alguien haber caído tan bajo?

Jesse se acercó a la escena, boquiabierto por la incredulidad. Wade, Raines y Chambers seguían alterados.

–Hazte a un lado, Wade –le ordenó Raines–. ¡Soy la oficial al mando!

–¡No pienso moverme hasta que llegue Shaw! –replicó el hombre con la barbilla alzada hacia el cielo.

–No quiero tener que arrestarte, viejo –le advirtió Chambers.

Bud cuadró los hombros y miró fijamente a su compañero.

–Me gustaría ver cómo lo intentas.

Lo único en lo que Chambers ganaba al otro hombre era en la altura. A pesar de que Bud Wade tenía casi sesenta y cinco años, todavía conservaba la constitución musculosa que había conseguido gracias a la disciplina militar. Tal vez Chambers tuviera más alcance, pero Wade tenía la fuerza, y eso era lo único que importaba. Jesse apostaría por Bud Wade.

—Aquí estoy —dijo, colocándose entre los dos hombres.

Wade pasó la vista hacia él y su mirada se suavizó. Entonces, le apoyó una mano en el hombro.

—Es horrible, hermano —le advirtió.

Jesse asintió y se armó de valor mentalmente. Wade se hizo a un lado y lo dejó pasar al interior. La tienda estaba irreconocible. Las mesas y las sillas estaban volcadas y, algunas, partidas por la mitad, como si las hubieran arrojado de un lado al otro de la sala. Habían rajado los taburetes de cuero del mostrador y de los asientos asomaban puñados de espuma. Había agujeros del tamaño de un mazo en las encimeras de cuarzo, que estaban rotas en un millar de trocitos diminutos. Detrás del mostrador, habían forzado la caja registradora. Docenas de tarros derretidos de helado formaban un charco en el suelo. Habían roto y desperdigado los cucuruchos que Jesse recordaba ver apilados en una esquina apenas unas horas antes. El olor a vainilla especiada, caramelo y canela todavía impregnaba el aire.

Jesse giró sobre sus talones y se encontró a Wade, Chambers y Raines justo detrás de él, contemplando los daños.

—Te lo he dicho… Es horrible —repitió Wade exhalando.

—Tenemos que llamar al jefe —dijo Raines.

Jesse maldijo en voz baja y dio otro paso vacilante al frente. Con lentitud, empezó a dar vueltas en círculo, Alguien ya estaba avisando a la familia de Nia. Sacudió la cabeza mientras contemplaba la violencia de la destrucción. Aquello no había sido cosa de unos gamberros que se dedicaban a robar por diversión; aquello había sido calculado. Personal. Alguien estaba advirtiendo a la familia de Nia. Jesse negó con la cabeza: la había avisado para que no se metiera en el asunto.

—¿Allanamiento? —preguntó Chambers.

–Hombre, han roto el cristal y han abierto la puerta de una patada... –contestó él con un bufido burlón.

–Pero no han sonado las alarmas –añadió Raines. En la pared que había junto a ella, el panel del sistema de alarma mostraba una luz verde. Según eso, no había ocurrido nada–. No les preocupaba ser descubiertos.

–Esta noche, Main Street estaba desierta –señaló Jesse–, así que, en cualquier caso, nadie los habría visto.

–Todo el mundo estaba en el ayuntamiento para la vigilia de Maggie –concordó Wade.

–No todo el mundo –masculló Chambers.

Jesse sacudió la cabeza.

–El tema del asesino en serie ha hecho que mucha gente se quede en casa. El servicio de Maggie ha estado bastante vacío.

Chambers sacó el teléfono.

–Espera, ¿a quién vas a llamar? –le preguntó él.

–¡A la centralita! Tenemos que dar aviso.

Dio media vuelta, se llevó el teléfono a la oreja y salió del local.

–Alguien la tiene tomada con tu chica –dijo Raines antes de seguir a Chambers.

Con el corazón en un puño, Jesse llamó al señor Bennett. El teléfono sonó dos veces antes de que Walter contestara. Oyó movimiento al otro lado de la línea mientras esperaba a que el hombre se orientara.

–Jesse, hijo, ¿va todo bien?

Para ser alguien que acababa de despertarse, el señor Bennett sonaba muy alerta. De fondo, oyó a su esposa.

–¿Nia está bien? –susurró la mujer.

Jesse dudó mientras contemplaba aquel desastre. No sabía por dónde empezar. ¿Cómo podía decirle a aquella familia que habían destruido todo lo que amaban?

–Señor Bennett, necesito... Tiene que venir a la heladería.

Se produjo una pausa y oyó más movimiento al otro lado de la línea. Entonces, Walter contestó con la voz tensa por el pánico.

–¿Qué ha ocurrido?

Jesse se apretó el puente de la nariz.

–La han destrozado.

Walter respiró con fuerza.

–Voy para allá.

Exactamente diez minutos después, Jesse vio llegar el sedán de la familia Bennett. Se le hizo un nudo en el estómago mientras esperaba en la acera. El vehículo se detuvo con una sacudida. Apenas había llegado a la altura de los coches patrulla antes de que todas las puertas se abrieran de golpe. Los cinco Bennett bajaron al mismo tiempo, Midnight incluida. Cuando se acercaron y vieron los destrozos, Niles tomó a la gata en brazos y le tapó los ojos. Por un instante, nadie se movió. La escena era difícil de asimilar.

Marjorie ahogó un grito. Fue un sonido tan puro y cargado de emociones que a Jesse le atravesó el pecho. Entonces, vino el llanto. Se aferró a Nia como si se estuviera ahogando y su hija fuese lo único que la estuviera manteniendo a flote.

–¡Dios mío! –sollozó. La voz se le quebró bajo el peso de la destrucción–. ¡Nuestra heladería, no!

Las piernas le fallaron, pero Nia la sostuvo antes de que se derrumbara por completo. Ella también tenía el rostro surcado de lágrimas y el cuerpo le temblaba mientras abrazaba a su madre. Tenía la vista fija en el destrozo. Sus sueños, su infancia, la historia de su familia... Todo había desaparecido. Jesse reprimió las ganas de darle un abrazo.

Walter Bennett, siempre estoico y firme, permanecía inmóvil junto a su familia. No derramó ni una sola lágrima, pero Jesse podía ver la rabia contenida en los puños que apretaba con fuerza contra el costado. Mientras escudriñaba con precisión el caos, los nudillos se le pusieron blancos y se le ensombreció la mirada. Cuando finalmente habló, lo hizo con una voz serena pero dura como el acero.

–Contádmelo todo –les dijo a los agentes que estaban alrededor.

277

Wade asintió solemnemente con la cabeza y comenzó:

–Estaba patrullando por Main Street cuando lo he visto. –El señor Bennett apretó la mandíbula–. Señor, las alarmas no saltaron. De lo contrario, si el aviso hubiese llegado, habríamos venido de inmediato. No se trata de vandalismo menor. Se han esforzado por destrozarlo todo.

–No ha sido casualidad, señor –susurró Jesse–. Esto ha sido intencionado.

–¿Qué hemos hecho para merecer esto? –preguntó Marjorie entre sollozos.

Walter exhaló poco a poco mientras se le ensanchaban las fosas nasales. Se volvió hacia su esposa y sus hijos, que se abrazaban con fuerza. Cuando los rodeó con los brazos, su mirada se suavizó solo un instante.

–Lo solucionaremos –dijo con firmeza–. No van a arrebatarnos esto.

Marjorie asintió de forma débil antes de enterrar el rostro en el cuello de su marido. Entonces, soltó otro sollozo que a Jesse podría haberle arrancado el corazón del pecho.

Nia alzó la barbilla con una expresión dura bajo las lágrimas. Jesse reconocía esa mirada. No solo era de dolor, angustia o rabia: era de determinación. Quienquiera que hubiera hecho aquello pensó que destrozaría a los Bennett, pero se equivocaba. Iba a encontrarse con algo muy diferente.

La madrugada del sábado avanzó con lentitud. Raines y Chambers permitieron que Walter y Marjorie entraran en la heladería para asegurarse de que no faltara nada en caso de que estuvieran lidiando con un robo. Tras el inventario meticuloso de Walter y tener que contener físicamente a Marjorie para que no se pusiera a limpiar, Jesse convenció a la familia de que regresara a casa tras esa horrible madrugada.

El día anterior, Jesse había esperado todo el día para poder hablar con Nia. Tenían muchos asuntos pendientes que podían dejar para otro momento, pero ella había insistido en que no podía esperar un solo minuto más para hablar con él. Jesse prometió que la llevaría a casa de inmediato y, mientras el sedán de la familia se alejaba, Midnight lo observó detenidamente con sus ojos amarillentos a través de la luna trasera.

—Esto es culpa mía —dijo Nia, frenética, mientras golpeaba con el puño el salpicadero de la camioneta de Jesse.

Había pasado de deshacerse en lágrimas a una furia asesina en cuestión de segundos. No podía juzgarla. Si hubieran destrozado el legado de su familia, él también buscaría justicia, y no de la que se dispensa en los juzgados.

—Era imposible que predijeras esto, Nia —respondió Jesse, tratando de mantener la voz calmada.

Verla llorar lo estaba matando. La ira se le iba acumulando con tanta intensidad que casi podía sentir el humo que le salía por las orejas.

Nia se giró hacia él.

—Tú mismo has dicho que esto ha sido intencionado, ¿no?

—Eso creemos —contestó—. Hemos descubierto que han cortado la electricidad y por eso no han sonado las alarmas. Además, al hacerlo evidentemente los congeladores no funcionarían, por lo que el helado iba a derretirse de todos modos. ¿Por qué lo han arrojado al suelo? Rajar los asientos, dañar las encimeras... Todo parece muy personal.

—Alguien está intentando detenerme, Jesse —dijo Nia mientras se arrancaba las pielecillas de los dedos con nerviosismo. Puso las manos temblorosas bajo los muslos y empezó a sacudir las piernas. Miró hacia la calle vacía y añadió—: Esta noche, he descubierto cómo murió realmente Sienna.

Aturdido, le pidió que repitiera lo que acababa de decir.

—¿Que has hecho qué?

–Estoy casi segura de que Darius Lyons la empujó del puente, Jay. Niles y yo hemos encontrado el informe de la autopsia. Alguien debe de haber descubierto que estaba acercándome a las respuestas. Es la misma gente que mató a Rosie y a Maggie... –Tenía los ojos desorbitados por la furia y a Jesse le costaba seguir la historia–. Recuperé el teléfono de Briggs y en él había un mensaje de voz –prosiguió, tartamudeando. Su mente iba más rápido que su boca–. Las últimas palabras de Rosie. Las últimas palabras que nos dijo... –Se giró hacia él con los ojos muy abiertos, tan grandes como la luna. Jesse nunca la había visto tan alterada–. ¡La nota aparecía en el diario de Sienna! ¡La nota que dejó el asesino!

–¡Espera, Nia! ¡Retrocede! –Jesse apenas podía comprender nada de lo que le estaba diciendo. Las palabras estaban mezcladas y le salían a borbotones por la boca–. ¿Robaste el teléfono de Briggs? Morgan me dijo que habías encontrado...

–Puedes quedártelo, ¿vale? –sollozó–. Está todo aquí.

Sacó un teléfono móvil destrozado que tenía aspecto de que le hubiera pasado un tractor por encima. Después, sacó otro teléfono, blanco e inalámbrico. Le puso ambos en las manos.

Por primera vez desde que había dejado el ejército, Jesse sintió miedo. Ver a Nia desmoronarse de aquel modo lo conmocionó. Daba rodeos, sus palabras eran un galimatías y él no conseguía comprender nada de lo que le estaba diciendo. Le apoyó ambas manos sobre los hombros y la obligó a girarse hacia él. Después, le levantó la barbilla con un dedo e hizo que lo mirara. Poco a poco, ella alzó la vista para mirarlo a los ojos. Ahí dentro, en algún lugar, se encontraba la mujer a la que amaba.

–Respira conmigo.

Nia lo imitó mientras él inhalaba profundamente, contenía el aliento y lo soltaba en tandas de cuatro segundos. Lo hicieron varias veces hasta que la Nia de siempre volvió a hacer acto de presencia.

–Empieza por el principio –le dijo.

Miró el salpicadero para comprobar la hora. Vio que eran las tres de la madrugada, pero por Nia esperaría todo el tiempo que hiciera falta.

Jesse se aseguró de que Nia tuviera el cinturón de seguridad abrochado mientras aceleraba en dirección a la granja Old Man Milton. Los faros del coche atravesaban la niebla pesada que flotaba sobre las calles. Nia se lo había contado todo y al fin tenía una imagen completa de lo sucedido. Era más que obvio que, aquella noche, Darius había matado a Sienna y el alcalde Lyons lo había encubierto.

Quería gritarle a Wade que tenían razón. Raines, Chambers y Prescott no habían visto lo que tenían justo delante. Sin embargo, si quería demostrarlo, tenía que devolver el teléfono de Briggs a su sitio. Cuando la policía recogiera todas las pruebas de su casa, Jesse reproduciría el mensaje de Rosie ante el resto del equipo. Eso los instaría a comenzar la investigación desde cero y, con suerte, pondrían a Harvey en libertad.

Se aseguró de aparcar el coche al otro lado de la calle en la que se encontraba Harvey's Used Cars. Después, tras limpiar las huellas de Nia, envolvió el teléfono con una toalla. Si alguien lo esperaba ahí fuera, quería estar preparado, así que cogió el hacha que solía llevar en la parte trasera de la camioneta.

–¿Para qué necesitas eso? –le preguntó Nia.

–Quédate en el coche –le ordenó.

Saltó la verja y subió por el camino de tierra hasta llegar a la casa móvil de Briggs.

Según Nia, la última vez que había estado allí, la puerta trasera estaba abierta, así que tenía la esperanza de no tener que forzarla. La camioneta de Harvey estaba justo donde ella le había indicado y la puerta del dormitorio se abrió sin problemas. Tal como sospechaba, habían destrozado y saqueado el lugar del mismo modo que The Cinnamon Scoop. Se agachó y lanzó el teléfono debajo de la cama, donde Nia lo había encontrado.

Cuando se dio la vuelta, Jesse vio el cobertizo del que ella le había hablado. No era una estructura que llamara la atención: parecía una de esas construcciones anexas que solían usar las personas que tenían demasiadas cosas y poco espacio. Cuando estuvo allí unos días atrás con Chambers, lo había pasado por alto.

Sacó la linterna y pisoteó los matorrales hasta llegar a la parte delantera del cobertizo. Sintió que se le aceleraba el pulso al ver que la puerta estaba cerrada con un candado oxidado. Tenía justo lo que necesitaba para abrirlo. Con un golpe del hacha, el candado se soltó, cayó al suelo y se perdió entre la maraña de hojas que tenía a los pies.

La puerta se abrió con un chirrido y Jesse retrocedió. Aferró el arma con más fuerza, preparándose para lo que pudiera encontrar dentro.

Frente a él había un Mercury Cougar de 1970 verde, descapotable y de dos puertas. De no ser por el parachoques, estaría en condiciones perfectas. La parte delantera de aquella preciosidad clásica estaba abollada como si hubiera sufrido una colisión frontal. También tenía algunos arañazos y la capa de pintura estaba desgastada, dejando a la vista el metal que había debajo. Una telaraña de grietas se extendía desde el centro del parabrisas destrozado.

Detrás de él, crujieron unas hojas. Se dio la vuelta con el hacha en alto y se encontró a Nia con los ojos desorbitados. Se cubría la boca con una mano, conmocionada.

—Es este coche —dijo con un susurro.

Estiró las manos temblorosas para tocar el capó y Jesse la detuvo.

—No lo toques —le advirtió—. ¿De quién es el coche?

A Nia le costaba hablar cuando respondió:

—D-de Sienna…

Le hizo un gesto para que le pasara el teléfono. Jesse se lo dio y ella buscó el nombre de su amiga en el navegador. El primer resultado fue el artículo sobre su muerte en *The Cinnamon Chronicle*. La primera fotografía que aparecía en la noticia mostraba a una Sienna sonriente, saludando a la multitud, justo antes de ser coronada Reina de Cinnamon. Darius Lyons estaba sentado a su lado, haciendo lo mismo. Una sonrisa se dibujaba en el rostro de ambos. Iban sentados en un vehículo.

Era exactamente el mismo que el que estaban contemplando en aquel momento, solo que la parte frontal no estaba destrozada y Sienna todavía seguía con vida.

Capítulo 28
Nia

Para la familia Bennett, la mañana del Fall Fest tendría que haber sido una mañana llena de alegría. Normalmente, se despertaban antes de que saliera el sol, en medio de aquella bruma matutina previa al alba, y se dirigían a Harvest Square. Dado que había sido el primer negocio del pueblo, The Cinnamon Scoop siempre ocupaba una posición privilegiada en el festival, justo en el centro de la plaza. En el punto álgido de las celebraciones, la fila se extendía por entre la multitud para conseguir un cucurucho del clásico helado de canela de Ma-Clara.

La mañana de Nia debería haber estado inundada por el aroma terroso de la canela recién molida, el zumbido de la cafetera elaborando su más que necesaria dosis de cafeína y las risas de su familia mientras se preparaban para el día largo, pero gratificante, que tenían por delante.

En su lugar, The Cinnamon Scoop estaba en ruinas. Nia estaba de pie en la acera, con las manos apoyadas en las caderas, contemplando el escaparate tapiado con tablones de madera. Aquella imagen hizo que le doliera el corazón. Una agonía ancestral la acechaba; la tristeza de su abuela y la decepción de su bisabuela le pesaban sobre los hombros.

Ahora, aquel local que normalmente rebosaba de vida, historia y tradición, no era más que una escena del crimen cubierta de placas de contrachapado y cinta policial. La peculiar y simpática mascota de ojos saltones que Walter había pintado en las ventanas de la heladería veinte años atrás yacía hecha añicos en la calle. Su padre y ella se pasaron la mañana barriendo los cristales para que ninguno de los asistentes al festival se hiciera daño.

Nia pasó los dedos por los ladrillos y rememoró lo orgullosa que se había sentido su abuela al cederle el negocio a su hijo. Recordaba a Walter con una sonrisa de oreja a oreja cuando le habían entregado su propia cuchara para servir helado, la misma que Ma-Clara utilizó por primera vez cuando abrió el negocio.

¿Y ahora?

Por primera vez desde la fundación del pueblo, su familia no formaría parte del Fall Fest. Estaba demasiado triste como para seguir enfadada. Había pasado toda la noche con un nudo en el pecho. Su madre estaba tan angustiada que no podía levantarse de la cama y su padre no había dormido nada, pues había estado dando vueltas de un lado para otro, esperando a que lo llamaran para decirle que ya podía regresar al local.

Aquella mañana, cuando Raines llamó para darles el visto bueno, Nia le rogó a su padre que la dejara acompañarlo. Sin mediar palabra, él aceptó. En un gesto de amabilidad, Sylvester James abrió antes de tiempo su tienda para que su padre pudiera comprar madera y, juntos, tapiaron el escaparate.

Una vez dentro del local, Nia y Walter comenzaron limpiando el helado derretido. Ella aferró la fregona con tanta fuerza que le dolían las palmas de las manos. Quienquiera que hubiera hecho aquello les había quitado algo más que el sustento; les había arrebatado su legado.

Y Nia sabía exactamente quién era el responsable.

Se pasó toda la mañana interpretando el papel de la hija afligida, trabajando sin descanso junto a su padre, maldiciendo al culpable y llorando cada vez que la magnitud de los daños volvía a golpearlos.

Mientras tanto, el Fall Fest estaba en pleno apogeo y había transformado Cinnamon Falls en un lugar encantado y mágico. Main Street estaba irreconocible, cubierta por doseles de hojas doradas y ámbar que llegaban hasta Harvest Square. Los puestos llenaban las aceras y estaban repletos de productos locales: sidra recién hecha, dónuts de azúcar con canela, velas en forma de calabaza y bufandas tejidas a mano.

De vez en cuando, la gente llamaba a la puerta. Con caras esperanzadas, se asomaban por ella para echar un vistazo al interior y preguntaban: «¿Está abierto?». Un niño con una camiseta del Rey de Cinnamon sostenía en la mano un billete arrugado y los labios le temblaron cuando Nia le dijo amablemente que no.

La noticia se extendió con rapidez. Alguien dejó un vaso de cartón en el umbral de la puerta con un mensaje que decía «Ánimo, Scoop». Para el mediodía, ya estaba lleno de dinero. Los vecinos, los asistentes al festival e incluso los turistas que se habían enterado de lo ocurrido se pasaron por allí, no solo para hacer donaciones, sino para ofrecerles un abrazo y galletas caseras o solo para decirles: «Lo sentimos mucho. Os echamos de menos, pero volveréis».

Walter se quedó de pie detrás del mostrador, en silencio y con la mirada perdida, como si a través de la ventana tapiada pudiera ver la oleada de alegría que se desataba al otro lado. Nia sostuvo el tarro de propinas entre las manos, sobrepasada por el calor de un pueblo que había perdido mucho pero que, aun así, escogía dar la cara, cuidar de los suyos y no perder la esperanza.

El festival siguió adelante: alegre, colorido y mágico. A medida que se acercaba el momento de la ceremonia de los Reyes de Cinnamon, Nia se dedicó a planear su próximo movimiento. Todas las piezas encajaban. Tan solo le quedaba ejecutar el plan.

En cuanto terminaron de fregar el suelo y de retirar el mobiliario destruido, se sintió mejor. Las encimeras y los taburetes seguían destrozados, pero al menos el suelo ya no estaba pegajoso. Su padre cerró el local, pero se negó a mirar en dirección a Harvest Square, donde el festival continuaba en pleno apogeo. Duraría hasta que cayera la noche.

–¿Quieres uno de esos batidos de zumo? ¿O prefieres un perrito de maíz? –dijo Nia, intentando que su padre respondiera.

Su padre negó con la cabeza. Llevaba toda la mañana con la mirada perdida y ningún tipo de conversación intrascendente era capaz de arrancarlo de sus pensamientos.

–Te espero aquí hasta que vuelvas –contestó antes de meterse en el coche.

Los grititos cortaban el aire mientras los niños correteaban por las calles abarrotadas con las caras pintadas como si fueran calabazas, fantasmas o el superhéroe del momento. El aroma de las mazorcas de maíz y las palomitas dulces pendía del aire como si fuera una manta reconfortante. En los escalones del ayuntamiento tocaba una banda de *jazz*; los saxofones y trompetas se sumaban al encanto que rodeaba el pueblo. La energía que se respiraba en el ambiente era eléctrica.

Pero a Nia no podría importarle menos. Jesse y ella se habían prometido enfrentarse a Darius juntos, pero tras ver el gesto de su padre supo que no podía esperar más.

Centró toda su atención en el desfile que se estaba preparando en Cinnamon Way. No tenía nada pensado ni ensayado y, mientras recorría Main Street, tan solo la acompañaba una determinación férrea. Cuando llegó a la intersección, vio una hilera de coches clásicos aparcados en la calle, unos detrás de otros.

Estudiantes de último curso emocionados y sus familias, que aún lo estaban más, se agolpaban en Cinnamon Way con las cámaras preparadas. Nia se abrió paso a empujones entre la multitud, haciendo caso omiso de los murmullos y las exclamaciones de sorpresa mientras avanzaba con decisión hacia la carroza.

Los recién coronados Rey y Reina de Cinnamon estaban sentados en la parte trasera, esperando a que comenzara el desfile. Nia reconoció a Charlie Júnior, el hijo de Charlie

Kent, pero no a la nueva Reina. Aquella belleza de ojos marrones la miró desde lo alto del descapotable y se apartó los largos rizos de la cara. La corona dorada brillaba con el sol de la tarde.

–¿Busca a alguien, señorita Nia? –preguntó con preocupación en la mirada.

–Eh... ¿Cómo sabes mi nombre? –replicó, desconcertada.

–Todo el mundo conoce a los Bennett. Además, eres igualita a Niles. –Una sonrisa le iluminó el rostro, aunque solo por un instante–. Habla de usted a todas horas. Siento mucho lo que ha ocurrido en The Cinnamon Scoop.

Nia pensó que debía ser más amable con su hermano. «Tal vez el 29 de febrero», pensó.

–¿Busca al señor Lyons? –La Reina de Cinnamon señaló por encima del hombro en dirección al instituto, que se encontraba a su espalda–. La última vez que lo vi, estaba en el gimnasio.

Nia había comenzado a caminar hacia allí cuando Charlie Júnior se inclinó hacia ella y susurró:

–¿Puedes decirle que se dé prisa? Me duele el puñetero culo de estar aquí arriba, colega –se quejó–. Llevamos una eternidad esperándolo. Él ya tuvo su momento; ahora, ha llegado el nuestro.

–Deja de decir palabrotas o se lo contaré a tu padre –le regañó ella.

Ante la mención de su padre, Charlie Júnior se calló y echó un vistazo alrededor para asegurarse de que no estuviera por allí.

Nia salió corriendo en dirección al instituto y rodeó uno de los laterales para dirigirse hacia la entrada trasera del gimnasio. La puerta permanecía abierta gracias a una pelota de baloncesto desinflada, así que se agachó un poco para poder asomarse al interior.

El gimnasio seguía tal como lo recordaba: dos gradas doradas que llegaban hasta el techo y paredes de ladrillos de color azul marino con un mural meticulosamente pintado a mano de un lobo gris aullando. Solo que, en los seis años que había pasado fuera, habían modificado el dibujo que siempre había conocido y amado para añadir nada más y nada menos que a Darius Lyons. Habían incluido un dibujo suyo de perfil, vestido con el uniforme de Cinnamon Falls y un balón de fútbol americano en las manos. Habían enmarcado la camiseta que solía usar en el instituto y, con su firma debajo, la habían colgado sobre la puerta.

Fijó la vista en Darius, que estaba en el centro de la pista. Sobre su cabeza reposaba cómodamente la corona y, con un cetro en una de las manos, tenía los brazos abiertos de par en par. Era la toma perfecta: el mural detrás de él y su propia camiseta sobre la cabeza. Lo estaban inmortalizando: el verdadero Rey de Cinnamon Falls.

Pero incluso los mejores reyes podían ser apuñalados por la espalda. Si no, que le pregunten a Julio César.

Verlo hizo que le hirviera la sangre. Tenía muchas ganas de borrarle la sonrisa de la cara con una bofetada. Nia abrió la puerta y se coló dentro. Victoria estaba de espaldas a la entrada, tomando fotos de su novio con el teléfono móvil.

—Ahora mismo salimos —dijo Darius de forma distraída cuando oyó el portazo.

Entonces, vio a Nia por encima del hombro de Victoria.

Quería decirle algo que infundiera miedo a su corazón cobarde, pero la frase se le escapó más rápido de lo que pretendía:

—Tú mataste a Sienna.

Viéndolo en retrospectiva, tendría que haber ensayado lo que iba a decir. Aquellas palabras chocaron contra las paredes del gimnasio vacío, reverberaron y crearon una caja de resonancia en torno a los tres.

Victoria se giró de golpe. Darius se quedó petrificado y la sonrisa se le esfumó del rostro.

—No tengo ni idea de qué estás hablando —dijo con un bufido burlón.

Entonces, se recolocó la americana del traje como si, de pronto, le quedase demasiado pequeña.

—Deja que te refresque la memoria —replicó ella. No tenía ningún plan de ataque, ni una estrategia pensada ni un discurso preparado. Tan solo iba armada con una verdad innegable, y eso era todo lo que necesitaba—. Sienna rompió contigo justo antes de la ceremonia, ¿verdad? —El cuerpo le temblaba con ira mientras señalaba a Darius. Deseó que su dedo fuera un cuchillo—. Sabía que le habías puesto los cuernos y conocía todas tus mentiras. ¡Así que te dejó, patético! —espetó. El pánico se apoderó de los ojos de Darius cuando miró a Victoria—. Ah, así que ella no sabía lo de Sienna... —añadió con ligereza. Entonces, se concentró en la otra mujer—. Estuvieron juntos hasta el Fall Fest. —Victoria le lanzó a Darius una mirada que, si hubiera sido un arma, podría haberlo herido—. No pudiste soportar que te dejara, ¿verdad? —Se acercó hacia él, que dio un paso tímido hacia atrás.

—¡No fue así! —exclamó, soltando el cetro—. Fue un accidente, ¿de acuerdo? Yo no la maté. ¡Yo la quería! No...

Antes de que pudiera decir nada más, un fuerte crujido resonó por todo el gimnasio. Nia se oyó a sí misma gritando. De forma instintiva, se agachó y se cubrió la cabeza. Cuando levantó la vista, vio que Darius se tambaleaba hacia atrás, boquiabierto. Entonces, los ojos se le pusieron en blanco. Por el centro del rostro se le escurrió un hilillo de sangre y, entonces, cayó sobre el suelo de madera con un golpe sordo y enfermizo.

Cetro en mano, Victoria rodeó su cuerpo con la barbilla levantada. Casi parecía aburrida ante aquella situación. Como si, de algún modo, le hubiesen arruinado el día. A Nia le temblaban las rodillas, el pulso le palpitaba en los oídos y el corazón le latía con fuerza, pero nunca había tenido la mente tan despejada.

—Fuiste tú quien la mató.

Darse cuenta de aquello la dejó sin aliento.

Victoria se encogió de hombros y contempló el cetro

ensangrentado. Después, lo limpió con la chaqueta de Darius.

—Iba a arruinarlo todo —dijo con sencillez—. La corona y este futuro... Todo eso era mío. —Se golpeó el pecho con el puño—. Era yo la que lo amaba. Me arrebató mi momento y me juré que nunca más volvería a ocurrir.

Cerró los dedos con más fuerza en torno al cetro y dio un paso hacia Nia, que no podía creerse todo aquello.

—¿La mataste por una corona?

—¡Hice un sacrificio por el bien de mi futuro! —estalló Victoria. El grito resonó con tanta fuerza que Nia tuvo que taparse los oídos—. Él habría hecho cualquier cosa con tal de hacer las paces con ella y no podía permitir que eso ocurriera. Sienna me hizo un favor al dejarlo marchar y tenía que asegurarme de que no regresara nunca más.

Victoria le mostró el anillo de compromiso. El mundo de Nia se tambaleó y se desplomó en caída libre hacia la locura. El peso de las palabras de aquella mujer le aplastó el pecho. Las rodillas le cedieron al fin y detuvo la caída apoyando las manos sobre el suelo frío.

—¿Y Rosie? —consiguió decir.

Victoria sacudió el cetro frente a ella.

—Esa vieja zorra no cerraba el pico sobre su estúpida hija, así que tuve que asegurarme de que se callara... para siempre. He de decir que peleó con todas sus fuerzas. —Se subió el dobladillo del vestido y le mostró los moretones que le recorrían ambas piernas, como si la hubieran arrastrado—. Todo esto porque convertí a su hija en un simple animal atropellado —añadió con un chasquido de la lengua.

Nia se sentía como si le hubieran dado una patada en el estómago. Se inclinó hacia delante a causa de una arcada. La cabeza le zumbaba. ¿Cómo era posible que Victoria estuviera al corriente de las sospechas de Rosie... después de tantos años?

Rosie estaba en lo cierto. Sienna no se suicidó. Darius no la tiró del puente. Sienna fue asesinada; la atropellaron en la calle y se deshicieron de ella como si fuera un animal muerto. Rosie sabía que tras lo ocurrido con Sienna se escondía algo más y murió por ello.

Las piezas del puzle encajaron de repente.

—Maggie debió de verte aquella noche, cuando saliste de Rosie's Diner —masculló Nia.

Victoria ladeó la cabeza.

—Le advertí de que no dijera nada, pero no podía confiar en que mantuviera la boca cerrada. Después de todo, esto es Cinnamon Falls.

—Rosie guardó el informe original de la autopsia —dijo Nia—. No vas a salirte con la tuya.

Victoria sonrió de medio lado.

—Eres muy graciosa, Nia. De verdad crees que lo sabes todo, ¿no es así?

—Solo sé que no saldrás de aquí siendo una mujer libre —replicó ella.

—He matado a tres personas de este pueblo. ¿Cómo crees que ha sido posible? —Nia no pudo responder—. ¿Qué importancia tendría una más? —En el suelo, Darius gruñó y sacudió el cuerpo mientras intentaba recuperar las fuerzas—. ¡Dos más! —exclamó mientras le daba una patada en el estómago. Él soltó un gemido enfermizo al recibir el golpe y no volvió a moverse—. Toda mi vida ha girado en torno a este patético saco de mierda ¿y así es como me da las putas gracias? —rugió Victoria ante una audiencia invisible—. ¿Después de todo lo que he sacrificado por él? De lo único de lo que hablaba su puñetero padre era de que le había arruinado el futuro. ¿Y qué pasa con mi futuro, eh? ¿Qué pasa conmigo? ¡Todo giraba en torno a este puto imbécil! Fui yo la que mantuvo unida a esa familia. Fui yo la que sugirió arrojar el cuerpo de Sienna a la cascada. Si no fuera por mí, Darius sería un fracasado, una sombra de lo que fue, que se dedicaría a enrollarse con adolescentes vulgares y a revivir sus días de gloria el resto de su vida. ¡Fui yo la que construyó todo esto y estás loca si crees que vas a quemarlo hasta los cimientos!

Nia apenas tuvo tiempo de prepararse cuando Victoria se

abalanzó sobre ella. El cetro surcó el aire, directo hacia su cabeza. Se apartó justo a tiempo y la barra de oro le pasó silbando junto a la oreja. Le golpeó en el hombro y una oleada de dolor se le expandió por todo el cuerpo. Con el corazón latiéndole con fuerza, dio un golpe contra el suelo y se alejó de Victoria. El hombro le dolía horrores, pero la mujer volvió a alzar el cetro con determinación y odio en los ojos.

—Deberías haberte ocupado de tus propios asuntos, Nia —dijo mientras agarraba la barra con ambas manos.

Se preparó. Solo disponía de unos segundos antes de que Victoria volviera a atacarla.

Había llegado el momento. O luchaba o moría.

Pero Nia nunca había sido el tipo de chica que se rendía sin plantar cara.

Capítulo 29

Jesse

Cuando Jesse se acercó a Charlie Júnior, parecía como si el joven se hubiera tragado el aguijón de una avispa. A pesar de su actitud, le impresionó lo bien que se había arreglado. Lucía un traje negro a medida con unos gemelos tan brillantes que competían con los diamantes en las orejas. Llevaba las rastas apartadas de la cara con unas trenzas que le caían sobre los hombros. Le dio la vuelta al reloj de oro que llevaba en la muñeca. Tanto él como la joven que estaba a su lado tenían un gesto de aburrimiento que indicaba que estaban hartos de esperar.

Cinnamon Way estaba atestada de padres impacientes, estudiantes y familias ansiosas por ver a los alumnos de último curso desfilar. Y, entre la multitud, muchas personas deseaban poder atisbar al héroe local, Darius Lyons.

No si Jesse llegaba antes hasta él.

—¿A qué viene el retraso? —les preguntó a los adolescentes.

—No puedo decir palabrotas o la señorita Bennett se lo dirá a mi padre —masculló Charlie Júnior mientras señalaba con la barbilla al hombre, que se encontraba a apenas unos metros de distancia.

Estaba enfrascado en una conversación con la señora Guy y ni siquiera los miraba.

—Te doy permiso para hacerlo —susurró Jesse—. Dime qué está ocurriendo.

—Estamos esperando al señor Lyons —le informó la Reina. El chico señaló el instituto.

—Lleva en el gimnasio una eternidad. Pensaba que, a estas alturas, la señorita Bennett lo habría sacado ya de allí.

A Jesse se le heló la sangre. Antes de ser consciente de lo que hacía, salió disparado. Sus botas retumbaron contra el pavimento mientras se dirigía a toda velocidad hacia el gimnasio del instituto. Una multitud salía por la puerta principal.

—¡Dígale a ese idiota que se dé prisa! —le gritó Charlie Júnior.

El ruido procedente del festival se había atenuado. Jesse estaba totalmente concentrado. Subió los escalones que conducían al gimnasio de dos en dos y ralentizó el paso en cuanto llegó a la puerta trasera. Estaba abierta gracias a una pelota de baloncesto desinflada; la apartó de una patada y abrió de par en par la puerta que, con un estruendo, golpeó la pared que tenía detrás.

Lo primero en lo que se fijó fue en Nia, que estaba tirada en el suelo, agarrándose un brazo y con el rostro torcido por el dolor mientras intentaba levantarse. Victoria estaba inclinada sobre ella, aferrando el cetro dorado como si fuese un arma.

No pensó, solo reaccionó. Se abalanzó rápidamente y agachó el hombro para embestir a Victoria antes de que pudiera asestar un golpe mortal. Ella gritó mientras ambos se desplomaban sobre el suelo de madera. El cetro se le escapó de las manos y rodó lejos de su alcance.

Haciendo uso de todo su peso, Jesse la inmovilizó. Consiguió darle la vuelta y clavó la rodilla en su espalda mientras le sujetaba los brazos por detrás del cuerpo. Le sorprendió lo fuerte que era, pues no dejaba de retorcerse y patalear a pesar de la presión que estaba ejerciendo sobre ella.

—Se acabó —gruñó mientras le ponía las esposas en torno a las muñecas.

Victoria se revolvió y con tono venenoso dijo:

—¡Idiota! ¡No tienes ni idea de lo que acabas de hacer!

Jesse la ignoró y centró su atención en Nia. Estaba

temblando. Seguía en el suelo y tenía los ojos abiertos de par en par por el *shock*. Su mirada iba de Jesse a Victoria, una y otra vez. Quería acercarse a ella y acunarla entre los brazos, pero escuchó pasos apresurados resonando en el pasillo. Miró hacia las puertas dobles del gimnasio.

El alcalde Lyons entró. Se detuvo en seco ante la escena: Darius inconsciente en el suelo, Victoria inmovilizada por Jesse y Nia llorando.

Su rostro se torció.

—¿Qué demonios está ocurriendo?

Jesse se puso en pie, levantó a Victoria del suelo en un solo movimiento y la agarró con firmeza de las esposas.

—¡Dígale que me suelte! —gritó ella.

El alcalde atravesó la estancia hasta llegar a su hijo y se arrodilló junto a él.

—¿Puedes oírme, hijo? ¡Que alguien llame a una ambulancia!

Las puertas dobles se abrieron de nuevo y Grace Whitfield entró corriendo. Sorprendida, abrió los ojos y rápidamente se subió la falda del vestido largo color lavanda y se dejó caer al suelo junto a Darius.

—No respira —dijo con tono urgente.

Entonces, empezó a hacerle compresiones torácicas mientras llevaba la cuenta entre susurros.

—¡Darius! —gritó Victoria, retorciéndose, pero Jesse no la soltó—. ¡Quítame las esposas! ¡Deja que lo ayude!

El jefe Prescott fue el siguiente en aparecer.

—Tenemos una calle llena de gente esperando. Pe-pero… ¡¿qué está pasando aquí?!

Jesse nunca se había alegrado tanto de ver a otra persona de uniforme.

—Victoria ha estado a punto de matar a Nia, señor —le informó mientras señalaba a ambas mujeres.

—¡Mató a Rosie y a Maggie! —La voz de Nia sonó ronca pero fuerte.

—¡No tienes pruebas! —se burló Victoria.

—¡Que alguien llame a una ambulancia! —exclamó Grace

en medio de la discusión–. ¡De lo contrario, morirá! ¡Tiene el pulso débil! ¡Por favor!

El jefe de policía se acercó la radio que llevaba en el hombro a la boca y pidió un vehículo de emergencias.

Nia se levantó del suelo con esfuerzo. Estaba decidida a todo, a pesar de todas las lágrimas.

–Rosie guardó el informe original de la autopsia; ¡el que demuestra que Sienna fue asesinada! –dijo mientras miraba fijamente al alcalde.

Jesse asintió.

–Encontramos el coche en casa de Briggs. Sienna no se suicidó, señor. Puedo demostrarlo.

Todos se quedaron en silencio. El pecho les subía y bajaba mientras miraban de un lado para otro. Entonces, poco a poco, el gesto del alcalde Lyons cambió y pasó de una preocupación fingida a una indiferencia calculada. Se deshizo del cuerpo de Darius y se puso en pie mientras se alisaba el traje.

En ese momento, Jesse supo que no había sido solo Victoria, sino que aquello llegaba a esferas más altas. Mucho más altas.

–Bueno... –Prescott suspiró, desenfundó el arma y metió una bala en el cilindro–. Esto sí que es desafortunado.

A Jesse se le heló la sangre y Victoria se zafó de su agarre. El alcalde se llevó la mano al interior de la chaqueta del traje, sacó su propia arma y la amartilló con una tranquilidad espeluznante. Después, apuntó a Jesse entre los ojos.

–Sabía que serías un buen detective, Shaw –dijo Prescott con voz gélida–. Había depositado grandes esperanzas en ti, hijo. Lo único que tenías que hacer era dejar que Briggs fuese a la cárcel. Era un delincuente reincidente; jamás habría salido de allí.

Nia se arrastró hacia él, que, de forma instintiva, se colocó entre ella y las armas a modo de barrera.

–¿Y todo esto por Darius? –intervino Grace con la voz agudizada por el miedo.

El alcalde abrió los brazos de par en par.

–¿Sabes cuánto dinero ha traído mi hijo a Cinnamon Falls? El turismo, la prensa... ¡Este sitio estaba muerto antes de que él llegara!

–«Reunión con A. L.» –masculló Nia. Después, señaló al alcalde con una mirada intensa de acusación en los ojos–. ¡Rosie descubrió que habían asesinado a Sienna y quiso hablarlo con usted! ¡Pensó que la ayudaría!

–¡Quería enviar a mi único hijo a la cárcel! ¡Era ridículo!

–¿Y ahora, qué? ¿Nos matan a todos? –replicó Jesse.

Prescott sacudió la cabeza.

–Intenté detenerte. Te saqué del caso y, aun así, seguiste investigando. Anoche, me obligaste a destrozar la tienda de tu novia después de que descubriéramos que había estado husmeando en la base de datos del condado. –Nia soltó un sollozo–. Y, aun así, aquí estás –añadió el hombre. Después le lanzó a Jesse una mirada casi arrepentida–. No me has dejado demasiadas opciones, hijo.

Jesse sintió que el pulso se le aceleraba. Lo superaban en número y en armas.

Pero tenía un plan.

Bajó la vista hacia el reloj con la esperanza de que el riesgo que estaba asumiendo no acabase en un derramamiento de sangre.

–Culpa mía; error de novato –dijo con una sonrisa de suficiencia.

Por un instante, no pasó nada. Entonces, la puerta trasera del gimnasio se abrió de golpe. Wade y Chambers entraron, apuntando las pistolas.

–¡Policía de Cinnamon Falls! –gritó Chambers.

–¡Suelten las armas! –exigió Wade.

El alcalde abrió los ojos de par en par antes de darse la vuelta y dirigirse corriendo hacia la salida. Jesse no dudó y salió disparado detrás de él. Atravesó corriendo las puertas dobles del gimnasio, que lo condujeron a un largo pasillo donde una multitud de personas esperaba a que comenzara el desfile. Lyons se abrió paso entre el gentío, empujándolo, desesperado por escapar. Jesse le pisaba los talones y la gente se apartaba de su camino. El alcalde se giró y disparó a lo loco por encima del hombro. Jesse se agachó y las balas le pasaron rozando las orejas, pero siguió persiguiéndolo de forma implacable.

El hombre llegó hasta las escaleras delanteras del instituto. Solo era cuestión de tiempo que fuese devorado por la multitud que inundaba las calles. Bajó los escalones a toda prisa y giró de forma brusca hacia Cinnamon Way. Entonces, Raines salió de detrás del coche de Charlie Júnior con el arma desenfundada.

–¿Vas a alguna parte?

El alcalde derrapó antes de detenerse. Jesse chocó contra su espalda y lo tiró al suelo. La multitud soltó gritos ahogados y el agente levantó a Lyons por la chaqueta y lo arrojó a los brazos de Raines.

–Lléveselo de aquí –gruñó.

–¡Señor! –gritó Charlie Júnior mientras daba saltitos en la parte trasera del coche–. ¡No ha perdido su toque!

Cuando Jesse regresó al gimnasio, buscó a Nia con la mirada. Ella lo miró desde el suelo y el tiempo se detuvo. No oyó ni el caos de la escena ni sus propios pensamientos. Tan solo se concentró en ella.

Nia se puso en pie y corrió hacia él. Jesse no se reprimió y salió a su encuentro. Ella se lanzó a sus brazos y él la atrapó con facilidad. Después, la estrechó con fuerza. Nia cerró los puños en torno a la tela de su sudadera y lo abrazó como si temiera que fuera a desaparecer.

–Estás bien –susurró ella–. He oído los disparos y pensaba que... Pensaba...

Jesse le tomó el rostro entre las manos y le levantó la barbilla.

–Puedes contar conmigo –le prometió.

Sin pensarlo, la besó. No de un modo suave y lento, tal

como había imaginado que sería su primer beso, sino de un modo desesperado e incontenible que sellaba una promesa. Nia se fundió con él y Jesse enterró su mano en el pelo de ella. La acercó hasta tenerla imposiblemente cerca. Cuando al fin se separaron, mareados por la pasión, Jesse apoyó su frente contra la de ella.

–¿Recuerdas el momento en el que me prometiste que te mantendrías al margen? –le preguntó mientras una sonrisa se le dibujaba en los labios.

–No sé de qué me estás hablando –contestó ella.

Cuando Nia volvió a besarlo, Jesse sintió que estaba flotando.

Capítulo 30

Jesse

–¡Shaw, te debo una!

En la comisaría, con la voz fuerte y llena de una admiración reticente, Chambers brindó con una copa de *whisky* por Jesse. De uno en uno, el resto de los agentes hicieron lo mismo, alzando sus respectivas copas en un poco habitual momento de unión.

Habían saqueado el alijo del despacho del jefe de policía. Ahora que el apellido Prescott había caído en desgracia, las botellas habían encontrado un propósito mejor: brindar por haber hecho justicia al fin.

Satisfecho, Jesse se recostó en una silla con su propia copa colgándole entre los dedos.

–Me debes tres –le corrigió antes de acabarse la copa de un trago–. Una por Victoria, otra por el alcalde Lyons y otra por el jefe Prescott.

–Y una por Harvey Briggs –añadió Raines.

Jesse exhaló y sacudió la cabeza.

–¡Entonces, cuatro! ¡Me debes cuatro!

–¿De parte de quién está? –le dijo Chambers a la sargento, que se limitó a encogerse de hombros con una leve risita.

Era la primera vez en su vida que veía a aquella mujer sonreír.

Raines se cruzó de brazos.

–He de admitir que pensé que habías perdido la cabeza –dijo sin rodeos–. No quería creer que hubiésemos pasado tantas cosas por alto.

–No ha sido solo cosa mía. Fue Wade el que me ayudó a ver la situación con mayor claridad.

Todas las cabezas se giraron hacia Bud Wade, que estaba sentado en un lateral, aferrando la botella de *whisky* como si fuese un trofeo muy valioso.

Jesse ladeó la cabeza.

–El topo eras tú, ¿verdad? Fuiste tú quien le filtró la información a Elaine Matthias.

Wade se sonrojó. Raines se levantó de un salto, entrecerrando los ojos.

–¿Que hiciste qué?

El hombre alzó las manos en señal de rendición y, después, se las pasó por el rostro.

–Tuve que hacerlo. Solo podía confiar en Elaine para que sacara la verdad a la luz. El jefe estaba tan centrado en Briggs que no veía todo lo demás.

Chambers se rio de forma mordaz.

–Debería arrestarte ahora mismo, Wade.

El hombre se encogió de hombros.

–¿Y perderme la fiesta? ¡Ni en broma!

Jesse negó con la cabeza mientras esbozaba una medio sonrisa.

–Fue el novato el que encontró el coche –señaló Wade–. Todavía tenía la abolladura del atropello de Sienna y, cuando registramos la casa de Lyons, encontramos copias de la nota que Sienna le había escrito a Darius dentro del equipaje de Victoria junto con el arma homicida: la sartén de hierro de Rosie.

Chambers resopló.

–Esa chica estaba obsesionada.

Wade se inclinó hacia delante.

–¿Y cómo descubriste que había sido Victoria?

Jesse respiró hondo.

–No lo vi venir. En cuanto Morgan me contó que Sienna y Darius habían mantenido una especie de relación secreta, me concentré en él.

–Rosie también debió de atar cabos de ese modo –comentó Wade.

Él asintió.

–Por otro lado, Grace Whitfield me contó que, cuando salió de casa del alcalde la noche de la fiesta de Darius, estuvo a punto de ser atropellada por un coche pequeño. Angie recibió un soplo que hablaba de la presencia de un coche pequeño y azul en Main Street en torno a la hora de la muerte de Rosie. Una búsqueda rápida me condujo a Tammy Nathan, la madre de Victoria. Además, la propia Victoria me había dicho en Cinnamon Grove que toda su familia y amigos asistieron a la fiesta de Darius aquella noche. Supongo que tomó el coche de su madre mientras la fiesta estaba en pleno apogeo, condujo hasta la cafetería, mató a Rosie y regresó antes de que alguien se percatara de su ausencia.

Chambers negó con la cabeza, incrédulo.

–Y todo por Darius Lyons... El tipo ni siquiera es tan bueno.

Raines exhaló.

–El dinero, el estatus y el poder provocan ese tipo de reacciones en la gente. Y en un pueblo pequeño como este... No puedo imaginarme hasta dónde llegarán los trapos sucios de Lyons.

Jesse asintió mientras procesaba la red de corrupción que apenas habían comenzado a desenmarañar.

–El jefe Prescott... –comenzó a decir.

–Vernon –le corrigió la sargento con voz firme.

Jesse asimiló el cambio.

–Vernon fue jefe de policía durante veinte años. Es probable que dejara pasar muchas cosas. ¿Cuántos años cree que le caerán?

Lentamente, Raines bebió de su copa.

–Eso depende del fiscal del distrito. Encontrar los documentos falsificados y compararlos con los que tenía Rosie fue la puntilla para Prescott.

Chambers frunció el ceño.

–¿Cómo los encontró tu chica?

Jesse respiró hondo y se frotó la barbilla.

–Grace tenía el original. Supongo que le entregó una

copia a Rosie, que debió de atar todos los cabos al descubrir el cobertizo en casa de Briggs, entrar en él y ver el coche. Acudió al alcalde en busca de ayuda y, así, selló su propio destino.

Mientras hablaba, el silencio cayó sobre el grupo.

Wade soltó un silbido.

—Debió de tener mucho miedo.

Jesse asintió.

—Por eso le dejó ese mensaje de voz a Briggs. Estaba muy enamorada de él y se sentía culpable por haber husmeado, pero sabía que no podía ignorar lo que había descubierto. Por eso la mató Victoria. Sabía que, en cuanto volviera a ver a Darius, Rosie no se quedaría callada.

Chambers negó con la cabeza y murmuró:

—Vaya manera de marcharse de este mundo...

Jesse tensó la mandíbula mientras el peso de toda la semana se le asentaba en el pecho. Rosie había luchado por la verdad hasta el final. Y ahora, gracias a ella, se había hecho justicia.

Angie se acercó al grupo y carraspeó.

—Jesse, hay alguien esperándote.

La comisaría al completo se giró y todos lo miraron mientras dirigía la vista hacia el vestíbulo. Allí estaba Nia, con las manos escondidas en las mangas del jersey y meciéndose sobre los talones. Lo saludó con la mano, nerviosa. Él se puso en pie de inmediato, con el corazón en la garganta.

—Tengo que irme, chicos.

Estrechó la mano de Wade y Raines y le hizo un gesto con la cabeza a Chambers antes de volverse hacia ella.

—¡Oye, novato!

Jesse resopló y se detuvo a mitad de camino. Se giró hacia el detective, preparándose.

—Escucha... —comenzó a decir.

—No. Escúchame tú —le interrumpió el hombre. Por primera vez tenía un tono de voz serio—. Quiero pedirte disculpas, colega. —Jesse pestañeó, sorprendido. Chambers se frotó la nuca. Parecía incómodo, como si decir aquellas palabras no le resultara fácil–. Te juzgué mal. Había oído que eras uno de esos tipos duros del ejército jugando a ser policía en un pueblo pequeño y pensé que...

–¿Que era un idiota? –acabó la frase, arqueando una ceja.

Chambers soltó una carcajada y negó con la cabeza.

–No con esa palabra exacta. –Jesse se limitó a cruzarse de brazos, esperando. El detective suspiró–. Dejé el Departamento de Policía de Atlanta pensando que este lugar sería seguro y tranquilo; un respiro entre tanto caos. ¿Un detective de homicidios en un pueblo sin homicidios? Parecía un sueño. –Jesse no se rio–. Siento haber dudado de ti. –El hombre exhaló de forma brusca–. Trazaste un plan casi infalible para acabar con todo un departamento corrupto. No depende de mí, pero creo que serías un detective increíble. Es un honor poder servir a tu lado, compañero.

Chambers le tendió la mano para que se la estrechara como tregua entre hermanos de uniforme.

Jesse se quedó mirándolo durante un largo momento. Quería dejar que se impusiera su orgullo, mandarlo a paseo y recordarle las diferentes formas en las que lo había subestimado. Sin embargo, el detective le había tendido una rama de olivo, y él no era el tipo de hombre que guardaba rencor.

–Todo bien –dijo al fin mientras estiraba el brazo para darle un apretón de manos.

Chambers sonrió de medio lado.

–Bien, bien. –Entonces, lo empujó hacia el vestíbulo–. Ahora, ve a por tu chica, colega.

Jesse no necesitó que se lo dijeran dos veces. Se había cansado de echar la vista atrás. Iba siendo hora de seguir adelante.

La comisaría bullía con una energía extraña que desprendía alivio e incredulidad a partes iguales. Los agentes se apiñaban en grupos pequeños para hablar animadamente sobre los arrestos, la cobertura mediática y todas las pruebas que todavía estaban incluyendo en los registros. Los teléfonos sonaban. Se revolvían papeles. De fondo, la cafetera silbaba.

Sin embargo, Jesse no podía oír nada de todo aquello. Tan solo la veía a ella. Nia lo esperó con paciencia, rodeándose el cuerpo con los brazos. Parecía cansada, pero tenía un aspecto radiante y, cuando sus ojos se encontraron, Jesse sintió que el corazón le daba un vuelco en el pecho.

Cruzó la comisaría con pasos lentos y decididos, haciendo caso omiso de las miradas curiosas y los susurros de los otros policías. No se detuvo hasta que estuvo justo enfrente de ella. Nia lo miró, pestañeando y con los labios entreabiertos, como si tuviera un millar de cosas que decirle y no supiera por dónde empezar.

–Lo has logrado –le susurró con la voz temblorosa por la emoción–. Lo has logrado de verdad.

Jesse estiró un brazo y le colocó un rizo suelto detrás de la oreja.

–Lo hemos logrado. Jamás habría llegado hasta aquí sin ti. –Le pasó el pulgar por la mejilla–. No has dejado de investigar en ningún momento. No te has rendido con Sienna. Ni con Rosie. Ni con este pueblo.

Nia suspiró y dio un paso hacia él.

–Y tú no te has rendido conmigo.

Él sonrió con ternura y el peso de los últimos seis años, del corazón roto, la confusión y el miedo se esfumaron en ese mismo instante.

Sin pensarlo dos veces, se inclinó y la besó. Fue un beso cálido y firme, lleno de todas las cosas que no se habían dicho o que no habían podido decirse antes. El beso fue desplegándose poco a poco, como si hubiera estado esperando pacientemente todo aquel tiempo.

Alguien en la sala silbó y estalló una ronda de aplausos. Una voz gritó:

–¡Por fin!

Nia se rio contra sus labios y se separó de él con las mejillas sonrojadas. Jesse mantuvo la frente pegada a la suya.

—¿Tienes hambre? —le preguntó mientras le acariciaba los brazos con las yemas de los dedos.

Ella asintió.

—Estoy muerta de hambre.

—Vamos a mi casa —le dijo en voz baja—. Cocino yo.

Nia arqueó una ceja.

—¿Desde cuándo cocinas?

—Preparo un sándwich de queso a la parrilla espectacular.

Ella sonrió.

—Suena perfecto.

Cuando salieron de la comisaría con los dedos entrelazados, el aire frío de la noche los saludó como un viejo amigo. Por primera vez en mucho tiempo, Jesse se sintió como en casa.

Capítulo 31
Nia

Domingo

En sueños, Nia decidió que, cuando se despertara, pondría una queja al viejo Milton y sus gallos. Hacían mucho ruido, eran insistentes y del todo innecesarios. Gruñó y enterró la cara en la almohada mientras Shadrach, Meshach y Abednego daban los buenos días a Cinnamon Falls.

El aire era frío y, a través de la ventana abierta, se colaba el olor de los pinos y el césped recién cortado. Las sábanas eran suaves como la seda y el colchón, más firme de lo que solía gustarle, pero cómodo. Sin embargo, fue el aroma que desprendían lo que hizo que se quedara parada.

Ese olor familiar a cálida madera de cedro con un toque terroso de canela.

Abrió los ojos de golpe.

Jesse.

Estaba en su cama.

Se dio la vuelta esperando sentir su cuerpo. Sin embargo, encontró que el otro lado de la cama estaba vacío y las sábanas ya frías.

Rayos de luz se colaban a través de las cortinas. Su mirada recorrió el dormitorio iluminado de forma tenue. Estaba meticulosamente ordenado y ni siquiera había un par de vaqueros colgando del respaldo de un sillón. La pistola, la placa y el móvil reposaban sobre la mesilla de noche. El teléfono vibró al recibir una llamada de Chambers.

La inundaron los recuerdos de la noche anterior. El caos, los gritos, todo lo que se había destapado. El momento en el que se había derrumbado entre los brazos de Jesse, incapaz de soltarlo.

El beso... El beso... El beso...

Había sido la jugosa y dulce guinda sobre un cucurucho de helado de canela.

Se le ruborizaron las mejillas y dejó escapar una risita infantil. Jesse no le había tomado el pelo: sabía cocinar. En los locales *gourmet* de todo el país podrían servir el sándwich de queso a la parrilla que le había preparado. Entre el suave y esponjoso pan había metido pilas de *gouda*, *mozzarella* y *cheddar* madurado, mientras que el beicon, crujiente, salado y grueso, le había cambiado la vida. Habían compartido el sándwich bajo la tenue luz de la cocina, tratando de no reír demasiado fuerte para no despertar a sus padres. Se sentían como si estuviesen de nuevo en el instituto, antes de que la vida se complicara, antes de que crecer los hubiera arrastrado en direcciones opuestas. Se habían sentido como si, de algún modo, hubiesen encontrado el camino de vuelta a aquella época más sencilla.

Nia se incorporó y estiró los músculos. Todavía tenía el hombro dolorido tras lo ocurrido el día anterior, lo que le recordó que la adrenalina se había desvanecido hacía rato.

Mentalmente, volvió a visualizar el gesto enloquecido de Victoria mientras se alzaba sobre ella, pero desechó aquel pensamiento.

«Se acabó», se dijo a sí misma. Ya nada podía hacerle daño.

Había visto cómo sacaban de allí a Victoria esposada. Al jefe Prescott y al alcalde Lyons los habían arrojado a la parte trasera de un coche patrulla y se los habían llevado. No sabía qué clase de futuro les esperaba o hasta dónde llegaba la corrupción que había entre ellos. Lo único que sabía era que al fin podía descansar.

Apartó las sábanas y se dirigió descalza hacia las ventanas

francesas que daban al balcón. Cuando corrió las cortinas, se encontró con el amanecer más bonito que había visto sobre Barkwood Bridge. Salió al exterior para ver más de cerca el cielo, que estaba surcado por tonos coral y dorado que parecían pinceladas sobre un lienzo.

Los canelos brillaban con el rocío de la mañana y sus ramas se extendían hacia el sol que asomaba por detrás de las colinas. La luz se derramaba cual serpentinas en torno al puente y proyectaba un resplandor sobre el agua que había más abajo. La niebla matutina se enroscaba en torno a las erosionadas vigas de madera como si fueran dedos fantasmales. Hacía años que no ponía un pie allí y contemplarlo hizo que algo le atenazara el pecho.

Era el último sitio en el que habían visto a Sienna con vida; el punto en el que Cinnamon Falls se había cobrado otra alma. Lo había evitado durante mucho tiempo, pero allí de pie, en el balcón de Jesse, sentía que el puente la llamaba. Quería ir. Quería subir a ese puente y no sentir miedo. Quería volver a respirar.

«¿De verdad puedo hacerlo?», pensó para sí misma.

Apenas oyó la puerta abriéndose a sus espaldas antes de sentir el cálido abrazo de Jesse, que le rodeó la cintura con los brazos. Con la barba, le hizo cosquillas en el cuello y le temblaron las piernas. Se agarró a la barandilla del balcón para no perder el equilibrio.

—Te has levantado temprano —dijo él con la voz aún ronca por el sueño.

Nia se acomodó entre sus brazos, dejando que Jesse fuese su ancla.

—¿A qué distancia puedes disparar? —le preguntó.

Él se apartó.

—¿Por qué lo preguntas?

—De verdad, tienes que hacer algo con esos gallos —contestó.

Jesse se rio y le dio un beso en la sien.

—Pondré una queja.

Se quedaron allí de pie, juntos, perdidos en sus propios

pensamientos y admirando la belleza dorada del amanecer sobre Cinnamon Falls.

–¿Quieres ir? –le preguntó él tras un largo momento de silencio.

Nia cerró los dedos con fuerza en torno a su bíceps musculoso.

–La verdad es que sí –admitió.

–¿Pero?

Tragó saliva con fuerza.

–No sé si puedo... hacerlo sola.

Jesse le dio la vuelta para que lo mirara y Nia fue incapaz de decidir si lo más bonito que había visto nunca era aquel amanecer o los ojos del hombre al que amaba profundamente.

–Iremos juntos, cuando estés lista.

La sinceridad que había en su mirada fue tal que le dolió el pecho. Jesse siempre había estado allí; incluso cuando se había marchado; incluso cuando no había sabido cómo pedirle que se quedara.

Nia asintió.

–Está bien.

El aroma de las salchichas y el café recién hecho flotaba en el aire y Nia inhaló aquel olor acogedor mientras bajaba las escaleras hacia la cocina. Con un delantal atado sobre los pantalones del pijama, Jesse estaba de pie junto a los fogones, dándoles la vuelta con facilidad a las tortitas doradas, que chisporroteaban mientras las apilaba. El olor de la canela y la vainilla inundaban aquel hogar.

Los padres de Jesse ocupaban su sitio en la pequeña mesa de desayuno. Estaban discutiendo sobre un crucigrama y sus voces se fundían con el suave zumbido de la radio, en la que sonaban clásicos antiguos de *motown*. Aquello le resultó familiar e irreal al mismo tiempo.

De pequeña, Nia había pasado mucho tiempo con ellos. La madre de Jesse solía servirle comida en el plato mientras su padre leía el periódico para fingir que no escuchaba sus conversaciones de adolescentes. Lo habían presenciado todo: la amistad inocente entre ambos, su primer beso y las sesiones de estudio a altas horas de la noche que se fueron convirtiendo en sueños de futuro contados entre susurros. Más tarde, también había vivido su separación. La ruptura. El silencio. Los años distanciados.

Con el corazón latiéndole con fuerza, Nia se detuvo junto al umbral de la puerta. No estaba muy segura de cómo la recibirían. Había pasado tanto tiempo evitando su hogar y esos momentos que no se había dado cuenta de lo vacía que había estado su vida sin ellos. Sin embargo, en aquel instante, estar allí de pie, en una cocina bañada por el sol, le parecía lo correcto.

–Buenos días, cariño –la señora Evelyn la saludó con voz cálida, calmada y firme.

El pelo canoso le enmarcaba el rostro en capas suaves y vivaces y los ojos amables le brillaban con algo que no supo descifrar; algo cómplice. Iba vestida con un jersey de punto trenzado, luciendo aquel estilo cómodo y acogedor tan propio de una madre. Aquel detalle hizo que Nia fuese consciente de que ella llevaba puesta la ropa de Jesse. Probablemente la mujer se hubiera percatado, pero no dijo nada. En su lugar, se limitó a hacerle un gesto con la mano para que entrara.

–Pasa y desayuna, cielo. Te vendrá bien comer.

La invitación fue muy espontánea y natural; como si no hubiera pasado el tiempo. Nia entró en la habitación con timidez, jugando con el dobladillo de la camisa que le había tomado prestada a Jesse. Él se dio la vuelta y le dio la espalda a los fogones con una sonrisa.

–Buenos días, chica problemática.

Su voz ronca y grave hizo que Nia sintiera que un cosquilleo cálido y familiar le recorría la columna vertebral. Sin embargo, antes de que pudiera responder, el señor

Robert bajó el periódico y la miró por encima de las gafas. Su gesto fue inescrutable pero, entonces, dijo:

—Al fin Jesse ha hecho algo bien y te ha traído a casa.

Nia soltó una risita suave mientras la tensión que sentía en los hombros se desvanecía.

—Papá… —gruñó Jesse mientras sacudía la cabeza y dejaba las tortitas en la mesa—. Compórtate.

Sin embargo, la señora Evelyn se limitó a sonreír de medio lado y darle un codazo a su marido.

—Robert, déjalos en paz.

Nia se sentó junto a la mujer. Jesse le dejó una taza de café humeante delante y el aroma la envolvió como un viejo recuerdo. Sostuvo la taza con ambas manos, inhaló profundamente y dejó que la calidez le atravesara las yemas de los dedos. Jesse se sentó a su lado y le rozó la pierna con el muslo.

—¿Y bien? —comenzó a decir la señora Evelyn mientras removía su té y la miraba a los ojos—. ¿Cuánto tiempo vas a quedarte esta vez?

Habló con amabilidad, pero la pregunta le pesaba. La estancia se quedó en silencio, salvo por el suave pasar de las páginas del periódico. Nia miró a su alrededor: el señor Robert fingía no escuchar pero, claramente, estaba muy atento; la señora Evelyn, paciente e imperturbable pero, en cierto sentido, expectante; y Jesse había dejado de comer y la observaba con detenimiento, a la espera.

De pronto, supo la respuesta.

No estaba allí de visita. No estaba de paso antes de volver a salir corriendo de nuevo. Se había pasado años convenciéndose a sí misma de que Cinnamon Falls ya no era su hogar, pero, allí sentada, rodeada de calidez, familiaridad y amor, supo que, tal vez… era momento de dejar de huir.

Con lentitud, Nia dio un sorbo de café mientras dejaba que la verdad se asentase en su lengua.

Entonces, miró a la señora Evelyn y sonrió.

—Todo el tiempo que quieran que me quede.

Tras desayunar, Nia esperó en el exterior a que Jesse terminara de prepararse para ir al trabajo. Había visto las noticias de la mañana, en las que Elaine Matthias había destrozado al alcalde Lyons y al jefe de policía Prescott como una leona desmembrando a sus presas. El titular que había aparecido en la pantalla rezaba:

CORRUPCIÓN EN CINNAMON FALLS: ARRESTADOS EL ALCALDE Y EL JEFE DE POLICÍA POR ENCUBRIR UN ASESINATO.

Elaine se había mostrado implacable y había detallado cada paso en falso, cada mentira y cada abuso de poder. Nia sabía que su pueblo nunca volvería a ser el mismo. También se había enterado de las novedades sobre Darius. La periodista había informado de que estaba estable, aunque seguía en observación. Se recuperaría, pero, por el momento, su carrera de fútbol americano estaba acabada. Aun así, necesitaba escuchar su versión de la historia. ¿Qué había pasado aquella noche con Sienna?

Se sentó en los escalones del porche de Jesse y dejó que el calor del sol se le posara sobre la piel. En aquella zona del pueblo, todo parecía diferente, más ligero. Tan ligero que supo que tenía que desprenderse de todo aquello que la estaba reteniendo. Unos días antes, le había escrito una carta a Bryant, pero había estado demasiado preocupada con otros asuntos para enviarla. Pero, ahora, ya nada se interponía en su camino.

Bajó la vista para mirarse las manos, entre las que tenía el móvil. O, al menos, lo que quedaba de él. Jesse lo había rescatado la otra noche y había conseguido que cargara un poco. La pantalla estaba tan rota que era imposible repararla, pero todavía podía ver su fondo de pantalla. Era

317

una imagen de ella y Bryant de meses atrás, sonriendo y abrazados. Estaban en un bar ubicado en la azotea de un edificio de Atlanta que ni siquiera podía recordar. Estudió la foto. ¿Quién era aquella chica? La mujer de la foto era una desconocida. Iba arreglada, con un maquillaje impoluto y el pelo rizado a la perfección. Llevaba una americana ajustada, sostenía una copa de champán y sonreía a un hombre con el que pensaba que iba a pasar el resto de su vida. No se reconocía a sí misma. Muchas cosas habían cambiado desde que se tomó aquella fotografía. Esa versión de Nia ya no existía.

Antes de poder arrepentirse, marcó el número de teléfono de Bryant.

Él contestó al primer tono.

–¿Nia? –Respiraba de forma entrecortada, como si hubiera estado esperando su llamada.

Ella cerró los ojos y soltó un leve suspiro.

–Hola, Bryant.

–Gracias a Dios. Estaba preocupado por ti, galletita. ¿Dónde estás? Déjame que vaya a buscarte, por favor. –Su voz sonaba suplicante.

Nia abrió los ojos y contempló el pueblo encantador que una vez prometió no volver a pisar. El murmullo tranquilo de la mañana. El calor de un hogar lleno de amor.

–Estoy en casa –dijo, dejando que aquellas palabras le calaran.

Entre ellos se produjo un instante de silencio. Después, Bryant contestó, dubitativo:

–¿Estás... en Atlanta? ¿Dónde? ¿Vas a volver?

Nia sacudió la cabeza a pesar de que él no podía verla.

–No; no voy a volver.

–Vamos, Nia. Hablemos cara a cara.

Ella suspiró.

–Estamos hablando ahora mismo –dijo con voz firme–. Y esta será la última vez.

Bryant soltó una risa amarga.

–Entonces, ¿se ha acabado? ¿Se ha acabado Gildman &

Sons, lo nuestro y todo aquello por lo que has trabajado? Vas a tirar tu vida a la basura... ¡¿Por qué?!

Nia aferró el móvil con más fuerza. Antaño, aquellas palabras la habrían asustado. Pero, ahora, le parecía que todas las cosas por las que había trabajado no eran cosas que hubiera construido, sino cosas que la habían estado aplastando.

—Por mí —dijo con orgullo—. Estoy tirando esa vida a la basura por mi propio bien.

—¡Nia! —suplicó él.

Pero ella no se inmutó. Ni siquiera titubeó. Por primera vez, no tenía miedo de perderlo, porque ya había encontrado todo lo que había estado buscando: a sí misma.

—Dile al señor Gildman que renuncio.

Detrás de ella, escuchó los pasos de Jesse bajando las escaleras. Se puso en pie y, con toda la fuerza que pudo aunar, lanzó el teléfono contra el suelo. Contempló cómo se rompía en mil pedazos. El cristal y el plástico se esparcieron por los escalones de hormigón.

Y se sintió bien. Muy bien.

Jesse asomó la cabeza por la puerta. Pasó la vista del teléfono destrozado a su cara. Nia agradeció el hecho de que no dijera nada al respecto.

—Raines me ha dicho que Darius está despierto. ¿Quieres que vayamos antes de que te deje en casa de tus padres?

—Por supuesto —respondió.

Cuando Nia y Jesse llegaron, el pitido del monitor cardíaco y el televisor eran los únicos sonidos que se oían en la habitación de hospital de Darius Lyons. Las luces fluorescentes tenues proyectaban un resplandor enfermizo sobre su rostro magullado; su cuerpo, antes atlético y cuidado, ahora era un amasijo de cables y vías intravenosas. Llevaba la cabeza envuelta con una venda limpia.

Darius se removió un poco e hizo una mueca de dolor al girar la cabeza hacia ellos. Cargados con el peso de años de engaños, sus ojos parecían vacíos.

—Supuse que os dejarían pasar —masculló con voz ronca pero clara.

Con un gesto, señaló a los agentes que estaban apostados fuera de su habitación. Raines les había informado de que Nia y Jesse iban para allí y había autorizado la visita antes de que trasladaran al deportista a otro lugar.

Nia se cruzó de brazos.

—No estoy segura de cuál crees que es el motivo por el que hemos venido, pero si esperas compasión, no es tu día de suerte.

Él soltó una carcajada de amargura. Volvió a hacer una mueca de dolor y tomó aire con fuerza.

—No —dijo con voz áspera—. Sé lo que me merezco, pero también sé por qué estás aquí.

Nia se acercó a él.

—Habla.

Darius exhaló profundamente y sus dedos se aferraron a la fina sábana del hospital. Para sus adentros, Nia se preparó.

—No sé qué te dijo Victoria, pero yo quería a Sienna. Para ser sincero, ni siquiera me importaba ganar el título de Rey de Cinnamon, pero mi padre... estaba obsesionado. Quería que fuese una gran estrella del fútbol americano; alguien que convirtiera el apellido Lyons en uno más importante de lo que ya era. La corona no era más que otro peldaño más; algo para presumir con sus amigos ricos. —Darius negó con la cabeza y suspiró—. Encontré su nota en la taquilla y me dejó hecho polvo. Le rogué que no me dejara, pero, aquella noche del Fall Fest, Sienna me rompió el corazón. Me dijo que se había acabado. Sabía lo de Victoria y las otras chicas... —Apretó la mandíbula y, por primera vez, un atisbo de culpa cruzó su rostro—. Me puse furioso. No solo porque la quería, sino porque no podía perderla. Estaba tan atrapado en la imagen que daba y las expectativas de mi padre que dejé que el orgullo se interpusiera entre nosotros. Le grité. Le dije que lo estaba arruinando todo; que cometía un error al dejarme. Ella se limitó a... mirarme. Jamás lo olvidaré. Era como si pudiera ver a través de mí, como si le diera asco. –La voz se le quebró un poco, pero reprimió un sollozo–. Salió del coche, cerró de un portazo y me dijo que me fuera al infierno. Tendría que haberla detenido. Tendría que haberme bajado yo también y haberle rogado que volviera a subir. Pero estaba tan enfadado que me fui y la dejé allí.

La habitación parecía más pequeña y el peso de sus palabras cayó sobre todos. Si no hubiera agentes de policía al otro lado de la puerta, Nia le habría arrancado todas las vías del cuerpo para verlo sufrir. Hizo un esfuerzo por apartar de su mente aquellos pensamientos.

–Aquella noche, me puse hasta arriba en Redfern Tavern. Me emborraché para olvidarla. Victoria me dijo que me llevaría a casa y yo perdí el conocimiento –prosiguió tras un instante de silencio–. Debió de ver a Sienna caminando por la carretera. Más tarde, me dijo que ni siquiera pensó, que tan solo... reaccionó y la atropelló.

A Nia se le entrecortó la respiración y se clavó los dedos en los brazos. Jesse apretó la mandíbula, con los puños cerrados. Darius suspiró temblando.

–Cuando me desperté, ya era demasiado tarde. Victoria estaba histérica, decía que no lo había hecho a propósito, que había sido presa del pánico. Yo no sabía qué hacer, así que llamé a mi padre.

Jesse negó con la cabeza.

–Y ese fue el momento en el que el alcalde Lyons involucró al jefe Prescott.

Darius asintió y tragó saliva con dificultad.

–Me dijo que se encargaría de todo; que nadie lo descubriría jamás. Lo siguiente que supe es que habían encontrado a Sienna al fondo de la cascada.

Nia tenía ganas de vomitar. Se agarró a la silla de hospital para no caer al suelo mientras Darius la miraba con ojos suplicantes.

–Nia, te juro que nunca quise que muriera. Fui un cobarde. Dejé que arreglaran el desastre que había causado y jamás lo cuestioné. Ni una sola vez. Pero yo no la maté.

Nia tenía un nudo en la garganta y una maraña de sentimientos que se debatían entre el dolor, la ira y la incredulidad.

–No fue necesario –susurró–. Dejaste que ocurriera.

Darius no se lo discutió, porque sabía que tenía razón.

Jesse se pasó una mano por la cara mientras volvía a sacudir la cabeza.

–¿Y qué pasó con el coche? ¿Cómo acabó en el cobertizo de Briggs?

El rostro del deportista se ensombreció.

–Mi padre me dijo que se había hecho cargo de aquello y que no le hiciera preguntas; que el jefe Prescott se había deshecho de él. Me dijo que el asunto estaba zanjado, así que lo creí.

Jesse negó con la cabeza.

–Supongo que Harvey Briggs tenía otros planes.

En aquel momento, el televisor del hospital parpadeó, lo que hizo que centraran su atención en él. Elaine Matthias aparecía en pantalla frente a la propiedad de Harvey. El cobertizo estaba rodeado de cinta policial.

Oculto en la propiedad de Harvey Briggs, las autoridades han descubierto el que creen que es el coche que atropelló a Sienna Rose hace seis años. Fuentes afirman que el coche nunca fue desmantelado, tal como se pensó, y que ha permanecido intacto todos estos años. Se ha sometido el vehículo a pruebas de ADN, que han revelado una coincidencia con la sangre de la víctima. Este descubrimiento plantea nuevas preguntas sobre la causa oficial de la muerte de Sienna Rose; preguntas que, sin duda, sacudirán los cimientos de Cinnamon Falls.

Darius respiraba de forma entrecortada con la mirada fija en la pantalla.

—Victoria siempre ha sido complicada, pero nunca pensé que pudiese llegar tan lejos —masculló—. Nunca quise que ocurriera nada de todo esto.

El silencio se extendió entre ellos. El peso de años de secretos enterrados que ahora había quedado expuesto a la vista de todo el pueblo. Darius lo había perdido todo. Su padre iba a ir a la cárcel. Su carrera futbolística había llegado a su fin. Su nombre estaba arruinado. ¿Y lo peor de todo? Se lo había ganado.

Se volvió hacia Nia con mirada turbada y gesto ensombrecido.

Un recuerdo la asaltó como un rayo.

—Eras tú a quien vi en la vigilia de Rosie —dijo.

Él agachó la cabeza.

—No puedo deshacer lo que ha ocurrido. —Su voz era poco más que un susurro—. Ojalá pudiera, pero no puedo.

A Nia le temblaron los labios mientras su ira se enfrentaba a los recuerdos del niño que Darius había sido en el pasado. Ahora, frente a ella había un hombre roto que se ahogaba entre los escombros de sus propias decisiones.

Jesse le había apoyado la mano en la parte baja de la espalda para brindarle apoyo. Nia querría decirle algo más, pero el karma ya se estaba encargando de él. A ella no le quedaba nada más que hacer.

—Buena suerte, Darius —dijo sin más—. La vas a necesitar.

Capítulo 32

Jesse

Jesse entró por el camino de tierra largo y serpenteante que conducía hasta la casa móvil de Harvey Briggs con la esperanza de que aquella fuese la última vez. Atravesó la verja metálica oxidada, que estaba medio abierta y colgaba de las bisagras. La propiedad se extendía entre unos bosques espesos, escondida como si su propietario hubiera tratado de mantener las distancias con el mundo. Jesse apagó el motor del coche patrulla y se quedó un momento allí sentado, aferrado al volante. Había sido una semana larga. No, había sido la semana más larga de toda su puñetera vida. Y, aun así, todavía le quedaba una última cosa por hacer.

No estaba seguro de qué esperar de Harvey ahora que era un hombre libre. Había luchado con uñas y dientes para demostrar su inocencia, pero ser inocente no era lo mismo que estar libre de culpa.

A Harvey Briggs lo habían absuelto oficialmente de los asesinatos de Rosie y Maggie, pero el hombre había recibido una paliza brutal, tanto física como mental y legal. Jesse no había sido capaz de desprenderse de la idea de que, si las cosas hubieran salido de otro modo, tal vez Harvey seguiría pudriéndose en la celda de una cárcel por crímenes que no había cometido.

Nia puso una mano sobre la suya, lo que le dio la fuerza necesaria para salir de la camioneta y dirigirse hacia el porche delantero. La gravilla crujía bajo sus botas mientras caminaba, contemplando la casa destrozada que tenía frente a él. Una única luz parpadeaba en la entrada, iluminando a duras penas los escalones de madera combada. La casa, al igual que su propietario, había vivido tiempos mejores.

Los sonidos del bosque flotaban a su alrededor: el canto de los grillos, el susurro del viento entre las hojas y el ruido distante de un pájaro carpintero martilleando. Llamó una vez. Después, volvió a hacerlo con más fuerza. Un instante después, la puerta se abrió con un crujido.

Harvey Briggs apareció bajo la tenue luz. Sujetaba una cerveza y parecía diez años mayor que la última vez que lo vio. Tenía el rostro cansado y lleno de las arrugas que le habían provocado una vida difícil y unas decisiones aún más duras. Llevaba la barba entrecana descuidada y tenía los ojos hundidos por el cansancio.

Durante un largo segundo, nadie habló.

Entonces, Harvey resopló y se apoyó contra el marco de la puerta.

—Ya era hora de que vinierais.

Jesse se metió las manos en los bolsillos y miró a Nia, que estaba cerca de él.

—¿Tiene un minuto?

El hombre soltó un bufido burlón.

—Si digo que no, ¿os marchareis?

Jesse sonrió.

—Ni hablar.

Harvey refunfuñó en voz baja, pero se hizo a un lado y los dejó pasar. Los estragos causados por la visita de la policía eran evidentes por todas partes: muebles volcados, cristales rotos y papeles esparcidos como si fueran hojas caídas. Olía a humedad, como si hubiera llovido en el interior. También había un toque a polvo, aceite de motor viejo y arrepentimiento.

Nia ahogó un grito entre las manos y Jesse contempló lo que antaño había sido un hogar. Habían destrozado la cocina y habían derribado el marco de madera que sostenía los armarios. El fregadero yacía de medio lado sobre el suelo y, desde donde se encontraba Jesse, la moqueta parecía empapada.

Avanzaron con cuidado de no pisar los restos de un marco de fotografías roto. En el suelo, el cristal estaba resquebrajado y la imagen era apenas visible: un Harvey más joven rodeando con un brazo a una mujer que le resultó levemente familiar. Tal vez fuese su madre. O una hermana. En cualquier caso, ya no importaba.

Jesse se quedó sin palabras. Acababan de absolver a Briggs de un crimen atroz y, al regresar a casa, se había encontrado con que no tenía nada. Estaba sentado entre las ruinas de su propio hogar, con los codos apoyados en las rodillas y las manos entrelazadas como un hombre que había visto demasiado en una sola vida. Tenía las ojeras más oscuras que antes y, bajo la luz de la única lámpara que seguía funcionando, su cuerpo, ya de por sí esbelto, parecía incluso más consumido. Jesse observó el destrozo que los rodeaba: armarios abiertos a la fuerza, cojines rajados, estanterías volcadas, libros y papeles esparcidos por el suelo...

—Lo han destrozado todo —masculló Jesse.

Harvey soltó una carcajada de amargura.

—¿No me jodas? ¿En serio? —dijo antes de beber un largo trago de su cerveza.

Jesse recogió una de las sillas volcadas y le hizo un gesto a Nia para que se sentara. Briggs vaciló un instante antes de dejarse caer en el sofá con un quejido. Jesse agarró otra silla y se sentó frente a él.

—Supongo que habéis venido para que os cuente mi versión de la historia —masculló el hombre con un tono de voz más grave y cargado.

—Queremos saberlo todo —respondió Nia.

Jesse se inclinó hacia delante y lo miró a los ojos.

—La verdad.

La mandíbula de Harvey se tensó, pero no replicó. En su lugar, se recostó y soltó un suspiro que parecía haber estado conteniendo durante años. Se pasó una mano por la barba descuidada y, durante un buen rato, Jesse creyó que no iba a responder.

Entonces, tras otro suspiro profundo, Briggs dijo:

—Ella fue lo mejor que me pasó en la vida. —Su voz era grave y cruda. Jesse no podía terminar de identificar lo que escondía: dolor, arrepentimiento o tal vez ambas cosas. No lo interrumpió—. Amaba a esa mujer —admitió con los ojos clavados en el suelo—. Más de lo que nunca dejé entrever. Pero Rosie... ella no confiaba en los demás con facilidad. Mantenía sus muros bien altos, incluso conmigo. Nunca planeé enamorarme de ella, pero me descubrí yendo a su cafetería una y otra vez. Cocinaba como los dioses. —Nia y él asintieron mientras rememoraban todos los platos que habían devorado en su barra—. Al fin, un día me armé de valor para invitarla a cenar. Me trajo unas florecillas blancas de su jardín. Para mí. Ninguna mujer había hecho jamás algo así por mí. —Se sonrojó al revivir aquel momento lleno de ternura—. Antes de darme cuenta, me había enamorado de ella y sabía que si le hablaba de mi pasado lo arruinaría todo.

Jesse y Nia permanecieron en silencio, dejándolo hablar. Junto a él, Nia se secó las lágrimas con un pañuelo que sacó del bolsillo.

—Hay un millón de cosas que debería haberle dicho —admitió Harvey—. Como por qué me asenté en Cinnamon Falls o por qué escondí ese maldito coche años atrás cuando Vernon me lo pidió.

Jesse se inclinó hacia delante.

—Cuénteme lo que ocurrió, Briggs.

Harvey soltó una risa seca.

—No dejas estar las cosas, ¿verdad?

Él sonrió de medio lado.

—Gajes del oficio.

Harvey se frotó el rostro con una mano y suspiró con fuerza.

—A Rosie le encantaba la naturaleza. A veces, solía pasear por la propiedad, husmeando un poco. Decía que le gustaba la calma que se respiraba en este lugar. Un día, se topó con el cobertizo y me preguntó por él ya que nunca me había visto entrar en él. Yo le resté importancia y le dije que tan solo lo usaba para guardar cosas. Pero Rosie no era tonta. No creyó ni por un instante que Sienna se hubiese suicidado y, desde luego, tampoco se creyó que el cobertizo tuviese una función solo de almacenamiento. Tras hablar con la forense, comenzó a dudar de todo, incluso de mí. –Respiró hondo–. Y, una noche, la descubrí intentando entrar en él. –Jesse sintió que se le aceleraba el pulso. Harvey cerró las manos con fuerza en torno a la botella de cerveza–. Perdí los estribos. La agarré y la zarandeé con fuerza. Es lo peor que he hecho jamás. No podía vivir con el remordimiento.

Jesse apretó la mandíbula.

–Eso explica los moretones.

Harvey asintió con la mirada vacía. Su voz era apenas un susurro.

–Me odié a mí mismo por ello. –Se quedó mirando la cerveza como si en el fondo de la botella se encontraran todas las respuestas que estaba buscando–. Me marché esa misma noche. No soportaba mirarme en el espejo. Me fui del pueblo y pensé que, si me odiaba, al menos estaría a salvo.

A Jesse se le revolvió el estómago.

–Y, cuando regresó, estaba muerta.

Harvey asintió lentamente y, por primera vez, se desmoronó.

–Fue la única persona que me hizo sentir que valía algo. Y lo arruiné todo.

Jesse se tragó la frustración que se le acumulaba en el pecho. Dejó que el silencio se posara entre ellos antes de preguntar al fin:

–¿Y por qué no se deshizo del coche?

El hombre se recostó con los ojos ensombrecidos. Soltó un largo suspiro mientras se frotaba las manos.

–Ojalá lo hubiera hecho. Si hubiera sospechado por un

solo segundo que el coche estaba relacionado con la muerte de Sienna, lo habría llevado ante un juez yo mismo. No sabía para qué lo querían, pero en ningún momento confié en Prescott. Me amenazó para que me deshiciera de él y utilizó mis antecedentes para chantajearme. Siempre he sabido que ese cabrón me vendería cuando más le conviniera –añadió Briggs con voz de amargura–. Pero ese coche... Era el único as que tenía bajo la manga, por si algún día lo necesitaba.

Jesse entrecerró los ojos.

–¿Necesitarlo para qué?

Harvey soltó un bufido burlón.

–Para sobrevivir, chaval. Cinnamon Falls no trata con amabilidad a los delincuentes reincidentes ni a la gente que sabe demasiado. –Con una mirada afilada a pesar del cansancio, el hombre levantó la cabeza–. Le dije a Rosie que se mantuviera al margen. Esta gente mataría a cualquiera por proteger sus secretos.

Nia negó con la cabeza.

–Tendría que haberlo contado hace años.

Harvey le lanzó una mirada llena de resignación.

–Ambos sabemos que a este pueblo no lo mueve la honestidad. ¿Crees que eso me habría salvado? ¿Crees que alguien me habría hecho caso? ¿A mí, al viejo chatarrero? Mataron a mi Rosie. Y, si no hubiera sido por vosotros dos, también me habrían matado a mí; habrían dejado que me pudriera.

A Jesse le dolía admitir que Briggs tenía razón. Le dolía que Rosie hubiera pagado el precio más alto. Observó al hombre. Parecía destrozado, pero también había algo más en él: alivio. Era como si al fin se hubiera librado de una carga… aunque le hubiera hecho perderlo todo.

–Wade me dijo que vosotros fuisteis los que más insistieron en mi inocencia –dijo Harvey tras un instante–; que ninguno de los dos dejó de investigar.

Nia se enjugó las lágrimas con el puño.

–Quería a Rosie como si fuera mi propia madre –dijo Jesse–. Necesitaba descubrir la verdad.

El hombre lo observó durante un largo instante. Después, sin mediar palabra, se puso en pie y les hizo un gesto para que lo siguieran.

–Venid –masculló–, quiero mostraros algo.

Jesse y Nia vacilaron antes de levantarse. Pasaron por encima de los muebles rotos y el cristal hecho añicos. El agua de la moqueta no dejaba de chapotear mientras recorrían la casa. Salieron por la puerta corredera de cristal del dormitorio de Harvey y bajaron los escalones hacia la camioneta del hombre.

–Entra –dijo Briggs, haciéndole un gesto a Jesse mientras él subía al asiento del conductor.

Nia se quedó atrás, optando por quedarse en la casa hasta que regresaran. Jesse vaciló y se llevó la mano al arma reglamentaria por si tenía que usarla.

–Si no regreso en diez minutos, llévate mi camioneta –le dijo Jesse mientras le tendía las llaves.

Ella asintió con los ojos todavía vidriosos por las lágrimas.

–Aquí estaré.

Jesse cedió y subió a la camioneta de Harvey. Juntos, recorrieron la propiedad, más allá del linde arbolado de la granja Old Man Milton. A un kilómetro de la casa, Briggs aparcó el vehículo entre una pequeña zona de árboles que habían sido talados. Antes de bajarse, Jesse echó la vista atrás: ya no veía ni la carretera ni la casa móvil del hombre.

Frente a ellos, había una nave de acero que contrastaba con el resto de la propiedad, pues estaba inmaculada y libre de toda destrucción. Bajaron del vehículo y se dirigieron a aquel garaje oculto entre los árboles. Las hojas y las ramas caídas crujían bajo sus pies.

Harvey introdujo un código en un panel numérico iluminado. El cierre se desbloqueó y el hombre abrió la puerta corredera. Una ráfaga de aire fresco los embriagó. El aroma del cuero antiguo, el aceite de coche y la nostalgia recibieron a Jesse. Cuando Briggs encendió las luces, dejó a la vista una colección de seis coches clásicos alineados como si fueran piezas de un museo. Jesse se quedó sin aliento. Nunca había visto nada igual.

Al frente de la hilera se encontraba un Ford Mustang rojo cereza de 1975. La rejilla cromada brillaba como si acabara de salir del concesionario. Junto a él había un Chevrolet Bel Air de 1957, negro como el carbón. Los característicos alerones traseros sobresalían con orgullo y los neumáticos de banda blanca estaban inmaculados bajo la curvatura de la carrocería. A pocos metros de distancia, se encontraba un Pontiac GTO Judge esmeralda de 1969 que parecía hecho para correr con el viento. Era bajo y robusto y tenía las atrevidas calcomanías naranjas intactas. Un Cadillac DeVille de 1964, descapotable y azul cielo, reposaba con la capota bajada. Los asientos de cuero blanco relucían como el marfil. A su lado, un Dodge Challenger morado de 1970 se alzaba alto y desafiante, reclamando atención con su silueta agresiva.

Sin embargo, el que hizo que Jesse se detuviera de golpe se encontraba al final: un Chevy Caprice de 1987. La pintura estilo *candy* en color negro medianoche era tan suntuosa y brillante que daba la impresión de que podías caer dentro de ella. Las molduras cromadas brillaban como diamantes sobre la carrocería oscura y la silueta cuadrada transmitía una seguridad discreta, como si no tuviera nada que demostrar. Cada coche tenía su propia historia, guardada como un secreto que Harvey llevaba años esperando a compartir.

Jesse silbó en voz baja.

—Vaya...

Harvey sonrió con suficiencia mientras cruzaba los brazos sobre su enorme pecho.

—Todo hombre tiene sus vicios.

Jesse pasó los dedos por el capó del Mustang rojo cereza mientras sacudía la cabeza.

—Y yo pensando que no era más que un chatarrero...

El hombre soltó una carcajada.

—Me has salvado el pellejo, Shaw. Y nunca olvido cuando

alguien me hace un favor.

Jesse arqueó una ceja.

—¿Qué quiere decir?

Harvey agarró un estuche negro de un estante. Lo abrió, dejando a la vista una serie de llaves, y se lo tendió.

—Escoge uno.

Jesse lo miró, pestañeando.

—¿Habla en serio?

—Muy en serio. Considéralo una deuda saldada.

Jesse echó un vistazo a los coches y posó los ojos sobre el Chevy Caprice del rincón. Elegante. Atemporal. Poderoso. Y construido como si fuera un puñetero tanque.

Sonrió lentamente.

—Ese.

El otro hombre soltó una carcajada y asintió.

—Sabía que tenías buen gusto.

Siete días antes, la última persona en la que Jesse habría pensado era Nia Bennett. Había pasado sin ella seis años, que se habían convertido en lo que parecía toda una vida de propósitos incumplidos. Había vivido en piloto automático: de casa al trabajo y del trabajo a casa en un ciclo sin fin que le ofrecía previsibilidad y rutina, pero ninguna satisfacción real. Se había convencido a sí mismo de que eso era suficiente; que la estructura rígida que tenía su vida era necesaria; una red de seguridad que permaneciera firme, imperturbable e intacta.

Pero, entonces, Nia había irrumpido de nuevo en su mundo. En apenas unos días, había desmantelado todo lo que Jesse creía saber. No se había percatado de lo constreñido que se encontraba hasta que ella cortó las cuerdas. De pronto, volvía a estar despierto. El peso muerto del pecho se había visto reemplazado por algo peligroso y eléctrico.

La esperanza. Las posibilidades.

El pueblo empezaba a calmarse tras una de las semanas más caóticas de toda su historia. Pero para Jesse, su mundo nunca le había parecido más claro.

Nia estaba sentada a su lado, callada pero plenamente presente, con los dedos entrelazados sobre el regazo. No miraba por la ventanilla, perdida en sus pensamientos como lo había estado toda la semana. Lo miraba a él. No solo de reojo ni con miradas furtivas; lo estaba viendo de verdad.

Jesse tomó la carretera secundaria que conducía hacia Barkwood Bridge. Nia sabía a dónde iban, pero no se quejó. Eso le indicó a Jesse todo lo que necesitaba saber.

Dejó que el crujido de los neumáticos sobre el camino de grava llenara el silencio que caía entre ellos. El Caprice rugía a través de los tramos de bosque intacto. Los canelos silvestres bordeaban el camino como espectadores silenciosos. Aquello le recordó a Rosie. A Sienna. A Maggie. A todos los momentos que los habían convertido en las personas que eran en ese instante.

Las hojas de otoño danzaban en el viento y sus colores rojos y naranjas oscuros se fundían con el sol poniente sobre ellos. Jesse miró de reojo a Nia y observó cómo su expresión cambiaba con el paisaje. No tenía los hombros tan tensos ni los puños cerrados. Ahora, había en ella algo más suave, más abierto.

Ella exhaló y rompió el silencio.

—Antes de que ocurriera todo, solía encantarme este trayecto.

Jesse mantuvo una mano firme sobre el volante.

—¿Y ahora?

Nia dudó mientras jugaba con el dobladillo del jersey.

—No lo sé.

Jesse estiró el brazo y le dio un apretón en la rodilla. Después, para calmarla, le dibujó círculos con el pulgar lentamente sobre la tela de los vaqueros.

—Te volverá a encantar.

Ella lo observó con una mirada tierna y escrutadora. Por primera vez desde que habían vuelto a verse, parecía cómoda. No parecía querer salir corriendo. De hecho, parecía querer quedarse. Con un rugido, el Caprice se detuvo cerca del claro que se encontraba justo antes del puente. En cuanto Jesse apagó el motor, el aire se volvió denso y pesado, cargado de palabras nunca dichas y fantasmas del pasado. Nia respiró hondo y se presionó los muslos con las palmas de las manos, como si se estuviera preparando para enfrentarse a algo más grande que ella misma.

Jesse se giró hacia ella, contemplando cada detalle: el modo en el que el sol poniente iluminaba su rostro y sus labios se entreabrían ligeramente, o cómo su respiración se entrecortaba, como si estuviera a punto de tomar una gran decisión. Se había pasado años convenciéndose a sí mismo de que no habían sido más que jóvenes cegados por la nostalgia y una falsa promesa de eternidad. Pero, al mirarla en ese momento, supo que aquello era mentira. Nunca había dejado de quererla. Y, tal vez, solo tal vez, ella tampoco hubiese dejado de quererlo a él.

—¿Estás lista? —le preguntó con voz suave y firme. Ella asintió, pero, cuando estiró el brazo para abrir la puerta, Jesse la detuvo—. Voy a estar a tu lado. Te lo prometo.

Nia se giró hacia él y su gesto de preocupación se suavizó.

—Lo sé —dijo con una sonrisa pequeña, pero sincera.

En ese momento, Jesse lo comprendió: no solo quería vivir con ella aquel momento. Quería vivirlos todos. Por primera vez desde que Nia había regresado al pueblo, no le dio miedo lo que eso significaba.

El puente cruzaba la cascada, un monstruo acuático que podía devorar cualquier carga que se le presentara. La última vez que Nia estuvo allí, no era más que una adolescente que intentaba comprender cómo había perdido a su mejor amiga. Por su parte, Jesse tan solo era un muchacho ansioso que quería hacerla sentir mejor.

Ahora, ella era una mujer que había luchado para descubrir la verdad a pesar del dolor que había tenido que soportar para hallarla. Se aferró a la barandilla de madera y bajó la vista hacia el agua.

—No sé qué decir —admitió.

Jesse se quedó un paso detrás de ella para darle el espacio que necesitaba.

—Di lo que te salga del corazón —le recomendó—. Cuando vengo aquí, me gusta imaginar que me estoy desprendiendo de lo que quiera que sea que le cuente al agua. Ella se encarga del resto.

Nia respiró hondo.

—Sienna, te echo de menos cada maldito día. —Las lágrimas le corrieron por las mejillas—. Me he pasado años enfadada contigo por rendirte y dejarme atrás. Pero tú no te diste por vencida, ¿verdad? —La cascada se precipitaba bajo sus pies, pero Jesse pudo oír el peso de cada una de las palabras—. ¡Nos arrebataron tu presencia! Y también estuvieron a punto·de salirse con la suya. —Los nudillos se le pusieron blancos conforme retorcía las manos sobre la barandilla—. Pero ahora sabemos la verdad. Sienna, te prometo que no dejaré que me quiten nada más. —Respiró hondo y prosiguió—: Tu madre nunca dejó de luchar por ti. Rosie, gracias por enseñarme lo que es el amor verdadero.

Jesse asintió en silencio. Sabía en lo más profundo de su corazón que todo lo que habían vivido esa semana los había conducido justo a aquel momento.

Recorrieron la distancia que los separaba del aparcamiento mientras el cielo comenzaba a teñirse de rosado y violeta. Jesse observó a Nia. Se fijó en que respiraba con más facilidad y en que ya no cargaba sobre los hombros con el peso de un misterio sin resolver. Sabía que aquel era su momento.

—Quédate —le dijo.

Llevaba días pensando cuándo sería el mejor momento para preguntarle por su futuro. Había pensado en darle tiempo para calmarse, pero no sabía si dispondría de otro minuto con ella, ni otra oportunidad. No podía dejarlo al azar y no podía volver a dejar que desapareciera de su vida sin luchar por ella.

Nia lo miró, pestañeando.

–¿Qué?

Jesse se acercó más a ella y le colocó un rizo suelto detrás de la oreja.

–Quédate en Cinnamon Falls. Conmigo.

A Nia le tembló la voz y bajó la vista al suelo:

–Jesse...

–Sé que no habías planeado esto –prosiguió él a pesar de que tenía la voz llena de emoción–. Que pensabas que volver aquí sería algo temporal, hasta que las cosas se calmaran, pero ambos sabemos que eso ya no es así. –Le levantó la barbilla–. Tu lugar está aquí.

Ella separó los labios y lo miró, expectante.

–¿Contigo? –le preguntó.

Jesse sonrió.

–Si eso es lo que quieres, sí.

Nia posó la mirada en sus labios y, después, en sus ojos. Antes de que Jesse pudiera decir nada más para convencerla, lo besó.

Aquel beso fue distinto; no fue el impulso lleno de adrenalina que habían compartido la vez anterior. Fue lento, lleno de historia, de recuerdos, de todas las palabras que nunca habían compartido. Jesse le rodeó la cintura con los brazos para darle un beso más profundo. Nia suspiró mientras le pasaba los dedos por la nuca, aferrándose a su cuello.

Cuando al fin se separaron, Jesse le preguntó:

–¿Significa eso que vas a quedarte?

–Sí –contestó con sinceridad–; voy a quedarme.

Él cerró los ojos y exhaló profundamente, aliviado.

–Bien –dijo en voz alta. No podía imaginarse vivir sin ella.

Desde donde estaban, podían ver las luces titilantes que bordeaban Main Street. Cinnamon Falls no era un lugar perfecto, pero Jesse se juró a sí mismo protegerlo. Mientras volvían al coche, entrelazaron sus manos.

—¿Y ahora qué? –le preguntó él.

Ella alzó la vista con una sonrisa pícara.

—Bueno, la verdad es que le prometí a mi padre que le ayudaría a reconstruir The Cinnamon Scoop.

Él sonrió de medio lado.

—Puedo llevarte, pero antes... –Se dio la vuelta y la arrastró hacia él una vez más–. Otro beso –bromeó.

Nia se echó a reír e inclinó la cabeza hacia él.

—Haz que valga la pena, Shaw.

Y bajo el crepúsculo de Cinnamon Falls, Jesse se encargó de que así fuera.

Epílogo
Nia

Un año más tarde

Shawna Daniels detuvo el autobús con delicadeza frente a Rosie's Diner. Le dedicó a Nia una sonrisa satisfecha antes de abrir la puerta para que bajara.

—Cinco minutos —le recordó.

Nia asintió a modo de respuesta. Sabía cómo funcionaban las cosas. Si no regresaba en cinco minutos exactos, Shawna pondría rumbo a la siguiente parada. En realidad, aunque Eddie tardara más de lo normal en prepararle el pedido, lo cual era poco probable, nunca la dejaba atrás.

Nia se levantaba temprano para ir a Lawson & Lawson, en Asheville, donde había conseguido un trabajo como asistente de investigación. Había descubierto que Shawna no era una mala conductora; sencillamente, era una persona madrugadora. No había vuelto a tener una experiencia como la del día que regresó a Cinnamon Falls, y su cuerpo le estaba muy agradecido.

Cuando entró en la cafetería, el aroma del café recién preparado y de los bollos de canela recién horneados le dieron la bienvenida. A pesar de las reformas, el local seguía pareciendo el de Rosie: los mismos reservados, el mismo suelo de cuadros y el mismo murmullo de las conversaciones de los vecinos, poniéndose al día con una cena tardía o un desayuno temprano.

Tras la muerte de Rosie, Eddie Rutherford se había hecho cargo del negocio. Había mantenido todas las recetas originales, incluida la clásica sidra de manzana, pero había añadido su propio toque. Ahora, la carta incluía un *scone* de limón y arándanos, un *latte* con crujiente de canela y una nueva hamburguesa de desayuno con la que todo el pueblo estaba obsesionado.

Nia se acercó a la barra mientras observaba cómo Eddie cautivaba a los clientes mañaneros, sosteniendo tres platos en una mano mientras charlaba con un grupo de hombres vestidos con monos y que parecían llevar toda la noche trabajando.

—¡Buenos días, Nia! ¿Lo de siempre? —le preguntó mientras rodeaba la barra.

Ella asintió.

—Y dile a Sam que también me llevaré un bollo de canela extra para el camino, por favor.

Eddie sonrió.

—Siempre te llevas un bollo de canela extra. Te estás volviendo predecible, Bennett.

Varios minutos después, Eddie regresó con un *latte* con crujiente de canela, extra de nata montada y virutas junto con dos bollos de canela deliciosos. Nia dejó un par de billetes sobre la barra y le dijo que se quedara con el cambio. Él lo añadió al tarro de propinas compartidas.

—¡Que tengas un buen día! —dijo antes de volver a subir al autobús rumbo a Asheville.

Nia le entregó uno de los bollos a Shawna para agradecerle la espera.

—Eres la culpable de que se me estén ensanchando las caderas —bromeó.

Nia se acomodó para el trayecto, lista para disfrutar de las vistas de los árboles pasando a toda velocidad junto a la ventanilla. El sol de principios de otoño proyectaba un resplandor cálido sobre el pueblo y los tonos dorados se reflejaban sobre las hojas como destellos diminutos de fuego. Cuando pasaron junto a The Cinnamon Scoop, justo antes de salir a la carretera, no pudo evitar sonreír.

La tienda antaño destrozada se erguía con orgullo, y el

exterior recién pintado de color crema brillaba bajo la luz del sol. Unas molduras nuevas de color marrón canela enmarcaban las ventanas, haciendo que la heladería pareciera aún más acogedora. El emblemático letrero que había sido destrozado lucía ahora como nuevo sobre la entrada. Las letras doradas rezaban: THE CINNAMON SCOOP – LEGADO DE LA FAMILIA BENNETT.

En la parte delantera, habían añadido un amplio patio con mesas de hierro forjado y luces colgantes que iluminaban el espacio por las noches. Unas cestas colgantes con flores de llamativos brotes otoñales daban un toque de color a la entrada.

A través del escaparate, Nia podía ver el interior reformado: una mezcla de nostalgia y encanto moderno. Habían renovado los mostradores y habían sustituido los viejos taburetes por asientos elegantes, pero clásicos. Sobre la caja registradora colgaba una pizarra con la carta, en la que habían escrito a mano los sabores que más se vendían y algunas nuevas opciones.

Pero lo más importante era que el alma de la heladería seguía siendo la misma y Nia sabía que, sin importar cuántas reformas hicieran, aquel lugar siempre se sentiría como casa.

Una sensación de orgullo le llenó el pecho. Todo el esfuerzo, las noches en vela y el estrés de reconstruirlo todo después del ataque habían merecido la pena. Y aquella noche, tras salir del trabajo, estaría en aquel local, rodeada de amigos, familia y la mitad del pueblo para celebrar la gran reapertura.

Cuando el autobús se incorporó a la autopista, Nia echó un último vistazo a la tienda con el corazón desbordado.

Alexis Chambers, presidenta del Comité de Festejos, trabajaba diligentemente para honrar la tradición que Maggie Shilling había mantenido toda su vida de decorar Main Street la semana previa al Fall Fest. Había hecho un trabajo increíble a la hora de lograr que el corazón roto de Cinnamon Falls siguiera latiendo tras todas sus trágicas pérdidas. Sobre una escalera, los trabajadores le iban pasando guirnaldas de crisantemos naranjas y rojos que ella colgaba sobre las puertas.

Un año antes, Nia estaba perdida. Ni siquiera sabía si quería estar en aquel lugar. Ahora, no podía imaginarse en ningún otro sitio.

En el exterior de The Cinnamon Scoop, el aire zumbaba de emoción mientras el pueblo se reunía bajo el fresco atardecer. Las luces colgantes titilaban sobre la acera e iluminaban los rostros de la gente que, envuelta en bufandas y chaquetas ligeras, charlaba expectante. La fila se extendía por toda la manzana y doblaba la esquina. El aroma dulce de la vainilla, la canela y el caramelo flotaba en el ambiente.

Habían colocado una gran cinta en la puerta del local y Nia sostenía unas tijeras gigantes en las manos. Miró a sus padres, que estaban de pie junto a ella, orgullosos. Después, miró a Niles que, por supuesto, acunaba a Midnight entre los brazos. Morgan, Jesse y el resto de sus amigos vitoreaban desde los laterales.

—¡Cinnamon Falls! —dijo Nia, proyectando la voz sobre los murmullos de emoción. El ridículo sombrero en forma de bollo de canela le cayó sobre los ojos. Su hermano dio un paso al frente para recolocárselo sobre la cabeza—. Os doy las gracias a todos por estar aquí esta noche. Este lugar es muy importante para nuestra familia y estamos muy emocionados de daros la bienvenida una vez más a la ¡nueva y mejorada The Cinnamon Scoop!

Con un corte, la cinta cayó al suelo y la multitud estalló en vítores y aplausos. En cuanto Nia abrió las puertas, la gente se apresuró a entrar, ansiosa por experimentar el tan esperado regreso de la heladería.

El interior brillaba gracias a la reciente reforma. Había

un nuevo expositor de cristal en el que se mostraban los cucuruchos caseros, los *toppings* recién repuestos y la selección ampliada de sabores de helado.

Habían pulido a la perfección los clásicos suelos de baldosas y, ahora, el mostrador era elegante y moderno, aunque todavía conservaba el encanto propio de los pueblos pequeños. Ma-Clara estaría sonriéndoles desde algún lugar.

Nia se puso detrás del mostrador y se colocó el delantal mientras su padre, que se reía con los clientes mientras anotaba sus pedidos, se encargaba de la caja registradora.

—No podíamos permitir que un simple allanamiento nos hundiera —dijo Nia con orgullo mientras servía una generosa bola de helado de canela en un cucurucho.

—¡Claro que no! —replicó Chambers, dándole un codazo a Jesse—. Y tu chico tuvo un papel muy importante a la hora de garantizar que se hiciera justicia.

Con las mejillas sonrojadas, Jesse sonrió tímidamente.

—Solo hacía mi trabajo.

Raines dio un paso al frente y se cruzó de brazos.

—Hablando de trabajo, Jesse... Creo que va siendo hora de que se lo contemos.

Nia arqueó una ceja.

—¿Contarme el qué?

Raines sonrió de medio lado.

—A Jesse le han dado el puesto de detective.

Nia ahogó un grito mientras se giraba hacia él con los ojos muy abiertos.

—Un momento... ¡¿De verdad?!

Jesse asintió mientras se frotaba la nuca.

—Sí; me han dado la noticia esta mañana. Chambers es mi nuevo compañero y, tras ocupar el puesto en funciones durante un año, Raines...

—Soy la nueva jefa de policía —concluyó mientras alzaba la barbilla con orgullo.

Todo el local estalló en aplausos y Nia abrazó a Jesse con fuerza.

–Te lo mereces –le susurró–. Estoy muy orgullosa de ti.

–No podría haberlo logrado sin ti –masculló él antes de darle un beso en la frente.

Morgan fingió enjugarse una lágrima.

–Me emociona ser testigo de cómo vais creciendo.

La cola disminuyó y al fin Nia pudo tomarse un respiro. Se limpió las manos con un trapo y Jesse se apoyó en el mostrador con un gesto más engreído de lo que era conveniente.

–¿Qué pasa? –le preguntó ella, entrecerrando los ojos.

–Ven conmigo –contestó él mientras le tendía la mano.

Nia pestañeó.

–¿Ahora? Todavía estamos abiertos.

–No has parado en todo el día –replicó él–. Por cinco minutos, no pasará nada. Vamos.

La llevó hasta la puerta de The Cinnamon Scoop. El aire otoñal era fresco, pero no frío, y las luces iluminaban el exterior. Jesse le apartó una silla para que se sentara. Ella se cruzó de brazos, suspicaz.

–¿De qué va todo esto?

–De nada –contestó él, aunque la sonrisa lo delataba.

En el año escaso que llevaban juntos, Nia había aprendido a reconocer sus gestos: la curva de los labios y el destello en los ojos. Estaba tramando algo, pero no sabía el qué.

La respuesta llegó cuando su padre apareció en el umbral de la puerta con un *sundae* en la mano.

–Entrega especial –dijo Walter, guiñándole el ojo mientras le tendía el cuenco a Jesse–. Tu favorito.

Él lo recibió con una sonrisa y se lo entregó a Nia: helado de canela con caramelo y una única guinda, jugosa y brillante, en la parte superior. Ella arqueó una ceja.

–Estás dorándome la píldora por algún motivo.

–Toma una cucharada –le imploró Jesse, que prácticamente resplandecía bajo las luces.

A través del escaparate, Nia vio a Niles y a Midnight, que estaba subida al hombro de su hermano, ambos con las caras pegadas al cristal. Miró el *sundae* con detenimiento y, por un segundo, se preguntó si contendría cianuro. Había algo en el modo en el que Jesse la miraba que hizo que sintiera mariposas en el estómago. Nia hundió la cuchara en el cuenco y probó el helado. El sabor familiar se le derritió en la lengua, frío y dulce, pero justo entonces algo se topó con algo sólido.

–¿Qué demonios...? –masculló mientras se sacaba con los dedos lo que quiera que tuviera en la boca.

Se quedó sin aliento.

Un anillo.

Un anillo de compromiso de diamantes centelleó bajo la luz que provenía de la tienda. De golpe, miró a Jesse, que ya no estaba de pie.

Había hincado una rodilla en el suelo.

–Nia Bennett –dijo con la voz suave y temblorosa–. Siempre has sido tú. Desde que éramos niños, incluso cuando te marchaste y, sobre todo, ahora que has vuelto a casa. ¿Quieres casarte conmigo?

El mundo se redujo a él.

El chico que solía lanzar piedrecitas contra su ventana. El hombre que había perseguido la verdad cuando nadie más lo había hecho. El hombre que, a pesar del caos del último año, la hacía sentir segura y comprendida. El corazón le latía con fuerza y los ojos se le llenaron de lágrimas.

–Sí –dijo con la voz entrecortada–. ¡Sí, quiero!

Jesse le puso el anillo en el dedo. Nia se abalanzó sobre él para besarlo y lo rodeó con los brazos mientras las luces titilaban levemente sobre ellos. Del interior de The Cinnamon Scoop les llegaban risas y música mientras sus familias los observaban: Marjorie, Walter, Niles e incluso Morgan, que se tapaba la boca con las manos. Todos vitorearon como si acabaran de ganar la rifa del pueblo.

Salieron en tropel, gritando y aplaudiendo, mientras Jesse y ella seguían de pie, todavía abrazados.

El padre de Nia alzó un teléfono.

–¡Lo ha conseguido, Evelyn!

Cuando giró el móvil, vieron en una videollamada a los padres de Jesse, que tenían los rostros pegados a la pantalla y sonreían de oreja a oreja mientras los saludaban con la mano. Nia al fin había convencido a Jesse de que sus padres eran lo bastante mayores para irse solos de vacaciones para celebrar su aniversario. Él llevaba dos semanas enfermo de preocupación.

–Nuestro niño va a casarse –dijo Robert con una sonrisa deslumbrante.

Marjorie se colocó junto a Walter y señaló a los padres de Jesse.

–¡Ya lo celebraremos cuando regreséis, tortolitos!

–Todo ha ido como la seda –comentó Morgan mientras se terminaba el helado que Nia había dejado olvidado–. Estoy verdaderamente impresionada, Jay. –Después, preguntó–: ¿Cómo te sientes, Nia? Porque yo ya estoy estresada.

Nia suspiró. Pensó en Jesse. Pensó en Sienna, en Rosie y también en Maggie. Pensó en Cinnamon Falls y en todas y cada una de las decisiones que la habían llevado hasta ese preciso momento.

Entonces, sonrió, en paz.

–Siento que estoy justo donde tenía que estar.

Agradecimientos

¡Hola, mamá!

A mis padres y mi familia: gracias por vuestro apoyo incondicional. Vuestra fe en mí ha sido lo que ha logrado que sobrellevara los momentos difíciles y lo que me ha empujado más allá de todas mis inseguridades. Todos seguís estando ahí para mí, llenándome de amor y animándome a seguir adelante. Estoy muy agradecida por formar parte de vosotros. Abuela, gracias por no matarme cuando rayé tu coche nuevo con una piedra. Sigo dejando a todo el mundo boquiabierto cuando jugamos a dos verdades y una mentira. Y, ahora, mirad: ¡tanto escribir al fin ha tenido su recompensa! Gracias, mamá, por enviarnos a Ree y a mí a casa de la abuela, en el campo, durante los veranos. Fue la inspiración que necesitaba para crear este mundo.

A mis amigos más íntimos: vuestro apoyo y cariño me ha ayudado a salir adelante. Gracias por celebrar conmigo cada paso del camino. Vosotros me recordáis que la alegría es mejor cuando es compartida. ¡Esto es un triunfo de todos!

A mis compañeros de la biblioteca: gracias por ser la mejor de las inspiraciones. Las historias y experiencias que hemos compartido son, literalmente, increíbles. Me siento muy honrada de trabajar con vosotros cada día. La labor que desempeñamos es muy importante y, a menudo, ingrata, pero nunca pasa desapercibida. Si estás leyendo esto, ¡apoya a tu biblioteca local! De lo contrario...

A Charlotte y a todo el equipo de Simon & Schuster UK:

gracias por la increíble oportunidad de dar vida a Cinnamon Falls. La confianza ciega que habéis depositado en mí y mis habilidades me emociona. Gracias a todas y cada una de las personas de cada departamento al otro lado del charco que han apoyado este libro de principio a fin. A mi abogado por todos sus consejos y por responder sin quejarse a todos los correos electrónicos que le he mandado a primera hora de la mañana.

A los lectores originales de Necole Ryse: gracias por todos los comentarios y mensajes privados. Vuestras opiniones y reseñas son muy importantes para mí. ¡Me habéis apoyado desde 2013! Ahora, a esta chica la ha publicado una editorial. ¿Os lo podéis creer?

Nada de esto habría sido posible sin Crime Writers of Color. A todos los escritores de novela: seguid escribiendo. Vuestras historias merecen ser contadas.

Y, finalmente, a ti, lector: gracias por pasar las páginas y darle una oportunidad a esta novela. Escríbeme y dime qué te ha parecido (¡solo si te ha gustado!). Te mando un fuerte abrazo.

Índice

Viernes

Sábado

Domingo

Un año más tarde